KB246368

설봉 新무협 판타지 소설

마야

마야 3

설봉 新무협 판타지 소설

초판 1쇄 찍은 날 § 2006년 6월 3일
초판 1쇄 펴낸 날 § 2006년 6월 13일

지은이 § 설봉
펴낸이 § 서경석

편집장 § 문혜영
편집책임 § 김민정
편집 § 장상수 · 최하나 · 문정흠

펴낸곳 § 도서출판 청어람
등록번호 § 제1081-1-89호
등록일자 § 1999. 5. 31
어람번호 § 제2-0930호

주소 § 경기도 부천시 원미구 심곡1동 350-1 남성B/D 3F (우) 420-011
전화 § 032-656-4452 팩스 § 032-656-4453
http://www.chungeoram.com
E-mail § eoram99@chollian.net

ISBN 89-251-0099-1 04810
ISBN 89-251-0096-7 (세트)

설봉 新무협 판타지 소설

마야

Fantastic Oriental Heroes

魔爺 3

요명유명(要命有命)
「죽일 테면 죽여라」

도서출판 청어람

第二十一章

수인몽(囚人夢)
―갇힌 사람들의 꿈

1

장사성(長沙城)은 지난 이천여 년 동안 문화, 역사의 중심지였던 고성(古城)이다.

마차는 덜그럭거리며 반듯하게 닦인 장사성 석로(石路)를 통과했다.

돌팔매질은 멈췄다. 욕설도 더 이상 들리지 않았다. 눈빛은 증오와 분노로 팔팔 끓고 있는데 행동은 극도로 자제했다.

그들은 침묵했다. 마차가 석로에 들어선 직후부터 단 한 마디도 하지 않았으며, 분노 또한 표출하지 않았다.

남도문주에 대한 예의다.

최소한 남도문이 본문을 두고 있는 장사성에서만은 싸움

과 욕설을 삼가야 한다.

장사성은 남무림에서 가장 신성한 곳이다.

마인들 따위가 발길을 들여놓을 곳이 아니다. 더군다나 남무림을 발칵 뒤집어놓은 마인들이라면 성문 밖에서 효수하여 만인의 본보기로 삼는 것이 마땅하다.

여느 때 같았으면 마차가 성문으로 들어서지도 못했다. 남도문 무인들이 굳이 손을 댈 필요도 없다. 분노가 깃든 돌팔매질이 생명을 빼앗고도 남는다.

이번만은 지극히 예외 중에 예외다.

그들도 마령음에 대한 소문을 들었다.

신비 절륜한 기공(奇功).

잘하면 북무림을 단번에 무너뜨리고 지겹게 이어오던 싸움을 종식시킬 수 있는 절호의 기회.

마야라는 자를 잡았어야 한다.

지금도 늦지 않았다. 그는 놓쳤지만 기회가 여전히 지속되고 있다. 마차로 호송되는 마인들은 마야를 끌어들일 미끼이니 귀중하고도 귀중하다.

"계집년들이 하나같이 여우들이네."

"저 계집이 자하일봉이지? 썩을 년. 어딜 복수하겠다고 기어들어 와. 얌전히 꼬리 말고 앉아 있지. 저런 년은 콱 유곽에 던져 버려야 돼."

"새끼들 봐라. 눈가에 독기 서린 것. 저런 눈깔에는 쇠꼬챙

이를 콱 쑤셔 박아야 되는데."

적대 감정이 상상 이상으로 크다.

북무림 무인들에 대한 적대감도 하늘에 닿았지만, 마인들에 대한 살심과는 비교할 수 없다.

'어디 두고 보라지.'

금연화는 입술을 잘근 깨물었다.

호송 마차는 천천히, 그러나 쉬지 않고 움직여 동일로(東一路)를 따라갔다.

대로는 팔두마차 대여섯 대가 엇갈려 지나갈 수 있을 만큼 크다.

좌우로는 온갖 상점들이 늘어서 있다. 주루, 다루는 물론이고 서점이나 포목점 등등 살아가는 데 필요한 모든 물건을 구입할 수 있다.

그러나 오늘만은 모든 상점들이 문을 닫았다.

그들은 거리로 쏟아져 나왔다.

마도 사상 최고로 자부하는 마인들이 십여 명이나 된다.

이만한 흥밋거리가 또 어디 있는가. 남무림 무인들이 천여 명이나 죽고 아름다운 강산을 피로 물들인 희대의 마두들이 압송되어 오는데 흥미가 생기지 않을 리 없다.

거기에 마야라는 자만 잡으면 삼십 년 전쟁을 종식시킬 수 있다니 만사를 제쳐 놓고 구경 나와도 모자란다.

"악록산(嶽麓山)으로 데려가는 거겠지?"

귀에 주워 담을 만한 소리가 들렸다.

"마야인가 뭔가 하는 인간을 잡으려면 그래야지. 저런 놈들은 당장 상강(湘江)으로 끌고 가서 요절내야 하는 건데."

귀를 활짝 열어놓지 않았다면 듣기 힘들었을 속삭임이다.

'악록산이란 말이지.'

드디어 남도문으로 들어간다.

악록산은 남악형산칠십이봉지일(南嶽衡山七十二峰之一)이다. 천마(天馬), 봉황(鳳凰), 녹아(綠蛾), 금우(金牛) 같은 영봉들이 공호(拱護)해 주는 주산(主山)이다. 악록산에서 펼쳐진 첩봉(疊峰)은 수십 리에 이른다.

남도문은 악록산에 둥지를 틀었다.

남도문이 뭇 문파들을 누르고 제일성좌(第一聖座)로 올라선 것은 악록산을 등에 지고 상강을 굽어보는 배산임수(背山臨水)의 길지 덕분이라는 말도 있다.

믿을 것은 아니지만 풍광이 수려한 것만은 사실이다.

마차는 상강까지 동일로를 타고 나왔다가, 강에 연하여 조성된 강변로로 접어들었다.

마차 옆으로 악록산의 절경이 펼쳐진다. 다른 쪽으로는 장사성 한가운데를 관통하는 상강의 물줄기가 시름없이 흘러간다.

강변로는 두 갈래로 갈라졌다.

우측으로 난 길은 악록산 등반로이고, 좌측 길은 남도문으로 가는 길이다.

마차는 좌측 길을 탔다.

인파도 그즈음에서 끊겼다.

우측 등반로는 누구라도 올라갈 수 있지만 좌측 길은 허락이 떨어지지 않는 한 한 걸음도 옮겨놓을 수 없다.

"통과."

십여 명이 한꺼번에 토해낸 듯 우렁찬 음성이 길 좌우측에서 울려 나왔다.

남도문을 방문하는 사람들은 소로를 이용하지 않는다. 성문에서부터 남도문까지 곧게 뚫린 대로를 이용한다.

그런 면에서 마인들은 방문객이라고 할 수 없다.

마차는 굉장히 좁고 울퉁불퉁한 길로 접어들었다.

덜컹! 덜컹!

마차 바퀴가 돌부리에 채일 때마다 수레 안에 앉아 있는 사람들은 이리 부딪치고 저리 부딪쳤다. 자유로운 몸이라도 균형을 잡고 앉아 있기가 힘든 험로인데, 팔다리를 꽁꽁 묶인 상태에서는 그저 차이는 대로 뒹구는 수밖에 없었다.

어디로 가는 것인지…….

웅장한 남도문의 건물들은 점점 멀어지다가 종래에는 시야에서 사라져 버렸다.

눈에 보이는 것이라고는 굵은 나무들뿐이다.

왠지 모르지만 기분 나쁜 숲이다. 가만히 가로지르고 있는데도 소름이 돋는다. 그리고 얼마 지나지 않아서 그동안의 편안한 대접도 끝났다.

"기어나왓! 개자식들아!"

"후후! 고년들 살이 통통하게 올랐네. 재수 좋으면 나긋한 살 맛 좀 보려나."

'맙소사! 이게 남도문이야, 하오문이야!'

명문정파라는 남도문, 하나 방금 귀로 들은 소리만 가지고 말한다면 막돼먹은 인간들이 모조리 모였다는 하오문이나 다를 바 없었다.

숲에는 높이가 삼십여 척에 이르는 큰 암벽이 있다. 나무도 그렇고 풀도 그렇고……. 모두가 검고 칙칙한 기운을 띠고 있는 반면에 암벽은 흰빛을 띠고 있어서 조금은 살갑다.

이곳이 어딜까?

자유를 구속하는 곳인 것만은 틀림없다. 암벽을 뻥 뚫어버린 구멍이 악마의 뱃속으로 들어가는 긴 통로인 듯 달짝지근한 냄새를 풍겨낸다. 피비린내, 곰팡이 냄새, 고통으로 얼룩진 땀 냄새…….

남자와 여자는 암벽에서부터 분리되었다.

"이 새끼들아! 여기가 어딘 줄 알아! 천하 개잡놈도 해탈시

켜 드리는 곳이야, 개새끼들! 오늘 푸닥거리 좀 신나게 해보
자고."

일단의 무리가 마도, 수검 등등을 데리고 암굴 속으로 들어
갔다.

네 여인은 조금 더 기다렸다.

휘이잉……!

바람이 머릿결을 휘날린다.

본격적으로 겨울 한복판으로 뛰어든 바람은 내뱉는 입김
마다 하얀 서리를 이끌어낸다.

마도와 수검 등이 들어갔던 동혈에서 한 여인이 걸어나왔
다.

"네 년, 인계받았어."

"호호호! 언제쯤 맛을 볼 수 있을까?"

"이년들은 찍은 사람이 있는 것 같은데, 목숨이 몇 개라도
돼?"

"제길! 눈만 버린 건가!"

"호호호! 하는 것 봐서……."

"기, 길이 있겠나?"

"두 년은 헌 계집이야, 저년. 저년."

여인이 다담선자와 절혼마녀를 가리켰다.

"장강에 배 지나간 자국 나는 것 봤어?"

"호호호! 잘 좀 부탁함세."

사내는 여인의 손에 전낭(錢囊)을 쥐어주었다.

'썩었어. 여긴 정도문파가 아냐. 이런 자들이 어떻게 남무림을 이끌고 있는 거지?'

여인을 따라 방향 감각조차 없는 곳을 얼마쯤 걸었을까? 반 각쯤 되었을까? 거무튀튀한 철문이 앞을 가로막았다.

"문 열어."

그녀의 말이 떨어지기 무섭게 묵중한 철문이 힘겹게 열리기 시작했다. 기관으로 움직이는 철문. 두께가 한 척은 실히 되니 인간의 힘으로는 움직일 수 없다.

철문 안은 더욱 삭막했다.

일직선으로 뻥 뚫린 통로, 좌우로는 짐승을 가둬놓는 우리처럼 팔뚝 굵기의 쇠창살이 끝도 없이 펼쳐져 있다.

"들어가."

네 여인은 타박타박 들어섰다.

유등이 군데군데 밝혀져 있지만 무척 어두운 편이다.

그녀들이 들어서는 기척을 감지했음인가. 우리 중 한곳에서 쇠사슬 끌리는 소리가 들렸다.

지금 이 순간부터 네 여인이 숙식을 해결해야 할 곳이다.

사방은 흙벽이고, 바닥은 지푸라기를 깔아놨다. 가장 안쪽 구석에는 대소변을 처리하는 용도로 보이는 독이 있는데, 그곳에서 구더기 썩는 냄새가 흘러나왔다.

네 여인은 등을 떠밀려 뇌옥 안으로 들어섰다. 아니, 뇌옥이 아니라 우리다. 동물들을 가둬놓는 우리나 다름없다.

사지를 묶었던 오라가 풀렸다. 하나 사방천마의 점혈법은 지독하기 이를 데 없어서 움직이는 것은 힘들었다.

"옷 벗어."

"뭐요?"

여인은 권태로운 걸음걸이로 다가왔다.

"방금 무슨 말 들은 것 같은데, 니년이 한 말이야?"

"옷을 왜…… 흡!"

금연화는 말을 하다 말고 이를 꽉 악물었다.

복부에 틀어박힌 일권(一拳)은 바위도 부술 만한 힘이 깃들어 있다.

진기를 운용하여 타격을 줄이면 얼마든지 감당할 수 있지만 육신만으로 버텨내기에는 너무 큰 충격이다.

쫘악! 퍼억!

뺨에서 불이 나고, 무릎에 안면까지 가격당했다. 입 안 가득 핏물이 머금어지고, 눈에서는 불똥이 튀며, 사지육신은 얼음 조각처럼 쩍쩍 갈라진다.

여인은 금연화가 축 늘어질 때까지 짓밟고 때렸다.

"쌍년들…… 똑똑히 들어둬. 네년들은 지금부터 인간이 아냐. 개돼지야, 알았어! 옷 벗어, 쌍년들아! 천 조각 하나 남기지 말고!"

옷을 벗기 시작했다.

약육강식의 세계다. 인간의 이성이나 지성 따위는 개가 물어가 버렸다. 죽이지 않으면 죽을 수밖에 없는 냉혹한 세계만 남았다. 그리고 그녀들은 운이 없게도 최악의 상황에서 시작해야 한다.

흐늘거리는 불빛 아래 빙옥으로 깎아 만든 듯 혼을 빼놓게 만드는 나신들이 드러났다.

"시작해."

말이 끝나기 무섭게 쇠창살 밖에서 네 여인이 들어왔다.

그녀들은 한 사람당 한 명씩 맡아서 머리끝부터 발끝까지 샅샅이 조사했다.

머리 끈과 비녀도 압수당했다.

그녀들의 손길은 살갗도 꼼꼼히 누볐다. 혹여 인피(人皮)를 덧대어놓은 곳이라도 발견하려는 듯.

그녀들은 아무것도 발견하지 못했다.

추명반을 비롯해서 삭사, 자하쌍구검은 포박당할 때 빼앗겨 지금은 누구의 손에 있는지도 모른다. 성명병기 외에 다른 병기나 암기 종류는 생각해 본 적도 없다.

"됐어. 오늘은 푹 쉬어."

여인들은 네 여인을 나신으로 남겨놓은 채 벗어놓은 옷을 가지고 나갔다.

"언니, 왜 손을 안 썼어요?"

금연화는 퉁퉁 부어오른 눈두덩을 손으로 지그시 누르며 말했다.

"무슨 소리야?"

절혼마녀가 의아한 표정으로 쳐다봤다. 그러다가 금연화의 물음이 다담선자에게 향하고 있음을 알았다.

금연화는 추명반의 무서움을 떠올리고 있다. 무공을 제압당했지만 추명반이 있다면 어떻게든 해볼 수 있지 않겠냐, 하는 아쉬움을 말하고 있는 게다.

추명반…… 빼앗겼다. 백기를 들 때 빼앗겼다.

금연화는 그때 왜 손을 쓰지 않았느냐고 묻는 거다. 한 명이라도 죽이고 죽지 않았느냐고 따져 묻는 거다.

말도 안 되는 억지다.

누가 항복 명령을 내렸나? 금연화 본인이다. 자신이 결심하고 백기를 들었으면서 누구를 탓하고 있는 것인가.

당시 사방천마와 천멸도 살수들을 상대로 싸울 만한 사람은 아무도 없었다. 사방천마와 어떻게든 싸워본다고 해도 보이지 않는 암살자, 천멸도의 살수에서 벗어날 길은 없었다.

다담선자가 한 명이라도 죽이겠다고 추명반을 쏘아냈다면 목적은 이룰 수 있었을지 모르지만 그녀 역시 죽음을 면치 못한다.

금연화는 바른 판단을 했다.

그럼에도 이런 어거지 말을 하는 것은 자신들의 처지가 너무 한탄스럽기 때문이다. 벌거벗겨진 것도 모자라서 개처럼 두들겨 맞는 처지라니.

다담선자는 피식 웃었다.

"곧 분풀이할 날이 있을 거야. 조금만 참아."

"그럴까요?"

"사방천마의 몸놀림은 인간의 범주를 벗어난 것이지만 추명반이면 상대할 수 있을 거야. 나중에 다시 한 번 그 말을 해줘. 그때는 정말 손을 쓸게."

다담선자는 금연화를 뉘였다.

얼굴이 시퍼렇게 멍이 든 채 부풀어 올랐다. 입술도 터져서 앵두 같던 모습을 찾아볼 수 없다.

"아무 생각 말고 한숨 자. 푹 자고 일어나면 속이 좀 풀릴 거야."

"그 사람…… 마야…… 잘 빠져나갔겠죠?"

그때, 다담선자가 정녕 뜻밖의 말을 했다.

"그 사람 잡혔어. 지금 이곳 어딘가에 있어."

"뭐, 뭐, 뭐요!"

"뭐얏!"

세상이 뒤집힌다고 해도 이처럼 놀라지는 않을 게다.

금연화는 뉘였던 몸을 발딱 일으켰다. 일령과 절혼마녀는 단숨에 다가붙어 다담선자를 쳐다봤다.

"마, 마야가 정말 잡혔어?"

절혼마녀의 음성은 가늘게 떨려 나왔다.

그는 모든 희망이다. 마인들뿐만 아니라 여인들에게도 희망이다. 그만 곁에 있다면 사방천마도 천멸도 살수들도 두렵지 않다. 아니, 상황이 정반대로 바뀌어서 자신들은 사냥꾼이 되고 그들은 쫓기는 입장이 된다.

그런데 그가 잡혀 있다. 모든 희망이 사라졌다. 복수는커녕 당장 목숨을 부지하기에도 급급한 형편으로 바뀌었다. 잡혔어도 그가 반드시 돌아와 줄 것이라는 믿음이 있었기에 편안했는데. 그만 있다면 잠시 손발이 묶이는 것쯤이야 얼마든지 감내할 수 있다고 생각해서 백기를 든 것인데.

다담선자는 의외로 담담했다. 아니, 너무 담담해서 농담을 하고 있는 것이 아닌지 의문까지 들었다.

"정말이야. 그 사람, 잡혔어. 우리가 여기 오기 전에 그는 이미 감금되어 있었어."

절혼마녀는 무슨 소리냐는 듯 눈을 부릅떴다.

"아, 아냐! 난 마야의 음성을 들었어. 영파! 영파로 말을 건네왔어. 올해 첫눈은 붉은 눈이 되어야지. 수고들 했다. 흰 눈을 붉게 만들어줄 사람은 궁왕 강창도가 될 거야. 분명히 그렇게 말했다고!"

"나도 들었어요."

"나도요. 큰언니가 말한 그대로 들었어요."

금연화와 일령이 믿을 수 없다는 듯 고개를 가로저으며 말했다.

그녀들만 들은 게 아니다. 시마도 들었다. 마도와 수검도 들었다.

그는 잡히지 않았다. 남무림 무인들도 잡지 못했다고 보고하지 않았나. 두 귀로 똑똑히 들은 소리다.

다담선자는 행복을 느낀 여인처럼 포근한 미소를 지었다.

"언제부터인가…… 마야를 받아들이면서…… 뭐랄까? 육신이 하나로 연결된 듯한 느낌. 아니…… 혼이 이어져 있는 느낌. 그런 느낌이 들곤 했어."

세 여인은 마른침을 삼켰다.

다담선자의 음성은 나직하고 평화롭다. 하나 말속에 스며 있는 분위기는 불길함으로 가득하다. 그녀의 말을 들으면 마야가 잡혔다는 말을 믿지 않을 수 없게 될 것 같다.

귀를 막고 싶다, 다담선자의 입을 틀어막고 싶다.

"여기 들어오기 전에 그 사람의 느낌을 받았어. 여기 있는 거야. 믿어야 돼. 그 사람은 잡혔어."

남무림 무인들이 잡지 못했다는 보고를 했고, 그의 영파까지 전해 들은 사람이 많은데 유독 다담선자만 잡혔다고 한다. 그것도 느낌이 그렇다면서.

가장 신빙성 없는 말이 느낌을 믿고 말하는 것이지 않나.

그런 말을 믿어야 하는 건가.

"말도 안 돼. 이건 아냐…… 이렇게 끝날 수는 없어."

금연화는 아무 소리도 듣지 못했다.

다담선자가 몇 마디 더 말하는 것 같았지만 귀머거리가 된 듯 아무 소리도 들리지 않았다.

이 순간, 그녀에게는 세상이 정지했다.

'그래!'

금연화는 누웠던 자리에서 발딱 일어섰다.

순간적으로 머리를 스쳐 가는 생각이 너무 충격적이어서 누워 있을 수 없었다.

다담선자의 말은 사실이다.

그는 언제 사로잡혔을까?

자신들이 싸워볼 생각도 하지 못하고 손을 거뒀을 때…… 마야는 자하부의 지장술로 땅에 묻혀 있었다. 자신들은 마야를 땅에 묻고 돌아서자마자 사로잡혔다.

자신들이 백기를 들었을 때, 답평은 흘리듯 한마디 했다.

"자하부에 지장술이 있다고 들었는데, 그걸 쓴 건가?"

답평이란 자는 자하부의 지장술을 알고 있었다.

그의 입에서 '지장술'이라는 말이 흘러나왔을 때, 막연히 불안감을 느꼈는데…… 사실이 되어버렸다.

자신들은 마야를 적에게 내주고 난 다음에 싸움을 벌인 게다. 즉, 자하부의 지장술로 마야를 묻고 돌아선 직후 그는 곧바로 캐내졌다.

답평은 마야가 없다는 것을 알고 서슴없이 사방천마와 천멸도 살수들을 투입했다.

싸움이 쉽게 끝날 것을 알고 있으니 망설일 이유가 없지 않은가.

싸움이 조금만 오래 지속된다고 해도 마인과 살수들을 남무림 무인들 앞에 내놓는 일은 벌이지 않았을 게다. 하나 순식간에 끝날 싸움이라면 누구를 내놓든 아무런 상관이 없다. 남무림 무인들은 남도문의 숨겨진 힘이라고 생각할 터이니까.

사실 그대로 진행되었다.

당시 현장은 남무림 무인들이 에워싼 상태였지만 사방천마의 무공을 파악할 수는 없었다. 그러기에는 싸움이 너무 빨리 끝났다. 마야만 빨리 잡히지 않았어도, 마인들 일행에 마야가 빠졌다는 사실을 답평이 몰랐어도…… 싸움은 그리 쉽게 끝나지 않았다. 사방천마와 천멸도 살수들이 가담할 수 없었을 테니까.

'마야는 잡혔어. 우리도 잡혔고. 이건 불변이야.'

불변은 말 그대로 움직일 수 없다. 하면 움직일 수 있는 것을 찾아내야 한다.

답평은 마야를 놓친 척했다. 왜?

간단하다. 삼척동자도 그 정도의 수는 읽는다. 마령음을 독식하려는 수작이다.

'우린 미끼조차 되지 못했단 말이군. 만약 살기 위해서 발버둥쳤다면 가차없이 죽였을 거야. 일벌백계의 표본이 되기에 아주 적당한…… 아냐, 이게 아냐. 답평은 우릴 사로잡으려고 했어. 그렇다면 우리의 용도가 남아 있다는 것인데…….'

금연화는 어느 정도 상황을 추리해 냈다.

마인들과 그녀들은 미끼다. 아직 미끼로서의 용도가 남아 있기에 사로잡은 거다. 마야를 잡기 위한 미끼가 아니라 마야로부터 마령음을 끄집어내기 위한 미끼다.

옷을 벗겨놓는다?

잡아서 가둬놨으면 됐지, 무엇 때문에 옷을 벗긴단 말인가?

이것 역시 미끼와 연관시켜서 생각하면 간단하게 풀린다.

마야의 유일한 약점은 정(情)이 깊다는 점이다.

그는 무정하게 보인다. 하나 그를 아는 사람은 절대 무정하다는 말을 하지 못한다. 말을 무뚝뚝하게 할 뿐이지 내면에 심어놓은 정은 누구보다도 깊다.

답평이 그런 점을 파악했다면?

네 여인…… 아마도 평생 동안 잊지 못할 치욕을 당할지 모른다. 당연한 말이겠지만 미야가 보는 앞에서.

'각오를 단단히 해둬야겠어.'

2

아아악! 끄윽……! 으아악!

펄펄 끓는 기름 가마 속에 던져진 사람은 자신이 비명을 지르는 것조차 모른다. 고통이 너무 심해서 죽고 싶다는 생각만 들뿐, 비명 따위는 지르고 싶지도 않다.

지저 깊은 곳에서 들려오는 비명 소리가 그랬다. 비명을 듣는 것만으로도 고통의 실체가 느껴져 몸이 얼어붙었다.

티끌만 한 잡념도 떠오르지 않는다. 잠을 청할 수 없는 것은 물론이다. 편하게 대화를 나눌 수도 없다.

"저건 혈유 음성 같은데……."

일령이 풀 죽은 음성으로 말했다.

고문을 하는 것 같다.

사람을 어떻게 다그치기에 제 살을 뜯어먹어도 웃음을 흘릴 사람들이 비명을 내지른단 말인가.

저들은 이미 제정신이 아니다. 비몽사몽간에 무의식적으로 고통에 반응하고 있을 뿐이다.

한 사람, 한 사람…… 알고 있는 모든 사람들이 밤새도록 비명을 질렀다.

시간이 얼마나 흘렀을까?

눈꺼풀이 천근만근 무게로 짓누르면 잠시 눈을 붙였고, 눈이 떠지면 밤이 지났구나 하는 정도만 느꼈다.

비명 소리는 한시도 끊이지 않았다.

성대가 풀려 비명조차 터뜨릴 수 없는 지경이 되어서야 고문 도구가 다른 자에게 넘어갔다.

다행히 여인들에게는 아직 고문 같은 것이 없었다.

첫날에 옷을 벗겨 간 이후로는 사람 그림자도 얼씬거리지 않았다.

곤란한 점은 있다. 유등의 기름이 다한 후로는 컴컴한 어둠만 존재했다. 어둠 정도는 참을 수 있다. 음식이 제공되지 않는다. 갈증을 풀어줄 물조차 주지 않는다.

무인도 범인들처럼 굶으면 죽는다. 범인들보다 오래 견딜 수는 있겠지만 고통을 당하는 것은 똑같다.

걱정되는 것은 육체보다 정신이 먼저 풀어지는 것이다.

금연화는 손가락을 잘끈 깨물었다.

"입 벌려. 기운을 내야 돼."

"언니!"

"빨리 입 벌려. 피가 많이 쏟아지면 나도 곤란해."

일령은 눈에 독기를 띠고 입을 벌렸다.

뚝! 뚝! 뚜욱!

핏방울이 방울져 일령의 입 속으로 떨어졌다.

"전 이제 됐어요. 빨리 상처를 감싸요. 두 언니는 제가……."

"아냐. 하루에 한 명씩 하는 게 좋아. 쉽게 빠져나가는 건 틀린 것 같으니까. 보아하니 흉험한 일도 생길 것 같고. 언니, 입 벌려요."

금연화는 절혼마녀에게 다가갔다.

"난 견딜 만해."

"그래서가 아녜요. 모두 아직은 견딜 만해요. 우리에게 필요한 것은 최상의 정신력이에요. 정신이 조금이라도 흔들려서는 안 되니…… 입 벌려요."

절혼마녀는 눈가에 파랑을 일으키며 입을 벌렸다.

뚝! 뚜욱! 뚝……!

피를 제공하는 일은 절혼마녀에게서 끝났다.

다담선자는 눈을 감은 채 가부좌를 틀고 앉아서 미동조차 하지 않았다.

그녀 역시 혈이 제압되어 있으니 진기를 이끌 수가 없다. 운공조식을 한다는 건 말도 안 되고, 마야와 혼이 연결되어 있는 느낌이라면서 침묵 속으로 잠겨들었는데…….

천리만리 떨어져 있어도 서로의 존재를 느낄 수 있는 방법이 있다.

도가에서는 영통(靈通)이라고 한다. 무인(巫人)들은 동기감응(同氣感應)이라고 하며, 불가에서는 육통신(六通身), 일반적으로는 이의제신(以意制身)이라고 한다.

눈으로 볼 수 없고, 귀로 들을 수 없으며, 느낌으로 알 수도 없는 곳의 일을 알아내는 것이니 신인(神人)이 아닌 다음에야 불가능한 일이다.

다담선자는 자신있게 말했다.

"혼이 연결된 사람들은 육신의 한계를 넘어설 수 있어. 난 느껴."

아무래도 좋다. 무엇이든 상관없다. 다담선자의 느낌이 말도 안 되는 억지라고 해도 믿을 수밖에 없다.

금연화는 피를 지혈시켰다.

'제발 마야 좀 찾아줘. 마야가 나타나지 않으면 희망이 없어.'

저벅! 저벅!

회랑을 걷는 발자국 소리가 들린다. 그리고 쇠와 돌이 마찰하는 기음이 새어 나오며 결코 열릴 것 같지 않던 철문이 열렸다.

눈을 시리게 하는 불빛이 환하게 밝아왔다.

네 여인은 거의 동시에 고개를 숙였다.

어둠에 길들여진 눈은 미약한 유등 불빛조차도 쳐다보지

못하게 만들었다.

"며칠 굶겼어도 몸들은 좋군."

'사내!'

네 여인은 부르르 치를 떨었다.

낯선 사내가 발가벗은 몸을 속속들이 쳐다보고 있다. 송충이가 기어가는 느낌이 이럴까? 춥지도 않은데 소름이 돋는다.

"후움! 정말 미치겠군."

사내는 욕정을 참을 수 없는지 두어 걸음 다가와 금연화의 어깨를 잡았다.

손이 몹시 투박했다. 손바닥에 굳은살이 잔뜩 박여 있어서 굵은 모래에 쏠리는 느낌이다. 반대로 사내에게는 솜뭉치를 만지는 듯 부드럽게 느껴질 게다.

'가가도 만져 보지 못한 살…… 이렇게……'

옷을 벗겨놓을 때부터 이런 일이 생길 것이라고 예상은 했는데, 막상 닥치고 보니 아무 생각도 나지 않는다. 아니다. 이건 예상했던 순간이 아니다. 자신들이 능욕당할 때는 마야를 협박할 때일 것이라고 생각했는데, 지금은 아무 일도 없지 않은가.

'이렇게 당할 수는 없어. 강력한 대응 수단……. 현재 상태에서 권각을 내지르는 것은 서툰 발악이야. 소리를 지르는 따위는 씨알도 먹히지 않을 것이고. 강력한 것…… 효과적인

것…… 돌멩이든 나뭇가지든 손에 무엇이든 잡을 게 있다면……'

"떨고 있군. 살이 떨리고 있어. 불안, 초조…… 기대감도 없을 순 없겠지. 처녀인가?"

"추잡한……."

아차! 실수다. 흥분해서는 안 된다. 절대 평정심을 잃지 말아야 한다. 놈을 자극하여 물불 가리지 않고 달려드는 일만은 피해야 한다.

"후후후! 혈귀대주라는 작자…… 참 미련한 놈이군. 이런 여자를 내버려 두다니."

사내의 손길은 거침없었다. 어깨를 만지작거리던 손길이 등을 타고 흘러내렸다.

"살에서 빛이 난다는 말을 믿지 않는데, 빙기옥골(氷肌玉骨)이란 말이 실감나. 살에 꿀을 발라놓은 것 같지 않나. 손이 붙어서 떨어질 줄 모르니 이거야 원……."

사내의 손은 척추를 지나 엉덩이로 향했다. 그때,

"마야의 여자를 건드릴 셈인가요?"

한쪽 구석에 앉아 있던 다담선자가 나지막하게 말했다.

"뭐라고?"

사내는 반문했다.

다담선자의 한마디는 사내에게 큰 충격을 준 것 같았다. 여체를 더듬던 손길이 뚝 멈춰지고 두 눈에서는 연신 매서운 섬광이 토해져 나왔다.

"방금 뭐라고 했지?"

"마야의 여자를 건드릴 셈이냐고 물었어요."

다담선자는 차분했다.

"마야…… 후후후! 마야가 잡혀왔다는 걸 알고 있었나? 제법 영악한 계집이군. 아! 흐흐흐! 알았어. 네년이 다담선잔가 뭔가 하는 계집이군. 그놈하고 접 붙은 년이 네년이지?"

접? 사람이 아니라 개돼지로 취급하는 것인가.

다담선자는 조금도 동요하지 않았다.

"마야는 잘 있나요?"

"잘 있지. 아주 잘 있어. 손가락 몇 개 부러지고 정강이뼈가 바스러진 것 외엔 별로 이상 없어. 갈비뼈도 몇 대 나갔던가? 아마 그랬을 거야. 몇 대 때리지는 않았지만 워낙 약골이라서."

사내의 눈이 광기로 번들거렸다. 이성적인 말보다는 순간적인 감정에 따라서 살인이라도 저지를 기세였다. 그는 그런 눈으로 다담선자의 전신을 쓸어 내렸다.

"허세군요. 그 사람은 잘 있어요. 손가락 하나 다치지 않았고. 마야 이야기는 그만 하죠. 당장 그 손부터 놓아야 하지 않나요?"

"흐흐흐! 손을 놓아라…… 내가 왜?"

"천하제일의 미녀를 갖는 게 목표인 사내도 있죠. 그런 의

도라면 잘 선택하신 거예요. 마야의 여자치고 괜찮지 않은 여자가 없으니까요."

"후후후! 그러니까… 자하일봉이 마야의 여자라는 말인가? 그런 소리는 처음 듣는군. 언제부터 혈귀대주의 여자가 마야의 여자로 둔갑했지? 아니지. 혈귀대주가 죽은 지 꽤 됐으니, 그럴 만도 해."

다담선자는 흔들리지 않았다.

"뭐라고 생각하든, 어떻게 보든 상관없어요. 분명한 건 하나 있죠. 마야와 여자, 둘 다 차지할 수는 없다는 것."

"지금… 나한테… 협박하는 건가?"

사내의 눈에 광기뿐만이 아니라 살기까지 어리기 시작했다.

그는 말을 하면서 잠시 멈췄던 손길을 부단히 움직였다.

사내의 손이 제일 먼저 닿은 곳은 요유혈(腰兪穴)이다.

원래가 허리의 기를 움직이는 곳으로 허리병[腰病]을 치료하는 혈인지라 혈도의 이름도 요유(腰兪)라 하지 않았던가.

요유혈을 제압당하자 금연화는 손가락 하나 움직일 수 없었다.

난감하다. 수치스럽다. 당장이라도 사생결단을 내고 싶다. 하나 금연화는 아무것도 하지 못했다. 징그러운 사내의 손길이 온몸을 더듬도록 내버려 두었다.

사내의 손이 가슴으로 돌아왔다. 거친 손길이 우악스럽게 육봉을 움켜잡았다.

"한 가지, 네년들이 착각한 게 있어. 우리에게는 마령음 따위…… 존재하지 않는 게 더 좋아. 무슨 말인지 알아?"

사내의 호흡이 급격하게 빨라졌다.

'끝났어!'

절혼마녀는 사내의 의도를 알아차렸다.

다담선자가 마야를 거론할 때만 해도 망설이는 기색이 보였는데, 이제는 결심을 확고하게 굳혔다.

금연화를 겁간한다. 아니, 그의 욕구는 거기서 그치지 않는다.

금연화를 탐하면서도 일령의 알몸을 훔쳐보는 것으로 보아서는 결코 좋은 결말이 있을 것 같지 않다.

절혼마녀는 이를 악물었다. 반면에 그녀의 얼굴에는 웃음이, 웃음 속에는 염기(艶氣)가 묻어났다.

혈도를 제압당한 상태는 똑같지만 그녀는 다른 여인들처럼 조급해하지 않았다.

그녀에게는 비장의 한 수가 남아 있다.

마야가 손봐준 탈백섭심공은 상단전의 진기가 아니라 뇌력을 사용한다. 마야처럼 진기 없이도 펼칠 수 있는 무공이다.

문제는 그녀가 새로운 탈백섭심공을 시전해 보지 않았다

는 점이다. 진기를 사용하는 무공이라면 호기심에서라도 한두 번쯤 수련해 보았겠지만, 뇌력이라는 낯선 분야는 손댈 엄두가 나지 않았다.

뇌력을 사용하여 탈백섭심공을 펼칠 수 있을까? 효능은 어느 정도일까? 진기를 사용한 것만큼 강력할까? 마야는 뇌력을 과도하게 사용한 나머지 혼절하고 말았다. 그렇다면 자신도 그렇게 되는 것일까?

모든 것이 미지의 세계다.

그래도 해봐야 한다. 어쨌든 해볼 수 있는 수단이 한 가지는 있는 셈이니.

그녀는 사내의 혼을 단숨에 빼앗을 듯 더욱 교태스럽게 웃었다.

옷을 벗을 필요가 없으니 준비는 이미 갖춰졌는가. 그녀는 가슴과 비소를 활짝 드러내며 일어섰다.

"호호호! 우리, 말은 나중에 하면 안 될까? 그리고 그쪽…… 나부터 안아주면 안 돼? 하악! 오랜만에 사내를 봤더니 주책없이 몸이 달아오르네. 몸이 뜨거워져서…… 나…… 시달리고 싶어."

그녀가 몸을 꿈틀거릴 때마다 야릇한 방향이 번져 났다.

욕정의 내음, 열락의 내음.

사내는 치솟는 흥분을 참을 수 없는 듯 마른침을 꿀꺽 삼켰다.

"흐흐흐! 낙화향 창기는 달라도 확실히 다르군. 과연 요물이야. 네년한테 빠져들면 영원히 헤어 나오지 못할 것 같다는 더러운 예감이 드는군. 흐흐흐! 그래, 네년도 꼭 짓눌러 주겠어."

"말로만 하지 말고……."

절혼마녀는 천천히 다가갔다. 그런데,

"마야의 여자는 겁간을 당할지언정 스스로 몸을 열지 않아요. 당하는 것은 내버려 둬요. 개한테도 물릴 때가 있으니까요. 하지만 스스로 몸을 열면…… 두 번 다시 마야 앞에 설 수 없어요."

다담선자, 도대체 지금 상황을 이해하고 있는 것인가? 선루의 루주까지 지냈던 여자가 사내의 욕정을 읽어내지 못한단 말인가. 지금 저놈은 욕정에 눈이 뒤집혀……

절혼마녀는 피식 웃었다.

다담선자가 한 말은 금연화가 들으라고 한 소리였다.

다담선자는 물론이고 금연화도 절혼마녀가 무슨 행동을 하려는지 읽었다. 그리고 결과도 예측해 냈다. 사방천마를 상대로 한 번도 시전해 보지 않은 탈백섭심공을 펼친다는 것은 섶을 지고 불속으로 뛰어드는 꼴이 된다.

몸을 잃는 것은 약과다. 자칫 탈백섭심공이 잘못되기라도 하면 절혼마녀는 백치가 되고 만다.

안 될 것이라면 포기하자는 말이다.

금연화는 다담선자의 말뜻을 알아들었다.

그녀의 표정이 아늑해진다. 눈길은 꿈길을 찾아 나섰다. 겁간을 당하는 여인이라고는 생각할 수 없을 만큼 고요하고 행복한 모습이다.

가지고 싶으면 가져라. 네가 가지는 것은 빈 껍데기. 네가 묻힌 침, 네가 뱉은 정액…… 씻어내면 그만이다. 대신 넌 값진 것을 내놔야 한다. 네 목숨. 마야는 반드시 네 목숨을 취할 것이다.

정조를 유린당하면서 웃는다면 광기 어린 여자라고 말할 것이다.

그렇다. 다담선자는 본인이 직접 광녀가 되라고 말했으니 그녀 자신 역시 광녀가 될 생각이다. 이제 금연화가 제정신이라고는 볼 수 없는 광녀 집단에 발을 들여놓았고, 일령도 잔뜩 곤두세웠던 긴장을 푸는 것으로 보니 광녀가 되기로 작정한 것 같다.

'마야…… 만약에…… 만약에…… 네 그릇이 그만밖에 되지 않아서…… 세인들의 잣대로 여자의 정절을 말한다면…… 죽여 버릴 거야. 마야, 당신만은 너무 믿고 싶으니까.'

절혼마녀는 탈백섭심공을 거두고 물러섰다. 그녀 또한 광녀가 될 생각이다.

이제부터 닥쳐올 폭풍은 욕정의 배출밖에 없다. 막을 사람도, 거부할 사람도 없다. 하나 세상사란 왕왕 의외의 변수가 있는 법, 무저항은 뜻밖에도 묘한 사태를 불러왔다.

"뭐야? 마음대로 하라, 이거야?"

사내는 축 늘어진 금연화를 이리 만지고 저리 만졌다. 그녀의 가슴, 배, 비소, 다리…… 저항할 줄 모르는 가녀린 육신이 사나운 발톱에 이리저리 휘둘렸다.

"건드리지 말아달라고 한마디만 해봐. 네년 대신 저년을 건드릴 테니까. 저년…… 어린 년이 가슴 하나는 정말 좋군. 흐흐흐! 말해봐. 건드리지 말아달라고."

금연화는 말하지 않았다. 무심에 가까운 눈길로 사내를 뚫어지게 쳐다봤다. 산 자를 쳐다보는 눈길이 아니다. 죽은 자를 보는 눈길이다.

"제길! 이거야 원……."

사내는 흥미를 잃어버렸는지, 싸늘한 눈길에 욕념이 사그라졌는지 손을 털고 일어섰다.

사내가 왔다 간 흔적이라면 불 밝혀진 유등 하나밖에 없다.

금연화는 사내와 접촉했던 부분을 때 밀듯이 박박 문질러 냈다.

너무 세게 문질러서 살갗이 벗겨졌다. 그래도 주문에 걸린 여자처럼 망연자실, 문지르고 또 문질렀다.

"언니, 미안해요. 제가…… 제가 했어야 했는데……."

일령이 금연화를 부둥켜 안으며 울었지만 멍하니 허공을

쳐다보는 금연화의 눈길은 좀처럼 정상으로 돌아오지 않았다.

절혼마녀는 금연화의 심정을 가장 잘 안다.

원치 않는 사내와 살을 부딪치는 기분은 똥물을 먹는 것만큼이나 역겹다.

그 기분, 너무 잘 안다. 하나 위안을 해주거나 다독거려 주지는 않았다. 삶과 죽음을 머리에 이고 사는 무인에게 남녀 구분이란 있을 수 없다. 정조란 것도 지킬 힘이 있을 때에만 지켜지는 것이다. 지킬 힘이 없으면 윤간도 당하고, 간살도 당한다.

무림은 생각처럼 깨끗한 곳이 아니다. 똑바로 알아야 한다.

다담선자도 말리지 않았다.

금연화의 아픔을 알지만 신경이 돌아가지 않았다. 그녀의 마음을 짓누르는 묵직한 기분은 자신이 겁간을 당했다고 해도 무시할 만큼 불안했다.

'그 사람…… 안전하지 않아. 너무 고통받고 있어.'

마야가 정상이 아니라는 느낌이 든다.

마야는 잡혀도 죽을 염려가 없다. 남도문이고 북검문이고 마야는 죽이지 못한다. 마야의 진가가 드러난 이상, 아무도 죽이지 못한다. 시간이 걸려도 회유하는 방법을 택하리라.

금연화는 물론이고 사내를 잘 안다는 절혼마녀조차도 간

과하고 넘어간 문제가 있다.

사방천마 중 한 명으로 짐작되는 사내는 뇌옥으로 들어설 때부터 순백지신(純白之身)인 금연화와 일령을 노렸다. 겁탈할 목적으로 일부러 찾아온 것이다.

그런 자가 반항을 하지 않는다고 해서, 목석처럼 축 늘어졌다고 해서 포기하고 물러날까? 천만에! 그럴수록 더욱 잔인하게 짓밟는 족속이 그런 자들이다.

저들에게서는 인성을 기대하면 안 된다. 저들에게 여자란 강한 자는 갖고, 약한 자는 내놓아야 하는 살아 있는 물건이다.

결과적으로 그는 순순히 물러갔다. 왜?

아무도 이 부분에 대해서는 생각지 않는다.

마야다. 마야가 가까운 곳에 있으며, 사물을 보는 눈인 만공심안으로 지켜주고 있다.

생각이 맞다면 마야는 금연화가 강간당하는 것을 막기 위해 뇌파를 사용했다. 사방천마가 일으킨 욕정을 잠재울 수 있는 사람은 오직 마야밖에 없으니 단정해도 좋다.

그가 아프다는 느낌이 든 것도 방금 전 사건과 무관하지 않으리라.

전에는 이렇지 않았다. 마령음이나 만공심안을 아무리 써도 괜찮았다. 한데 얼마 전부터 극심한 공황에 시달린다. 뇌력을 사용할수록 점점 더 심해진다.

무엇인가 몸에 탈이 생기고 있다.

다담선자는 가부좌를 틀고 앉았다.

'어떻게든 그를 찾아야 돼.'

마야를 찾는다. 그와 영통한다.

누가 들으면 귀신 들린 사람들 이야기라고 코웃음칠 일이지만 만공심안으로 사물을 읽고, 영파로 생각을 전달하는 능력이라면 다시 생각해 봐야 한다.

그와 영통한다고 해도 할 수 있는 일은 없겠지만.

고오오오……!

방금 눈으로 보고 읽은 듯 머릿속에 차곡차곡 채워지는 글자들.

그가 죽어가고 있다. 몹시 아프다. 자신이 아픈 것처럼 절절이 느껴진다. 그래도 그는 끊임없이 말을 하고 있다. 전혀 상상치도 못했던 글자들이 생생하게 떠오르는 것으로 보아서 분명히 그가 말하고 있는 게다.

'바보 같은 사람…… 안 돼요. 더 이상은 안 돼요. 쓰지 마요. 당신이…… 당신이 아프잖아요.'

고오오……!

다담선자는 눈물을 흘렸다.

슬픔이 북받쳐 올라서 도저히 참을 수가 없었다. 그러나 슬픔이 사무치면 사무칠수록 정신을 더욱 또렷이 하여 글자들을 되새겼다. 한 자라도 놓친다면, 그래서 그가 한 말을 제대로 실행하지 못한다면 그만 아프게 한 셈이 되니까.

'해볼게요. 어떻게든⋯⋯.'

다담선자가 소립파와 영통하며 눈물을 흘리고 있을 때, 금연화는 냉정을 회복했다.

"막내야, 손에 잡을 것 좀 구해봐."

그녀의 목소리는 맑았고, 단호했다.

일령은 말이 끝나기 무섭게 고개를 저었다.

"그러잖아도 구석구석까지 다 찾아봤는데, 지푸라기 하나 없어요."

"벽에서 뭐 좀 구할 수 없을까?"

"석벽이라서⋯⋯."

"휴우! 우리가 어디쯤 있는 걸까?"

이번 물음에는 절혼마녀가 대답했다.

"초겨울인데 옷을 벗고 있어도 춥지 않아. 지하로 이십여 장쯤 내려왔을 거야. 다시 말해서 이곳을 벗어나도 지상으로 올라가기는 요원하다는 거지."

산 넘어 산이요, 물 건너 물이다. 이토록 앞뒤좌우가 꽉 막히기도 드물 게다.

"언니, 탈백섭심공. 쓸 수 있겠어요?"

평소 같으면 입에도 올리기를 꺼려했는데, 이제는 서슴없이 사용 여부를 물어온다?

많이 변했다. 심경이 변했는데, 변하는 과정이 너무 단순해서 두렵다. 이런 변화는 극과 극의 양면성을 지니기 마련이니까. 예전의 모습으로 돌아갔거나, 지극히 잔인해졌거나.

"휴우! 쓰지 않을래. 난…… 휴우! 그래, 난 마야의 여자야. 내 스스로 옷을 벗을 수는 없어."

낙화향 창기의 입에서 나온 말이 맞나?

"그럼 방법이 없네요. 누가 구해주기를 기다리는 수밖에."

금연화는 실망한 표정을 내색하지 않았다.

네 여자가 할 수 있는 유일한 방법인데, 지금이라도 절혼마녀가 뇌력이란 것에 대해서 신경 써주길 바랐는데.

'방법은 있어. 찾지 못해서 그럴 뿐. 마야가 이곳에 있다면…… 그가 찾아오지 못한다면 우리가 찾아가는 방법을 찾아야 돼. 어떤 방법을 써서라도.'

지금 믿을 건 머리밖에 없다.

그녀는 온 신경을 집중하여 빠져나갈 방법을 모색했다. 그런데…… 느낌이 이상하다. 다담선자가 앉아 있는 곳에서 이상한 기운이 느껴진다.

금연화는 자신도 모르게 고개를 돌려 다담선자를 쳐다봤다.

"저, 저……!"

그녀는 경악성이 새어 나오는 것도 몰랐다.

第二十二章

관뢰옥(關牢獄)
—감옥에 갇혀

후우우욱……!

다담선자의 몸에서 일어나는 기류의 변화.

아! 운공조식이 절정에 이르렀을 때 나타나는 현상이지 않은가!

다담선자가 혈도를 풀었다. 분명하다. 두 눈으로 보고 있지 않은가. 운공조식하는 모습을.

다담선자는 삽시간에 대주천(大周天)을 마치고 일어섰다.

"자세한 이야기는 나중에 해요."

그녀는 재빨리 절혼마녀에게 다가가 그녀의 등 뒤 신도혈(神道穴), 근축혈(筋縮穴), 요유혈(腰兪穴)을 건드린 다음 양쪽 팔의

노회혈(臑會穴)과 천유혈(天牖穴)을 팔이 떨어질 만큼 강하게 쳤다.

"컥!"

절혼마녀의 입에서 격한 숨이 토해져 나왔다.

'혈도가 단숨에 풀렸어! 둘째의 무공은 도대체 어느 정도야!'

몸을 묵직하게 짓눌렀던 통제가 홀연히 사라지며 깃털처럼 가벼워진다. 전신에 무궁무진한 힘이 샘솟는다.

"시간이 없어요. 운공조식해요."

다담선자는 빠르게 말한 뒤, 금연화에게 다가가 혈도를 풀어주었다.

절혼마녀는 가부좌를 틀고 앉았다.

몸에 이상 여부를 파악하는 게 급선무다. 운기행공을 하여 점혈로 인해 생긴 울기(鬱氣)를 완전히 소통시켜 주어야 한다.

금연화와 일령도 궁금한 점이 많았지만 차후로 미뤘다.

다담선자는 한쪽 귀퉁이에 다소곳이 앉아서 운기가 끝날 때까지 기다렸다.

"후읍!"

가장 먼저 시작한 절혼마녀가 가장 빨리 끝냈다. 금연화가 바로 뒤를 이어 숨을 깊이 갈무리했고, 일령은 좁은 뇌옥에서 선유비조신법까지 펼쳐 보였다.

무공을 되찾았다. 흥분 때문에 몸을 가누지 못하겠다.

뇌옥에 갇혀 있는 몸이니, 그리고 무공을 되찾았어도 사방 천마나 천멸도 살수들을 상대할 수 없으니 아주 작은 자유에 불과하지만 하늘이라도 날듯한 기분이다.

이윽고 모두들 흥분을 가라앉히고 차분해졌다.

금연화가 제일 먼저 봉목을 반짝이며 물었다.

"언니, 솔직히 말해봐요. 이건 언니 실력이 아녜요. 그렇죠?"

"맞아."

"그 사람……? 설마 정말 마야와……?"

다담선자는 고개를 끄덕이며 애써 밝게 웃었다.

지금 이 순간, 마야는 몹시 고통스러울 게다. 차라리 죽는 게 낫다 싶을 것이다. 온몸이 석고처럼 딱딱하게 굳어가는 고통은 필설로 형용할 수 없다.

뇌력을 사용할수록 육신을 지탱하는 원기가 소멸된다. 또 소멸된 만큼 육체는 더욱 굳어져 간다.

그가 영파로 말을 해준 만큼 그는 아프다.

"정말이에요! 정말이야! 마야와 연락이 됐어!"

금연화는 속도 모르고 좋아했다. 일령과 절혼마녀도 죽음 속에서 구명줄을 발견한 사람처럼 들떴다.

마야, 그는 곁에 있다는 존재감만으로도 삶의 희망을 준다. 독사가 바글거리는 뱀 굴에 들어가 있어도 그가 지켜보고 있으면 살 것이라는 희망이 생긴다.

다담선자는 그녀들의 마음을 알았다.

'안 돼. 지금은 아무도 내색해서는 안 돼. 절대적으로 경거
망동은 삼가해야 돼. 점혈이 풀린 것을 알게 되면 상당히 곤
혹스러워져. 마야의 계획에도 차질이 생기고. 정신 바짝 차리
지 않으면 모든 게 수포로 돌아가.'

다담선자는 우선 자신의 마음부터 가라앉히고, 연후 여인
들이 듣고 싶었던 말들을 조곤조곤 흘려냈다.

"마야는 멀지 않은 곳에 있어. 마야를 느낄 수 있어. 난 사
방천마의 점혈을 풀어낼 능력이 없어. 그런데 문득…… 이렇
게 하라 하는 소리가 들려. 그 사람 목소리야. 이건 그 사람이
일러준 거야."

'영파……? 기왕이면 모두 같이 듣게 해주지. 아냐, 우린
들을 생각조차 하지 않았으니…… 그렇게 된 거야. 다담은 마
야와 영통하려 노력했고…… 그러니 다담에게만 들린 거야.
들을 준비가 되어 있었으니까.'

절혼마녀는 생각할수록 가슴이 답답해졌다.

언제부터인지 마야란 사내가 가슴속 깊이 자리했다. 한데
마야와 다담선자는 혼까지 엮여 있다. 그 틈을 비집고 들어설
수 있을까? 그들 만큼 목숨 건 사랑을 할 수 있을까?

자신없다. 다담선자에게서 목숨 건 사랑을 할 수 있으면 옷
을 벗어도 좋다는 말까지 들었지만 마야 앞에 서면 도저히 옷

을 벗을 수가 없다. 감히 생각조차 들지 않는다.

마야…… 그는 영원히 손 닿지 않는 곳에 있는 사람인가.

절혼마녀는 퍼뜩 상념에서 깨어나 다담선자의 말에 귀를 기울였다.

"점혈은…… 당분간 풀지 못한 척해."

"그래, 정면승부는 무모하지."

다담선자는 고개를 살래살래 흔들었다.

"언니, 그런 말이 아녜요."

착각일까? 일순간 다담선자의 얼굴에 짙은 그늘이 뒤덮인 듯한 느낌이 든 것은 뇌옥 안이 어둡기 때문일까?

"답평, 그자는 우릴 능욕의 도구로 사용할 거야. 지금은 단지 벗겨놓은 것뿐이지만 조만간……."

다담선자는 뒷말을 흐렸다.

'몇 번을 고쳐 생각해도 이건 명문정파가 아냐. 마도에도 이런 놈들은 없었어. 이놈의 자식들을 그냥…….'

절혼마녀의 눈길이 무의식적으로 금연화에게 향해졌다.

적을, 아니, 여자를 배려하는 최소한의 예의조차 없는 인간들이 정도인이라면 하늘이 웃으리라.

"답평은 우릴 마야에게 끌고 갈 거야, 협박용으로. 마야가 마령음을 내놓으면 모르겠지만 그렇지 않으면…… 우린 그가 보는 앞에서 겁간당할 거야. 내가 제일 먼저 당하겠지. 난 마야의 여자니까."

그녀는 겁간을 말하면서도 담담한 신색을 유지했다.

"이런 말은 뭣하지만…… 나도 마야의 여자라고 생각해. 동생 혼자 그렇게 만들지는 않을 테니까 걱정 마."

절혼마녀가 다담선자의 손을 붙잡았다.

"고마워요, 언니. 하지만…… 손쓰지 마세요. 그래서 부탁드린 거예요. 점혈을 푼 것, 당분간은 드러내지 말자고요."

"뭐?"

"겁간을 당해도…… 죽음을 맞이해도 반항하면 안 돼요. 줄 것 못 줄 것 다 빼앗겨도 무공을 드러내면 안 돼요."

"지, 지금 그걸 말이라고……."

"그 사람이 말할 때까지, 그 사람이 움직일 때까지…… 우리는 따라가기만 해요. 그 사람이 알아서 해줄 거예요."

'이런 절대적인 믿음이란…….'

세 여인은 말이 안 된다 싶으면서도 반박할 생각이 들지 않았다.

마야가 있는 것은 확실한 것 같다. 영파로 들었으니 두말할 필요도 없다. 하지만 눈으로 보지도 못했는데…… 단지 믿음 하나에 운명을 송두리째 맡기려 들다니.

"조금 있으면 놈들이 들이닥칠 거야. 명심할 건, 보이지 않는 가운데 천멸도 살수들도 숨어 있다는 거지. 한순간 실수하면 목숨이 열 개라도 부족해."

세 여인의 얼굴에도 짙은 어둠이 깔렸다.

겁간을 당해도, 죽음을 맞이해도 무공을 사용해서는 안 된다. 마야가 말할 때까지, 그가 일어설 때까지. 최소한의 반항조차도 허용되지 않는 족쇄다.

절혼마녀는 답답한 앞날을 떨치려는 듯 남도문의 이해하지 못할 동거에 생각을 맞췄다.

'마인 중에 마인, 살수 중에 살수가 남무림 무림들과 같은 밥을 먹고 있다니 모순도 이런 모순이 없을 거야. 어떻게 정도인이라는 작자들이 마도 놈들과⋯⋯. 자식들⋯⋯ 여기서 살아나가기만 하면 가만두지 않겠어. 검은 뱃속을 낱낱이 까발리고 말겠어.'

이상하다. 사방천마와 천멸도 살수를 떠올려도 절망감이 들지 않는다. 오히려 정반대로 투지가 팽팽하게 되살아난다. 당장이라도 뜨거운 피 맛을 느낄 수 있을 것 같다.

'마야가 옆에 있기 때문이야. 마야⋯⋯.'

알몸으로 오라에 묶인다는 건 기분 좋은 일이 못 된다. 주먹 한 대면 때려눕힐 수 있는 상대에게 온갖 모욕을 받아가며 묶이는 경우는 더욱 참기 힘들다.

네 여인은 순순히 오라에 묶였다.

마야가 먼저 움직이기 전에는 어떤 경우가 있어도 참아달라는 다담선자의 주문은 참으로 들어주기 힘들다. 한 번은 무사히 지나갔지만 또 누군가 겁탈하려고 든다면 어떡할 것인

가. 무공을 잃은 시늉을 하며 맥없이 몸을 내줘야 하나?

결정하기 힘들다. 누구도 쉽게 말할 수 없다.

일단은 묶여준다.

네 여인은 새끼줄에 꿰인 굴비처럼 앞선 여인이 잡아끄는 대로 어두컴컴한 회랑을 걸었다.

이 장 간격으로 녹슨 철문들이 있다.

발걸음 소리를 들었는지 철문 틈새로 엿보는 눈길도 느껴진다.

"크크크! 계집이야, 계집!"

"으……! 죽어도 좋으니 저것들 한 번 안아봤으면……."

혈도를 풀지 못했다면 듣지 못했을 소리들이 귀를 간질였다.

여자는 없다. 많은 사람들이 갇혀 있는데, 전부 사내들뿐이다.

그녀들은 사내들이 갇혀 있는 뇌옥을 발가벗은 몸으로 걷고 있었던 것이다.

'이건 사람 취급이 아냐. 아예 짐승 취급이야.'

기분 나쁜 느낌은 불행히도 맞아들었다.

회랑을 돌고 돌아 지하로 십여 장쯤 더 내려왔다고 느껴질 즈음, 앞선 여인이 칙칙한 철문 앞에서 멈춰 섰다.

"데려왔습니다."

대답 대신 철문이 덜컹 열렸다.

눈이 부시다. 뇌옥 안에서 대낮처럼 밝은 빛이 새어 나온다.

네 여인은 눈을 똑바로 뜨지 못하고 실눈을 뜬 채 여인이 이끄는 대로 끌려 들어갔다.

잠시 후, 빛에 적응이 되자 주위 경물이 한눈에 들어왔다.

보통 뇌옥보다 십여 배는 커서 광장이라고 불러도 손색이 없을 듯하다. 형태도 원형(圓形)이라 어두침침한 회랑만 걸어오지 않았다면 뇌옥이 아닌 것으로 착각할 것이다.

밝은 빛은 사방에 촘촘히 박힌 유등에서 흘러나왔다. 유등이 상중하 세 군데에 일 장 간격으로 밝혀져 있다.

뇌옥 정중앙에는 석관이 놓여 있고, 사남일녀가 석관을 둘러싸고 앉아 있다.

한 번씩은 본 얼굴들이다.

답평과 사방천마. 특히…… 아무렇지도 않은 표정으로 앉아 있는 네모난 얼굴의 사내는 잊을 수 없다. 누구보다도 금연화에게는 평생을 두고 기억될 사내다.

"좋은 몸매들이군."

답평이 여인들을 쓱 훑어보며 말했다.

"호호! 아주 재미난 년들이야. 묵 같은 년들이지. 누르면 누르는 대로 들어가는. 그런데 눈 속에는 비수가 담겨 있더란 말이야. 증오라면 재미있을 텐데, 혐오더란 말이지."

수치심도 들지 않았다. 얼마 전 같으면 혀를 깨물고 죽었으
련만, 지금은 담담했다. 마야가 지켜주고 있으니 겉모습이 어
떻게 변하든 상관없을 것 같다.

단지 알몸을 보이는 것만 말하는 게 아니다. 팔이 잘리고,
철추에 얼굴이 뭉개져도 마야는 버리지 않을 것이라는 확신
이 든다.

이상하다. 그에게서 무슨 말을 들은 것도 아닌데, 이토록
편안한 마음이 되다니.

수검의 양어깨에 소도를 찔러 넣은 사내, 북방천마가 다담
선자를 눈독 들이며 말했다.

"후후! 심마(心魔)가 들었군."

"그렇지? 나도 그렇게 생각했어. 전부 이놈이 수작을 부린
건데, 내가 이해할 수 없는 건…… 어떻게 이십여 장이나 떨
어진 곳, 알지도 못한 곳까지 수작을 부릴 수 있느냐는 거지.
관 속에 누워 있는 놈이."

"마령음을 경험해 보셨으니 색다른 것 한두 개쯤이야 덤으
로 생각하시지요."

답평은 사방천마에게 공손했다. 웃어른을 대하듯 몸가짐
도, 말투도 조심스러웠다.

"마령음은……. 좋아, 직접 경험해 봤으니 인정해. 소리를
듣는 순간 진기가 격감하는 요사한 사공(邪功)이야. 소
리…… 그래, 마령음은 소리라도 있어. 한데 이건 소리가 들

린 것도 아니고…… 께름칙한 기분이 들면서 하물(下物)이 축 늘어지더라니까. 그래서야 계집이고 뭐고 품을 맛이 생길 리 없고. 모두 다 이놈 수작인 건 확실한데 이해할 수가 있어 야지."

그러자 빈 허공에서 웅웅 울리는 듯한 음성이 들려왔다.

"우리 아이들을 상대할 때, 놈은 마인들을 수족처럼 부렸어. 자신의 생각을 뜻만으로 전달한 거지. 돌중들은 혜광심어(慧光心語)라 하고, 말코도사 놈들은 영파라고 하는."

바짝 메말라 삭막하기 이를 데 없는 음성이었다.

"마령음, 영파, 만공심안…… 빌어먹을! 모두 무공이 아니군. 태어날 때부터 선천적으로 타고나야 하는 초능력이야."

"초능력인지, 배양한 능력인지는 지금부터 알게 될 겁니다. 저희 야광에서는 후천적으로 양성한 능력이라는 쪽에 무게를 두었죠. 자, 알아볼까요? 석관을."

북방천마가 발길로 석관 뚜껑을 툭 차냈다.

석관이 나무 뚜껑처럼 떨어져 나가며 죽은 듯이 누워 있는 마야의 모습이 드러났다.

'마야……'

다담선자의 눈빛이 크게 흔들렸다.

마야는 죽은 사람처럼 두 손을 단전 부위에 모으고 누워 있다. 두 눈도 감겨 있다. 안색은 창백하며, 입술은 보랏빛으로 죽어 있다. 온기 또한 느껴지지 않는다.

영락없이 죽은 사람이다.

"오라는 풀어주세요. 저분은 제가 모시는 주인입니다."

일령이 차분한 어조로 말했다.

평상시의 그녀라면 결코 이런 말을 하지 않았을 게다. 그녀는 묵묵히 뒤에서 지켜보고 눈치껏 알아서 행동한다. 앞에 나서서 부각되는 행동은 지극히 자제해 왔다.

또한 명을 받으면 목숨을 바쳐서라도 완수해야 하는 자하령으로 성장했기 때문에 독자적인 판단에 따라 행동하는 것은 낯설다.

그녀가 마야를 주인이라고 말했다.

"자신의 처지부터 살피는 게 좋을 텐데?"

사방천마 중 유일한 여인이 코웃음쳤다.

"마야를 깨어나게 해야죠. 할 수 있나요?"

일령은 칼자루를 쥐고 있는 사람처럼 자신만만했다. 칼로 끊듯이 단호했다. 답평이나 사방천마가 아무리 뛰어나도 자신을 건드릴 수 없다는 자신감이 물씬 배어 나왔다.

"저와 여기 셋째 언니가 힘을 합하면 할 수 있어요."

다른 여인들이 보기에도 낯선 모습이다. 하나 놀라지 않았다. 아니, 놀랐다. 그녀들은 정작 다른 것에 놀랐고, 심장이 터지려는 것을 억지로 눌러 참는 중이었다.

"묶인 모습이 보기 안 좋군. 오라를 풀어달라고 해. 일령이 좋겠어. 일령, 자신있게 말해."

"그대들의 옷을 벗긴 것은 나를 협박하기 위해서지. 사내들이 들끓는 뇌옥에 여자들을 발가벗겨 넣어놨으니 알아서 하라는. 한데 내가 눈을 뜨지 않으니 공연히 옷만 벗긴 셈이야. 내가 눈을 뜨면 답평에게 걸려들고, 이대로 눈을 감고 있으면 우리가 이기는 이상한 싸움이지. 즉, 날 깨어나게 할 수 있다는 건 최상의 무기야. 있는 무기는 사용하고 봐야지. 지금 사용해."

"쯧! 주인이라니. 감당하지 못할 소리."

들려온다. 그의 숨결이 음성 속에 녹아서 다가온다.

답평은 맹랑하게 말하는 일령을 뚫어지게 주시했다. 그녀의 표정 속에서 진의를 파악하려는 듯이.

일령은 대답이 나오기를 기다렸다.

"확실히……."

답평이 몸을 일으키며 말문을 열었다.

"자하부의 지장술을 가볍게 본 건 사실이야. 호흡을 가두면서 다른 금제도 펼쳐 놓은 것 같은데……."

그런 것은 없다. 지장술은 일정한 시간이 지나면 스스로 깨어나 땅을 뚫고 올라와야 하는데, 금제를 가해놓는다면 무슨 수로 몸을 움직이겠는가.

마야의 숨을 가둬놓는 것 외에는 한 것이 없다. 자하부의 독특한 공부를 사용하여 숨을 더욱 오래도록 가둬놓은 것 외에는 일반적인 공법과 다를 바 없다.

답평은 제 꾀에 제가 넘어갔다.

답평은 이미 동원할 수 있는 사람들, 방법들을 다 사용해 봤을 게다. 그러고도 마야를 깨우지 못하니 다른 금제를 가했다고 생각하는 게다. 더군다나 일령이 자신있게 확언하고 나섰으니 의심의 여지가 없다.

"지장술에 대해서 잘 아는 것처럼 말하지만 개략적인 것밖에 몰라. 놈은 말을 하면서 표정 변화를 살피고 있어. 숨길 수 있는 데까지 숨겨봐."

금연화도, 일령도, 다담선자와 절혼마녀도…… 무엇인가를 알아내고자 하는 사람에게는 얄미울 정도로 냉막한 표정들이었다.

답평은 말을 하다 말고 다시 한 번 일령을 응시했다. 착각인지는 모르겠으나 순간적으로 눈에서 노란 불꽃이 번쩍하고 터져 나오는 느낌이었다.

"좋아. 풀어줘."

네 여인을 묶어서 데려온 여자가 일령과 금연화의 오라를 풀었다.

"저 두 언니도 풀어주세요."

일령은 오라에 묶였던 손목을 만지작거리며 말했다.

답평은 예상했다는 듯 즉시 고개를 끄덕였다.

다담선자와 절혼마녀도 자유를 얻었다.

사실 오라 정도는 장애가 되지 않았다. 금제를 풀었기 때문에 천잠사(天蠶絲)도 아니고 일반적인 밧줄 정도는 별 힘 들이지 않고 끊어낼 수 있다. 하나 무공을 드러낼 수 없으니.

"옷 입어. 달라고 하면 쉽게 내줄 거야. 그런 것쯤은 얼마든지 도로 뺏을 수 있으니까."

"옷도 주세요."

일령은 거침없이 요구했다.

답평의 눈가에 또 한 번 번갯불이 스쳐 갔다. 뿐만 아니라 그는 무엇인가 이해할 수 없는 일에 부딪친 듯 고개를 갸우뚱거리기까지 했다.

"하나만 묻지. 세상에서 가장 무서운 적이 누구인지 아나?"

뜬금없이 던져 온 질문.

"물을 걸 물어야죠. 지금은 당신들이 가장 무서운 적이잖아요?"

답평은 고개를 살래살래 흔들었다.

"틀린 대답. 우리가 가장 무서운 적이라고 하니 하나 더 물어야겠군. 그럼 이 무서운 적들을 꺾으려면 어떻게 해야 할까? 기회를 준다면 말이야."

"무공으로는 어림도 없고, 준비를 해야죠."

"호오! 어떤 준비?"

"글쎄요. 독이 어떨까 싶네요."

답평은 또 고개를 가로저었다.

"전부 틀린 대답. 세상에서 가장 무서운 적이 누군지 아나? 자기 자신이지. 세상에서 죽는 사람들을 살펴보면 십중팔구는 자신이 스스로 묘혈을 판 거야."

답평은 말을 하면서 네 여인을 끌고 온 여인에게 뇌옥 한구석을 손가락으로 가리켰다.

여인이 그곳으로 가서 옷을 가져와 건네주었다.

낯선 사내들 앞에서 옷을 입는 것은 알몸을 드러낸 것과는 또 다른 수치다. 더군다나 여인이 건네준 옷은 네 여인의 것이, 속곳과 겉옷이 마구 뒤섞여 있었다.

하나씩 들춰가며 일일이 찾아 입어야 한다.

사방천마의 눈은 여인들에게 착 달라붙어 떨어질 줄 몰랐다. 하나 답평은 그녀들을 쳐다보고 있지 않았다. 그의 눈길은 천장에 고정되었고, 무엇인가를 생각하는 듯 몽롱하게 변했다.

"천하에서 가장 무서운 적은 자기 자신이야. 무공을 모르는 자가 초강자를 죽이는 방법 중 가장 쉬운 것이…… 성격에서 허점을 찾는 거지. 조문(罩門) 없는 인간은 없으니까."

"후후! 들킨 것 같군. 야광을 이끄는 사람이라 조그만 틈도 놓치지 않는군. 괜찮아. 마음 편하게 먹어. 발각되지 않았으면 일부러라도 알려줘야 할 판이었으니까."

답평은 해답을 얻은 듯 피식 웃었다.

"난 마야를 잡기 전에 마야에 대해서 속속들이 조사했네. 야광 표현을 빌리자면, 마야를 잡았다고 하지. 마야의 가장 큰 단점은 정(情)에 약하다는 것. 이미 짐작하고 있겠지만 그대들을 강간하면 마령음이 아니라 옥쇄라도 내놓을 거야. 마야는 그런 자, 승부는 끝난 거지."

짐작했던 대로다. 별로 놀랍지 않다. 정도인이라면 생각조차 못할 방법이지만 정도문파인가 의심스럽기까지 한 남도문이니 별로 놀랍지 않다.

"마령음을 받아내기만 하면 되는데……."

"사람이 깨어나지 않은 거죠."

"일령…… 소저에 대해서도 조사했지. 또 야광 표현을 빌릴까? 일령을 잡았지."

"……."

"혹독한 살인 무예를 수련했지만 세상을 알지 못하는 풋내기. 이 정도라면 손대고 말고 할 것도 없어. 야광 중 아무나 나서도 요리할 수 있는 여자야."

일령은 금연화를 쳐다봤다.

본심을 내색하지 않으려고 애쓰지만 불안한 신색이 어른거린다.

"그런 여자가 차분히 가라앉은 음성으로 조건을 걸고 나섰단 말이야. 마야를 깨울 수 있으니 오라를 풀어라. 옷을 달라. 후후후! 일령이란 여자를 잘못 읽었나 하고 곤혹스러웠지 뭐

가. 후후후! 하하하하!"

답평은 즐거운 듯 호탕하게 웃었다. 그러나 그의 눈…… 얼음처럼 차게 가라앉은 눈은 일령을 쳐다보고 있지 않았다. 그는 관 속에 누워 있는 마야를 응시했다.

"후후후! 야광 표현을 또 한 번 빌려야겠군. 마야, 넌 잡혔어. 연극 그만 하고 일어나지?"

사방천마가 일어나려고 했다. 하나 답평이 눈짓으로 말렸고, 사방천마는 서둘지 않았다.

"그대 뜻대로 오라도 풀어줬어. 옷까지 줬고. 이만한 선심쯤은 언제라도 다시 거둘 수 있다는 점을 염두에 두게. 또 하나…… 다시 옷을 벗길 때는 반드시 황홀한 신음 소리를 듣게 될 거라는 점, 약속하네."

소립파가 눈을 떴다. 그리고 당연하다는 듯 말했다.

"오늘 하루는 쉬고 싶군. 내 여자와 푹신한 침상에서. 술과 안주거리 좀 준비해 주면 고맙겠군. 일단은 쉬고…… 골치 아픈 건 내일 이야기하자고."

소립파와 다담선자는 뇌옥 한 귀퉁이, 휘장만 쳐놓은 침상에 몸을 눕혔다.

"양맥(陽脈)은 그럭저럭. 음맥(陰脈)이 심하게 굳어가."

"그럼 음기가 더 해로운 것 아녜요?"

"해롭겠지. 기운없는데 위로 올라와 줘."

"해롭다면서 해요?"

"음맥은 더 심하게 손상되겠지만 양맥도 건드려 주니까. 해롭건 말건 우선 몸은 움직일 수 있어야지. 옛날에 어떤 노인을 만난 적이 있어. 아침마다 하루도 빠짐없이 무공 수련을 하는 노인인데…… 어느 날인가 물었지. 그렇게 나이 들어서도 무공 수련을 해야 되냐고. 무슨 영화를 보겠다고. 그랬더니 뭐랬는지 알아?"

"우문(愚問)이니 현답(賢畓)이 나왔을 텐데, 짐작이 안 되네요."

"훗! 내 말이 우문이라 이거지. 사실 그렇잖아. 늙어 죽을 때까지 무공 수련을 그치지 않아야 한다면 그처럼 고역스러운 일이 어디 있겠어. 그저 노년에는 손자손녀 재롱 보면서 편히 쉬는 게 최고지."

"뭐라고 그랬어요?"

"첫마디는 빌어먹을 놈이라는 욕이었고…… 평생 수련한 무공으로 바위 하나 깨지 못해도 상관없다. 그저 마지막 순간까지 사지육신이나 멀쩡히 놀리다가 죽으면 원이 없겠다."

"현답이군요."

"나도 지금은 아무 생각이 안 나. 사지육신이나 마음껏 놀렸으면 좋겠어."

"그래요. 마음껏 놀려봐요. 먼저 저부터 안아주시고요. 얼마나 안기고 싶었다고요."

얇은 휘장, 없는 것보다는 낫지 싶어서 쳐놓은 것에 불과한 것.

소립파와 다담선자의 대화는 또렷하게 들려왔다. 움직임도 보였고, 호흡도 느껴졌다. 곧이어 낯뜨거운 교성이 주위를 전혀 의식하지 않고 새어 나왔다.

삐걱! 삐걱⋯⋯!

나무로 된 침상은 교성만큼이나 얼굴을 화끈 달아오르게 만들었다.

묘한 기분이 든다.

마야와 다담선자는 어떤 사람들일까? 행복한 연인일까? 아니면 처절한 투쟁의 한복판에 서 있는 불행한 사람들일까.

두 사람의 행위를 음탕스럽게 생각한 적이 있다.

지금은 그렇게 생각하지 않는다. 음탕한 행위가 가슴 시리도록 아플 수도 있다는 것을 알았다.

굳은 경락을 풀어주기 위해 음양교합을 시전하기 때문은 아니다.

마야가 다담을, 다담이 마야를⋯⋯ 서로가 서로를 생각하는 간절한 마음이 읽히기에 가슴이 찢어진다.

이른 새벽, 금연화가 선잠에서 깨어났을 때 소립파는 침상에 앉아 있었다.

"몸은 좀 괜찮아요?"

"고생했어."

어떤 의미로 한 말일까? 남도문에 잡힌 것을 위로하는 말인가, 아니면 겁탈당할 뻔한 일을 말함인가.

"오늘 큰 싸움을 해야 할 거야. 몸을 잘 추려둬."

"여기서 빠져나갈 수 있겠어요?"

"……."

마야는 항상 그랬듯이 필요없는 말은 하지 않았다.

2

저벅! 저벅……!

네 사람인지 다섯 사람인지 모를 발자국 소리가 멀리서 들려왔다.

아침 식사를 끝내자마자 닦달하러 오는 소리다. 뱃속에 들어간 밥이 채 소화도 되기 전에 보기 싫은 얼굴을 보게 되었으니 체하지나 않을는지.

"급하긴 급했나 보네요."

금연화가 피식 웃으며 말했다.

절혼마녀와 일령은 옅은 웃음만 지어 보였다.

답평과 사방천마, 그리고 천멸도 살수들. 마음먹기에 따라서는 한순간에 삶과 죽음을 바꿔놓을 능력자들이다.

그들이 다가오고 있지만 염려스럽지 않다. 그들의 발자국 소리에 귀를 기울이느니 차라리 등 뒤, 나무 판자를 두어 개 얹어놓은 것 같은 침상에서 다정하게 소곤거리는 남녀의 정담이나 들으련다.

"애가 들어설 법도 한데, 안 들어서네요."

"아기를 원했나?"

"낳고 싶어요. 욕심 같아서는 열이고 스물이고 낳을 수 있을 때까지 낳고 싶지만…… 하나라도 들어서기만 하면 바로 도망갈래요."

"도…… 망?"

"마야가 가는 길은 늘 위태위태해서요. 어디 한적한 곳에 숨어서 애나 키울래요. 잘 키울 테니까 할 일 다 끝내고, 세상 구경 실컷 했다 싶으면 찾아와요."

"후후후!"

"왜 웃어요?"

"미련한 여자 같으니. 그런 걸 말해주면 어떡해."

"임신시키지 말아야겠다는 생각을 하는 거죠? 그게 마음대로 되는 것 같으면 말하지 않았죠. 호호호! 아기는 신이 점지해 주는 거예요. 인력으론 안 되는 거죠."

"아니, 난 정반대인데. 이 여자를 어떻게 떼어내나 고민했는데 아주 간단했잖아. 임신만 시키면 되겠군."

"정말이에요?"

"이런…… 농담도 못할 여자군."

마야와 다담선자는 자신들이 뇌옥에 갇혀 있다는 사실을 망각한 사람처럼 말과 행동에 구김이 없었다.

끼이익!

묵중한 철문이 기음을 터뜨렸고, 곧이어 답평과 사방천마가 모습을 나타냈다.

"참을성이 별로 없어서."

'거짓말.'

금연화는 사방천마보다도 답평이 무섭게 느껴졌다.

사방천마는 무척 강하다. 하나 그것뿐이다. 그들에게서 무공을 떼어놓는다면 두려울 게 없다. 하지만 답평은 사방천마가 갖지 못한 참을성을 가졌다. 목적을 위해서라면 평생이라도 기다릴 줄 아는 사람이다.

사람은 겉모습만 보고는 모른다? 맞는 말이다. 답평을 얼마나 안다고 인물됨을 평가할 수 있을까. 그러나 금연화는 웃는 얼굴 뒤에 도사린 답평의 무서움을 읽어냈다.

"푹 쉬었을 테니…… 몇 마디 정도는 나눌 수 있지 않을까?"

마야와 다담선자는 이방객이 나타났어도 고개조차 돌리지 않았다.

소림파는 침상에 엎드린 채 꿈쩍하지 않았다. 다담선자는 다소곳이 앉아서 섬섬옥수를 놀려 그의 근육을 풀어주었다.

"몸은 좀 어떤가?"

"이제 막 깨어난 사람이에요. 좋을 리가 없죠."

다담선자가 대신 대답했다.

"회복 안 된 사람치고는 열심이더군. 허허! 아니면 그쪽만 회복된 건가?"

답평은 뇌옥 안에서 벌어진 일을 두 눈으로 지켜본 듯이 말했다.

"음양교합으로 말끔히 털고 일어날 수 있다면 매일이라도 붙어 있죠. 오뉴월 가뭄에 물 몇 방울 준 것에 지나지 않아요. 그것조차도 아쉬우니까 하고는 있지만."

비꼬는 말에 현답이다.

"쯧! 즐거워야 할 음양교합이 죽어가는 불씨를 살리는 도구로 사용되었군. 후우! 어쨌든 오늘 이야기는 쉽게 끝나겠어. 구슬이 서 말이라도 꿰어야 보배, 하늘도 시샘할 재주를 가졌지만 사용하지 못하면 지니지 않은 것만 못하지. 괜히 마음만 끓을 테니까."

희망은 좀처럼 다가오지 않았다.

모든 건 마야에게 달렸다.

그가 기이한 능력을 펼쳐 낼 수 있느냐, 없느냐에 따라서 칼자루를 내줄 수도 있고 움켜쥘 수도 있다.

오고 가는 이야기로 미뤄보면 당분간은 마야에게 의지할 수 없을 것 같은데…… 그런데도 이상하게 불안하지 않다. 용암이 발밑에서 살을 태울 듯 이글거리는데 먼 산 불구경처럼 자신들과는 상관이 없다는 느낌이 든다.

마야가 몸을 돌려 비스듬히 누웠다. 오른팔로 머리를 받치고 집주인이 손님을 대하듯 여유있는 모습으로 답평을 쳐다봤다.

"시답잖은 말은 그만두고…… 용건을 말해."

"시답잖은 말이라…… 후후후! 적반하장도 유분수라더니. 이건 완전히 주객이 전도된 모양새 아닌가. 잡혀온 사람이 큰소리를 치면 어쩌겠다는 건가?"

답평은 천천히 걸어 들어와 마야의 맞은편에 앉았다.

"남도문 사정이 의외로 안 좋은 모양이군."

밑도 끝도 없이 흘러나온 말, 순간적이지만 답평의 눈가에 가는 경련이 일었다가 사라졌다.

"북검문과 팽팽한 대치라는 게 세인들의 평가인데…… 사실은 밀리고 있어. 그것도 한 치 앞을 보지 못할 만큼 절박하게."

마야가 일어나 앉았다. 바로 옆에서 다담선자가 묵묵히 수발을 들어주었다.

"표면적으로 드러난 상태는 백중지세. 밀릴 것이 없는

데…… 뭔가? 사방천마와 천멸도 살수들을 끌어들일 만큼 절박했던 사유가? 남도문의 실세가 무너진 건가, 아니면 북검문이 비밀 병기를 개발한 건가?'

마야는 답평을 쳐다보지도 않고 말했다. 하나 그가 한마디 한마디 흘려낼 때마다 답평의 안색은 수시로 바뀌었다. 어떤 때는 하얗게, 어떤 때는 파랗게.

"사방천마가 남도문에 있는 이유라면…… 전에 말했는데 흘려들었군. 옛날에는 마인이었으나 회개하여 정도로 돌아섰다고 말이네."

마야는 싱겁게 피식 웃었다.

사방천마는 유계에서 왔다.

그들은 자신들을 마도인의 영원한 우상이라고 생각한다. 마도인의 이름을 가진 자들은 하늘처럼 받들어 모셔야 하며, 이에 불응할 때는 죽음을 안겨준다.

정도와는 분명한 선을 그었다.

낮을 지배하는 자가 정도라면, 마도는 밤을 지배한다고.

그런 자들이 회개하여 정도로 돌아섰다면 지나가던 개도 웃으리라.

"능력 밖에 것은 알 생각을 말라? 그 정도 선에서 이야기를 하면 되는 건가?"

"자네 말처럼 시답잖은 말은 그만두고 본론을 이야기하지. 마령음. 선천적인 것인가, 후천적인 것인가?"

처음 뇌옥에 들어섰을 적에 답평의 말투는 온후했다. 하나 이야기를 나누는 동안에 그의 말투는 신경질적이고 강압적인 어투가 배어 나오기 시작했다.

모두들 귀를 쫑긋 세웠다.

질문은 답평이 던졌지만 질문 내용은 누구라도 궁금해하는 사항이다. 사방천마와 뇌옥 어딘가에 숨어 있을 천멸도 살수들의 귀가 열리는 것은 보지 않아도 알 수 있다. 금연화, 절혼마녀, 일령도 그 점만은 궁금했다.

기이한 능력인 마령음, 과연 선천적으로 타고나야 되는 능력인가 아니면 후천적으로 양성할 수 있는 기공인가.

대답은 너무 쉽게 나왔다.

"조금만 노력을 기울이면 누구나 할 수 있는 평범한 짓거리지."

"……."

일시, 쥐 죽은 듯한 침묵이 흘렀다.

물어야 할 말이 많지만 그전에 격동으로 울렁이는 가슴부터 진정시켜야 했다.

"후후후! 짓거리…… 한낱 짓거리에 불과한 능력에……. 중원무림이 들썩인다, 이거군. 그 짓거리가 후천 능력이라면 심결(心訣) 같은 것도 있겠군."

무공 구결을 알려달라는 소리와 진배없다. 아니, 지닌 무공을 송두리째 내놓으라는 소리다.

어차피 예상했던 물음이지 않나. 마야를 잡아왔을 때는 결국 마령음이 목적이었을 테니. 그리고 마야도 그런 사실을 모를 리 없을 테고.

길고 지루한 싸움이 되리라.

알려는 사람과 말해주지 않으려는 사람. 그리고 그 사이에서 십여 명의 목숨이 위협용으로 사용될 것이다. 비밀을 토하는 순간 이용 가치가 사라지게 되니 토사구팽(兎死狗烹)이라. 죽음을 각오할 때만 입을 열 것이니 정말 힘든 싸움이 되리라.

그런데 정녕 믿을 수 없게도 소림파는 담담히 심결을 흘렸다.

"순(順)으로는 타타개두뇌(它打開頭腦) 천공병차타대화(天空並且它對話)요, 역(易)으로는 불용벽력수단(不用霹靂手段) 현불출보살심장(顯不出菩薩心腸)."

'옳은 길은 마음을 여니 하늘과 대화를 나눌 수 있는 것이고, 거스르는 길은 단호한 수단을 쓰지 않으면 보살의 마음을 나타낼 수 없다는 뜻으로 강경하게 나가야 한다는 것인데…… 이게 마령음과 무슨 관계지?'

금연화는 고개를 갸웃거렸다.

마야가 한 말과 마령음과의 연관성을 찾아낼 수 없었다. 그녀뿐만이 아니라 만사무불통지(万事無不通知) 도숭부(陶崇富)의 절대적인 신임을 받고 있는 답평도 곤혹스러운 표정이었다.

마음을 열면 하늘과 대화를 나눌 수 있다.

마령음의 심결은 확실한 것 같은데, 상세한 운용 구결을 모르는 한 공허한 염불에 불과할 뿐이다.

"이 이치를 잘 살펴보면 마령음이 나올 것."

"풋! 사람 바보 만드는 법도 가지가지네. 결국 순순히 내놓지는 않겠다는 뜻이잖아? 그렇지?"

사방천마 중 여인이 비릿한 비음을 토해내며 말했다.

그녀는 손짓 하나, 말 한마디도 유혹 아닌 것이 없다. 얼굴 윤곽이며, 몸매가 조각상처럼 매끈하게 다듬어져서 이목은 단숨에 끌어당기지만 인간적으로 다가가기는 쉽지 않다.

그런 여인이 유혹의 손길을 보내면 거절한 남자가 몇이나 되랴.

소림파는 여인의 자태나 유혹이 인위적인 것, 욕금진기라고 말한바 있다.

"야광 총사가 방금 전에 선을 그어줬는데 잊었나 보군. 서로 알 만큼만 알면 되지."

"더 이상은 말하지 못하겠다?"

"몇 마디 말뿐이지만 마령음의 진체(眞體). 진체를 접하고도 본신을 보지 못하는 것은 당신들의 눈이 어둡기 때문이니 날 탓할 일을 아니라 보는데."

"호호호!"

여인은 교태롭게 웃으며 살짝 팔을 들어올렸다.

소매 사이로 빙옥 같은 살결이 드러났다. 옷섶도 벌어지며 탄력있는 육봉이 보였다. 냄새도 풍겼다. 밤꽃처럼 은밀함을 자극하는 냄새가 은은하게 흘러나왔다.

무엇보다도…… 그녀는 다른 사람은 다 무시하면서 유독 자신에게만은 언제든지 몸을 열어줄 것 같다는 느낌을 준다.

백 마디의 교언보다도 확실한 유혹이다.

"새카만 후배한테 당신이라는 소리나 듣고. 하지만 듣고 보니 그러네. 말해줘도 알아듣지 못했으니 우리 잘못이지. 그러니 어떡해? 머리가 우둔하니 하나하나 잘 일러줘야지. 고리타분한 이야기는 그만 접어두고…… 내 방으로 가지 않을래?"

소림파는 승려도 색광(色狂)으로 만든다는 욕금진기를 담담하게 받아들였다.

그때, 답평이 여인을 제지하며 나섰다.

"잠시 참으시지요. 욕금진기로는 해결이 안 될 자인 듯싶군요."

"흐흐! 맞아. 저 자식 저거… 눈깔을 보니 아주 멀쩡해. 네 그 뭐야, 젖…… 뭐 하고 아랫도리 그 뭐시기가 눈에 들어오지 않는 모양인데, 저 자식 저거 고자새끼 아냐?"

금연화는 고개를 번쩍 들어 말하는 사내를 봤다.

죽는 순간까지 잊을 수 없는 음성이다. 사랑하는 사람도 만지지 않은 알몸을 마구잡이로 더듬었으며, 오욕스럽게 침까지 발랐다. 비소를 더듬던 거친 손길은 아직도 잊히지 않는다.

'더러운 놈…… 네놈은 내게 죽어.'

사내를 두 눈 가득 새겨 넣었다.

보통 키. 네모난 얼굴에 거친 수염이 가득하고…… 이마와 턱에 비해서 코와 볼 부분이 함몰되어 있는 특이한 얼굴형이다. 눈은 뱁새처럼 작으며, 눈초리가 위로 치켜 올라가 있어서 포악한 성질임을 한눈에 알 수 있다. 무인이 아니더라도 술 취하면 주사깨나 부릴 사람 같아 보인다.

잘끈 깨문 입술에서 짭짤한 피가 흘러나와 입 안을 적셨다.

분노는 삭힌다. 그때처럼 달려들어 능욕한다면 당해준다. 아니, 받아준다. 하나 언젠가 마야가 일어설 것이고, 그의 입에서 죽이라는 말이 떨어지면…… 놈은 죽을 수밖에 없다.

'그때까지만 참는 거야.'

"고자는 아니죠. 어젯밤 운우지락에 날을 새웠으니 그만한 정력가도 드물죠. 지금 마야는 뭐랄까…… 불문(佛門)의 부동심(不動心)과 비슷한 수양을 쌓은 듯싶군요. 욕금진기가 통하지 않는 건 그 때문일 겁니다."

답평은 사방천마를 어른 후 소림파를 뚫어지게 응시했다.

"어제 분명히 말했지만 난 자넬 잡았네. 자네 말대로 진체를 대하고도 본신을 못 알아보았으니 무식하기 짝이 없는 노릇이지만…… 어쩌겠나? 자네는 잡혀 있는 몸이니 소상히 말해줘야지. 그렇게 생각지 않나?"

"불응하면?"

"어리석기는……."

"후후후!"

마야는 웃었다. 하얀 이를 드러내며 싱그럽게 웃었다. 밝고 편안하게, 아무 근심 걱정 없는 사람처럼.

"웃지 말게. 자네의 웃음은 사람의 심기를 건드려."

"이미 시험해 보았으면서 또 써먹는군. 저 사람이겠군. 언젠가 금 소저 손에 죽을 사람이."

마야는 손가락을 들어 금연화가 이를 갈며 머릿속에 담아놓은 사내를 가리켰다.

"금 소저는 모든 걸 줄 생각이었지. 그때도 그렇지만 지금도 그래. 그런 거라면 계속해도 괜찮아. 어차피 내 여자도 아니고."

어쩌면 금연화의 마음을 갈기갈기 찢어놓는 말일 수도 있지만, 그는 태연히 말했다. 그리고 답평과 사방천마는 쳐다보지도 않고 길게 기지개를 켰다.

"역시!"

답평이 얼굴을 환하게 밝히며 손으로 무릎까지 털썩 쳤다.

"겁간이 이루어지기 직전, 갑자기 욕념이 사라져 버리는 기이한 현상이 일어났지. 몰라도 당하고 알아도 당할 수밖에 없겠지만…… 영파가 아니면 있을 수 없는 일. 후후후! 알겠나? 자네가 진정으로 이 여자들을 버리지 못하는 한, 자네는 내 손에 잡힌 거야. 그러니 얄은 수는 그만 쓰고 내 말을 똑똑히 듣게."

답평은 강압적인 말투를 버리고 평온한 말투를 사용했다.

한 가지 사실이 명명백백해졌다.

여인들의 옷을 벗기고, 겁간을 하려 한 것은 충동적이거나 우연한 것이 아니었다. 모두가 답평의 치밀한 계산하에서 연출된 행동이었다. 마야의 능력을 최종적으로 확인하려는 심산에서. 마령음, 만공심안, 영파를 두 눈으로 확인하고 싶어서.

"너무 여유 부리지 말고 잘 듣게. 그때 남방천마께서는 정말 자하일봉을 겁간할 생각이었어. 지금도 마찬가지고. 언제가 될지는 모르지만 자하일봉은 반드시 남방천마의 품에 안길 걸세. 이건 자네들이 이 뇌옥에 들어선 순간부터 정해진 인생이지."

"흐흐흐!"

남방천마는 금연화를 보면서 음충맞게 웃었다.

소립파는 입꼬리를 살짝 비틀며 픽 웃었다.

"두 가지 길이 있네. 하나는 지난 일을 회개하고 남도문과 힘을 합치는 것. 봉공(奉公)을 줌세."

마인에게 봉공을 준다?

파격적인 제안이다.

어떻게 마인에게 봉공이라는 자리를 줄 수 있을까? 위장 신분이라면 가능하다.

사방천마와 천멸도 살수들은 공공연하게 나돌아다닌다. 뇌옥을 오가면서도 도무지 거침이 없다. 그렇다는 것은 그들이 남도문 무인들에게 인정받고 있다는 뜻이지 않나.

남도문 무인들이 마인을 용납하고 인정할 리는 없다.

결국 한 가지 결론에 이른다. 사방천마와 천멸도 살수들은 명가의 후예나 신비 집단 혹은 은거 집단쯤으로 위장하고 있다는 것. 야광에 천하의 수재라는 자들이 천여 명이나 머리를 맞대고 있는데 무슨 수작인들 부리지 못할까.

무명을 떨치고자 한다면, 권력에 욕심이 있다면 떨쳐 내기 힘든 제안이다.

마야는 담담하게 말했다.

"다른 길은?"

"가장 쉬운 길이지. 죽으면 되니까."

"방금 전에는 당장이라도 마령음을 빼앗을 듯이 달려들더만 그새 생각이 바뀌었나 보군."

"쉽게 가는 게 좋지. 자네는 무슨 일이 있어도 마령음이나 영파, 만공심안을 내놓지 않을 거야. 내놓지 않으려는 걸 억지로 얻으려는 것처럼 미련한 짓도 없고. 남의 떡이 커 보인다고 얻지 못한 능력이 커 보이기는 하지만…… 마령음 같은 게 북검문 손에 넘어가지 않았으니 된 거지."

"사방천마와 천멸도로 부족한 부분은 채웠다?"

"유계와 천멸도라면 북검문주도 상대할 수 있으니까."

소립파는 고개를 살래살래 흔들었다.

"북검문주의 소맷자락도 건드리지 못해. 남도문주의 소맷자락을 건드리지 못하는 것처럼."

사방천마의 안색이 파랗게 질렸다. 뇌옥 안의 공기도 미미하게 파랑을 일으켰다. 천멸도의 살수들이 살기를 띠었다는 증거다.

소립파는 눈도 깜빡하지 않았다.

"내가 제삼의 길을 제안하지. 내 선택은 이것뿐이며, 당신 선택도 이것뿐이야. 상조문, 철사문, 독조림. 그리고 궁왕 강창도를 내놔. 그러면 마령음을 준다."

답평은 손을 들어 이마를 탁 쳤다.

"이거, 이거…… 내가 걸려들었군. 마야를 잡아온 게 아니라 안방으로 모셔왔어. 자존심이 상하기도 하고. 우리들은 안

중에도 없다는 투인데……. 자네는 이 안방이 어떤 곳인지 짐작이나 하고 있는 건가?"

소립파는 가볍게 주위를 쓱 훑어봤다.

"이 뇌옥은 특이한 구조군. 둥그런 원의 형태. 토평(吐坪) 적토(赤土)를 발라놨으니 방음(防音)에 탁월한 효과가 있지. 내가 마령음을 토해내도 뇌옥 밖에까지는 영향을 미칠 수 없겠어. 그래도 한다면……."

"뇌옥 밖에 있는 궁수들이 자넬 벌집으로 만들어놓을 걸세. 만공심안이라는 제삼의 눈을 가졌으니 이미 봤을 것이네만. 이 뇌옥에는 사방을 빙 둘러 삼백이십사 개의 구멍이 있지. 철궁대 삼백여 명이 쏘아내는 화살이라면 벌집이 되고도 남을 걸세."

"적토 뒤에서 쇠 냄새도 나는데?"

"자네 사람 가운데서 가장 무식한 자가 철탑거추지? 철탑거추 다섯 명이 힘을 합쳐도 뚫지 못할 거라는데 목을 걸지."

"이 뇌옥에 대해서 더 들을 게 있나?"

"난 지금이라도 자넬 죽일 수 있네."

"죽이면 되겠군."

답평은 잠시 눈을 감고 생각에 잠겼다.

긴 침묵이었다. 잠시 눈을 감은 줄 알았는데 일다경이 지나도 눈을 뜨지 않았다. 간혹 미간을 찌푸리기도 하고, 볼을 씰룩거리기도 하는 것으로 보아서 심한 갈등을 겪는 것처럼 보였다.

이윽고 반 각이라는 시간이 흘렀을 즈음, 그는 뜬눈으로 밤을 밝힌 사람처럼 힘든 모습으로 눈을 떴다.

"아쉽군. 이렇게 결론이 나서."

생각은 깊었지만 행동은 단호했다. 그는 말이 끝나기 무섭게 자리에서 일어섰다. 그리고 정말로 마야에게는 일별도 던지지 않은 채 등을 돌려 뇌옥을 걸어나갔다.

사방천마도 일어섰다.

그들은 행동을 달리했다. 제일 먼저 남방천마가 신형을 날려 금연화와 일령을 한 손에 한 명씩 낚아챘다.

"흐흐흐! 드디어 네년들이 손에 들어왔구나, 크크크!"

키 작은 사내, 쾌검 중에 쾌검이라는 수검을 허수아비처럼 찍어버린 서방천마는 절혼마녀에게 다가섰다.

"죽을래, 나갈래?"

'죽겠다고 하면 정말 죽일 거야.'

서방천마에게는 두 번의 기회란 없다. 음성을 들었을 뿐인데 솜털이 곤두선다.

"나가죠."

"좋아. 따라와."

절혼마녀는 마야를 힐끔 쳐다봤다.

소림파와 다담선자는 전혀 동요가 없다. 한순간이지만 정말 버림받았다는 마음까지 들었다.

능욕의 구렁은 다담선자도 피해가지 못했다.

서방천마가 칼날이고, 남방천마가 난폭자라면 북방천마는 얼음이다. 그는 지금까지 단 한 마디도 하지 않았다. 희로애락은 물론이고 미세한 감정의 흐름도 나타내지 않았다.

안으로 움푹 꺼진 듯한 동그랗고 작은 눈만이 샛별처럼 반짝이고 있어서 쳐다보기만 해도 숨이 막힌다.

그의 눈길이 다담선자에게 고정되었다.

"절 원하는 것 같네요."

"가지 않으면 베겠지?"

"네."

"어떻게 할래? 베일래, 갈래?"

"어떻게 할까요?"

"못된 습관이야. 칼자루를 나한테 넘기는 버릇."

"여자니까요. 그건 권리예요."

"앉아 있어."

"베이지 않을까요?"

"팔순 넘은 노인네들이 회춘했으니 제일 먼저 성욕부터 점검해 보고 싶겠지. 저들이 여자를 밝히는 것은 남도문에 들어온 지 얼마 안 됐다는 반증이야. 쯧! 세월은 다 어디로 먹었는지……. 아무래도 이쯤에서 말려야겠어."

슛! 촤아악……!

그림자가 어른거린다 싶었다. 그러면서 허공이 두 쪽으로 갈라지는 환상도 보였다.

모든 게 실체였다. 소립파는 가슴이 한 일 자로 베어 피를 철철 흘려냈다.

"저놈 저거 저럴 줄 알았어. 마령음인지 뭔지 하는 이상한 것만 빼면 주둥이만 산 놈이라니까."

남방천마가 그럴 줄 알았다는 듯 비웃음을 토해냈다.

뇌옥 밖으로 걸어나가던 몇 사람이 검풍을 듣고 되돌아봤다.

답평은 고개를 설래설래 흔들었다.

다담선자가 옷소매를 찢어 상체를 메우고, 부지런히 손을 놀려 혈을 짚었다.

그 표정이 무척 침착해 보인다. 피를 철철 흘리고 있건만 손에 난 생채기를 치료하는 것처럼 흔들림이 없다.

소립파는 일그러지는 입가를 미소로 바꾸며 힘들게 말했다.

"답평, 야광 총수라는 사람이 신중하지 못하군. 너무 성급하게 판단을 내려. 어떤 면에서는 과감한 결단력으로 비치기도 하겠지만…… 만사무불통지 도숭부를 넘어서려면 아직 멀었어."

"무슨 소린가?"

답평이 뇌옥 문을 나서려다 말고 뒤돌아보며 말했다.

"우린 궁왕 강창도를 죽이고자 왔어. 그건 알고 있을 테고.

그렇다면 궁왕도 우리가 잡힌 것을 알아야 되는 것 아닌가?
후후후! 만약 궁왕이 알았어도 이런 대접을 할까?"

"그게 무슨 소리지?"

답평은 볼을 씰룩거렸다. 예기치 못한 상황이 다가왔다는
것을 직감적으로 감지했기 때문에.

"지금이라도 궁왕에게 가서 보고해, 후회하지 않으려면.
궁왕 모르게 우릴 처리하면…… 넌 궁왕 손에 죽어. 아! 금창
약 좀 보내줘. 피가 쉬 멈추지 않는군."

이건 무슨 일인가. 마야의 이런 태도는 무얼 의미하는가.

답평은 야광이 산정한 수만 가지의 경우를 되짚어봤다. 이
런 경우는 없었다. 힘이 되면 좋고 버려도 좋다는 생각이었는
데, 짐작하지 못한 다른 것이 있었나?

'뭔가 잘못됐어.'

第二十三章

농착위(弄錯位)
―어처구니없게 바뀐 위치

키 오 척, 몸무게 마흔 관.

돼지를 말하는 게 아니다. 한 여인의 외양을 눈짐작해 봤다.

키는 어린아이보다 조금 크고, 몸무게는 장정보다 두 배는 더 많이 나간다. 팔뚝과 다리는 웬만한 사람 몸통만 하고 얼굴은 살에 파묻혀 이목구비를 찾아보기 힘들다.

그녀의 이름은 강희향(薑喜香), 별호는 타타파두(它打破頭)라는 흉명(凶名).

그녀가 걷는 모습은 마차바퀴가 구르는 모습을 연상시킨다. 그녀가 식탐에 빠져 있는 모습은 아무리 비위 좋은 사내라도 인상을 찡그리며 수저를 놓게 만든다.

그렇다고 농담이라도 한마디 건넸다가는 곧바로 사단이
난다.

타타파두라는 흉명이 말해주듯 그녀의 장기는 사람의 머
리를 으스러뜨려 죽이는 것이다. 비위 건드리는 소리를 한마
디라도 한 인간치고 살아남은 인간도 없다.

중원무림이 북무림과 남무림으로 갈라진 상황이 아니라면
벌써 흉인으로 낙인찍혔을 여자다.

쿵! 쿵! 쿵……!

그녀는 걸음을 내딛을 때마다 땅이 쿵쿵 울린다. 하물며 지
금은 달음박질을 하고 있다.

"아가씨, 좀 천천히 가세요."

쿵쿵쿵쿵……!

그녀는 더욱 빨리 달렸다. 낙수정(落水亭)이 보이면서부터
는 아예 신법을 전개했다.

"아가씨! 여자는 조신해야……."

유모의 말은 귀에 들어오지도 않는다.

쉬익!

제비가 물을 차고 날아오르는 듯 날렵하다. 육중한 몸으로
펼쳤다고는 믿을 수 없을 만큼 빠르고 정교한 신법이다.

낙수정에는 임풍옥수(臨風玉樹)라고 해도 손색이 없을 미
장부가 앉아 있었다.

유건(儒巾)을 쓰고, 유삼(儒衫)을 입었으며, 손에는 섭선(摺扇)을 들었다. 그의 앞에는 조촐한 주안상이 놓여 있어 방금 전까지만 해도 술 한잔과 함께 풍광을 즐긴 것 같다.

아니다. 술잔은 비어 있고, 안주는 손 댄 흔적이 없다. 수저도 사용하지 않은 것으로 깨끗하다.

"오, 오셨군요."

그녀는 타타파두답지 않게 부끄러움을 느끼며 치맛자락을 만지작거렸다.

"여인을 기다리게 할 수야 없지 않소."

"언제나 그러셨죠."

사내는 밝은 햇살처럼 싱그러운 미소를 머금었다.

황홀하다. 행복하다.

'저 사람이 내 사내……'

그녀도 안다. 돼지를 좋아할 사내는 없다는 것을. 자신도 눈이 있는데 흉악한 몰골을 보지 못할까. 자신조차도 역겨운데 사내들의 눈에는 어떻게 비칠까.

그녀는 딱 두 종류의 사내만 보아왔다.

하나는 자신을 여자로 보지 않고 무인으로만 대하는 사내들이다.

그들은 무공을 겨루자고 한다. 자신이 아직까지 살아 있으니 그들이 죽었겠지. 다른 하나는 혈연이나 신분 때문에 맺어진 인연들로, 그들 역시 여자가 아니라 지인으로만 대한다.

이제 세 번째 사내를 보게 되었다.

한 달이란 기간은 스물여덟 해에 비하면 터무니없이 짧다. 하나 사내는 스물여덟 해 동안 그 누구도 주지 못했던 두근거림을 안겨주었다. 그리고 스물여덟 해를 전부 합친 것보다도 훨씬 행복했다.

무공을 모르는 문약한 서생이란 점이 마음에 걸린다.

잠잘 때도 한쪽 눈은 뜨고 있어야 하는 무인이 싸움은커녕 욕설 한 번 제대로 내뱉지 못하는 서생과 어울리다니.

사내가 지극히 뛰어난 미공자인 점도 신경을 건드린다.

이런 자가 무엇이 아쉬워서 돼지나 다름없는 여자를 쳐다보겠는가. 속셈이 있다. 자신이 가진 배경을 원하는가? 아니면 다른 노림수가 있는가.

사내는 그녀의 생각을 비웃기라도 하듯 순진했다. 아니, 투명하도록 영혼이 맑았다.

"제가 예뻐요?"

그 질문에 예쁘다고 말한 자는 여섯 명. 말할 것도 없이 머리통이 으스러져 죽었다.

대다수의 사내들은 미추와는 상관없는 쪽으로 말을 돌린다.

여자는 마음이 예뻐야 한다, 젊어서는 얼굴을 보지만 나이가 들면 성격을 보게 된다 등등.

　그런 놈들도 머리통이 으스러졌다.

　사내도 말을 돌렸다. 그러나 그녀가 한 번도 들어보지 않았던 신선한 회피였다.

　"아버님은 노름에 미치신 분이셨소. 어머님은 노름 돈을 마련하고자 뼈가 휘도록 일하셨고……. 내 나이 열두 살 때였을 거요. 폐병 걸린 당신께서 약 지어먹을 돈까지 내주고는 결국 쓰러지십디다. 그 불쌍한 분…… 돌아가시면서 뭐라고 했는지 아시오? 행복했다고 합디다. 아버님께서 시운만 잘 타고 나셨으면 웅지를 폈을 거라면서. 능력이 없어서 이 정도밖에 수발을 못 들어드렸다고. 당신은 어머니 같은 여자요. 무공 같은 것 버리고, 나와 함께 심심산골에 묻혀 살아도 행복해할 여자요. 마음의 빗장만 열면 죽는 순간까지 날 사랑해 줄 여자요. 예쁘다, 예쁘지 않다…… 솔직히 말하면 당신은 예쁘지 않소. 그러나 당신이 천하제일의 추녀라고 해도 어머님 같은 여자라면 난 놓치지 않을 거요."

　그는 진심이었다.

　그에 대해서 수집한 정보와 그가 한 말은 정확하게 일치했다.

　무창부(武昌府) 토문진(土問鎭)에 개망나니 노름꾼과 죽은 지 십오 년이 되었어도 참으로 참한 색시였다고 회자되는 여인 한 명이 살았다. 그리고 그들 사이에서 사내가 태어났다.

"난 당신을 단숨에 죽일 수 있는 마녀예요. 무림동도는 날 타타파두라고 부르죠. 사람 목숨을 파리 목숨보다도 못하게 여겨요. 죽일 때도 잔인해요. 어떻게 죽이는 줄 알아요? 머리를 으깨서 죽여요. 감당할 자신이 있어요?"

그는 자신의 목숨이 작두 위에 올려져 있다는 사실을 알까? 입 한 번 잘못 놀리면 머리가 으깨진 귀신이 될 텐데.

"그러지 마시오. 목숨이란 누구에게나 귀중한 거요. 반드시 죽일 사람이라도 세 번까지는 회개할 기회를 주어야 하지 않겠소. 휴우! 살업을 중지할 자신이 없으면 우리 인연은 여기서 접읍시다. 다시 한 번 말하지만 우리가 인연을 맺은 순간부터는 절대 살업을 저질러서는 안 되오. 그런 일이 생긴다면…… 소저는 나의 시신을 봐야 할 거요. 지어미를 다스리지 못한 지아비가 살아서 무엇하겠소."

그 말도 진심이다.
그를 조사하던 중에 '정말 착한 사람이다' 라는 말을 귀에 못이 박히도록 들었다. 벌레 한 마리 죽이지 못하는 위인이라

세상 살기 힘들 거라는 말도 들었다.

성품은 어머니를 닮은 것 같다.

그는 근 한 달에 걸쳐서 꾸준히 시험받았다.

시험 중에는 밀어(蜜語)로 생각될 만한 속삭임도 있었다. 끈적끈적한 욕망도 감겨 있었다. 사내도 그렇게 받아들였다. 하나 그 속에는 언제나 죽음의 칼날이 숨어 있었다.

사내는 한 달 동안에 수천 번도 더 될 죽음의 시험을 통과했다.

지난 한 달…… 타타파두의 운명을 바꾸는 중요한 시간이었지만, 사내의 생과 사가 걸린 시간이기도 했지만, 강남무림에도 많은 사건이 발생했다.

그중에서 단연 으뜸은 마인 몇 놈이 장강을 넘어와 남무림 무인들을 잡초 베어내듯 죽여 나갔던 것.

계집년 하나에게 백삼십이로가 뚫리는 치욕도 당했다.

연놈들은 감쪽같이 사라졌다.

내버려 둘 수 있나. 강남무림의 자존심을 뒤흔든 놈들인데. 마공을 익힌 인간 잡종들인데.

놈들을 찾아 이곳저곳을 뒤지다가 사내를 만났다.

어쩌면 오늘 누리는 이 행복은 마인 놈들이 안겨줬다고 해야 하나?

사내는 진정으로 마음을 주지 않고는 배길 수 없게 만든다. 아니다, 주는 게 아니라 빼앗겼다. 시간이 지날수록 그의 말,

그의 모습, 그의 행동이 이 세상에서 가장 우선한다. 머릿속이 그에 관한 것들로만 가득하다.

"무얼 하시오. 어서 이리 와 앉아요."

사내가 여인을 불렀다.

쿵쿵쿵……!

여인은 가급적이면 조신하려고 했지만 육중한 체구는 주책없게도 낙수정을 뒤흔든다.

여인이 앉자 사내는 술병을 들어 잔에 따랐다.

먼저 자신의 잔에 따르고, 여인 앞에 놓인 잔에도 철철 넘치도록 따랐다.

"술을 들겠소?"

타타파두는 입술을 달싹거렸지만 말을 하지 못했다.

어린아이들이 소꿉장난하는 것도 아니고 잔술을 어떻게 먹는가. 병째 들이키라고 해도 한입거리밖에 안 되어 보이는데.

"소저와 만난 지 한 달, 이런 말을 하기에는 너무 짧은 만남이겠지만…… 조금 있으면 술이 덥혀질 거요."

'온배(溫杯)!'

"그저 나 하나만 보고…… 무림의 은원을 접고…… 난 이 길로 낙향할까 하는데, 나와 함께 갑시다. 쪼그만 놈들이나 가르치며 한세상 사는 것도 좋지 않겠소?"

"살인은 절대 안 되겠죠?"

"그렇소."

"누가 돼지라고 놀려도 참아야 하고요."

"무공이란 것 자체를 잊어줬으면 좋겠소."

"절 지켜줄 건가요?"

"영원히…… 그래서 술을 따랐소."

온배, 혼인할 때나 사용하는 술잔.

타타파두는 망설이지 않고 술잔을 들어 한입에 털어 넣었다.

"약조를 어기면…… 날 버리면…… 당신은 이 세상에서 가장 처참하게 죽을 거예요."

"그런 말도 이제 그만. 믿고, 의지하고, 사랑하면서 삽시다."

사내도 술잔을 비웠다.

＊　　＊　　＊

피골이 상접한 무리가 강변을 따라 걸었다.

휘적휘적 걷는 모습이 금방이라도 쓰러질 듯 위태로웠다.

"고생했네. 다 왔어."

무리를 이끌던 장한이 우뚝 멈춰 서며 말했다.

멀찍이 나루터가 보인다. 상당히 큰 나루터인 듯 오고 가는 사람들도 많고, 정박해 있는 배들도 큼직하다.

"지금이 미시(未時) 즈음 됐으니까 두 시진쯤 여유있겠군. 어디 가서 요기나 하고 쉬다가 유시(酉時)에 적몽(赤夢)이란 배를 타게. 말만 하면 강을 건네줄 거야."

"바, 방국(放國)이는 무사한 겁죠?"

"하하하! 무사하다 뿐인가. 행복하게 잘살 테니 걱정 마시게. 휴우! 비천한 놈이 출세하려면 방도가 없지 않은가. 과거를 숨길 수밖에. 부모형제 된 입장에서 이 정도는 이해해 줘야지."

"이해하다뿐입니까요. 그놈만 잘된다면야 우리 같은 늙은이들은⋯⋯. 한데 약속하신 전답(田畓)은⋯⋯?"

"강을 건너면 안내하는 자가 나타날 걸세. 논 다섯 필지를 장만해 놨으니 열심히 일하면 굶지는 않을 걸세."

"아이고! 감사합니다. 정말 이 은혜를⋯⋯."

"어서 가보게."

피골이 상접한 무리는 비틀비틀 걸어서 마을로 사라져 갔다.

"휴우! 타타파두의 비위를 맞추기가 여간 고역스럽지 않을 텐데⋯⋯. 하기는 사내 정을 받아보지 못한 여자이니 고삐만 잘 조이면 말 잘 듣는 망아지가 될 수도 있겠지. 그래도 그렇지, 평생 그런 돼지의 비위를 맞추며 살아야 할 팔자라니. 쯧! 다음 세상에서는 목구멍에 풀칠 정도는 하는 집안에서 태어나길 바라는 수밖에."

장한은 멀어져 가는 사람들을 보며 긴 탄식을 토해냈다.

*   *   *

궁왕 강창도는 서신을 움켜쥐고 부들부들 떨었다.

서신은 딸의 방에서 발견되었다. 하루라도 말썽을 부리지 않으면 직성이 풀리지 않는 타타파두가 며칠째 쥐 죽은 듯이 조용해서 찾아봤더니 달랑 서신 한 장이 나왔다.

서신에는 딱 두 글자만 적혀 있다.

마야(魔爺).

마야가 어쨌다는 건지, 왜 마야라는 글자가 딸의 방에 있는 건지.

타타파두가 유일하게 옆에 머물러도 좋다고 허락한 사람은 유모다. 하나 유모도 사라지고 없으니 딸자식의 행방을 물어볼 사람이 없다.

답답하다. 어떻게 이런 일이 벌어질 수 있단 말인가. 다른 곳도 아니고 남도문 한복판에서.

타타파두는 여장부다.

성격이 모나기는 했지만 무공만큼은 천부적이다. 절정에 이른 무공을 바탕으로 치밀한 계산을 끝낸 후에 가장 효과적인 공격을 하는 아이다.

타타파두라는 무명도 본인이 사서 얻었다.

그녀도 자신의 몰골이 비웃음거리가 된다는 것을 알았다.

"살을 빼지 그러니?"

"아무도 놀릴 수 없게 만들면 돼요."

"어떻게?"

잔인하게 머리를 으스러뜨리는 것.

효과는 컸다. 앞에서건 뒤에서건 그녀를 놀리는 사람은 싹 사라졌다. 놀리는 사람이 없으니 기분 상할 일도 없고, 다툼을 벌일 이유도 없다.

여식의 무공은 강창도를 흐뭇하게 만든다.

사내자식이 없어서 못내 섭섭했던 마음을 단번에 씻어줄 정도다.

자신의 궁술을 고스란히 물려받았을 뿐만이 아니라 의형인 남도문주에게서 패왕도법(霸王刀法)까지 전수받았다.

이만하면 강남제일의 여걸이라 불릴 만하지 않은가.

단연코 딸자식을 소리 소문 없이 어찌할 사람은 없다.

납치? 누가 감히 그런 짓을 할 수 있단 말인가.

그런 점은 신경도 쓰지 않지만…… 염려되는 게 전혀 없지는 않다.

싸움이 벌어지면 무공이 약한 자들일수록 자잘한 부상이 많이 발생한다. 나쁜가? 아니다. 많이 다치지만 죽는 경우는 드물다. 그러나 절정고수들의 싸움은 양상이 전혀 다르다. 고수들의 부상은 목숨을 좌우하는 치명상일 경우가 많다. 절정고수들일수록 십중팔구 한쪽의 죽음으로 끝난다.

딸의 경우…… 누군가 도전해 왔고 패했다면 죽었을 가능성이 높다.

'빨리 찾지 않으면 늦어!'

"근래 무창부 토문진 출신의 방국이란 유생과 거의 매일 만나다시피 하셨답니다."

"방국이란 놈이 누구야!"

"유생이라 하옵고, 일가붙이 하나 없는 천애고아……."

냄새가 풍긴다.

딸은 무인들에게 식상해 있었다.

제 또래의 사내들 중에는 무공으로 비길 만한 자가 없었다. 집안 배경으로 따져도 남도문주의 의제라는 배경과 어깨를 견줄 만한 가문은 몇 군데 되지 않았다.

무가(武家)의 자손으로서 그녀는 최고의 위치였다.

남녀 간의 정분은 생각지도 않았다.

그녀에게 접근해 오는 사내들이란 거의 대부분이 궁왕 강창도의 이름에 어깨를 기대고자 해서다. 물론 속셈이 드러나는 순간 타타파두에게 머리가 으스러졌다.

그런 그녀에게 무공을 전혀 모르는 유생이 접근해 온다

면……

이건 서툰 장난이 아니다. 치밀한 계획 아래서 주도된 납치 혹은 살인이다.

천애고아라. 웃기는 소리!

배경을 숨기고자 하는 작자들이 종종 사용하는 수법이지 않나. 그런데도 딸자식은 근 한 달간이나 만나면서 가면 속에 숨겨진 진면목을 읽지 못했다.

딸은 분명히 방국이란 자의 뒷조사를 했을 것이다. 딸이 놓친 부분은 세심한 유모가 이차 점검을 한다. 그러고도 알지 못했다.

적은 만반의 준비를 끝낸 상태에서 덤벼들었다.

"방국이란 놈을 잡아들여! 놈과 연관된 자들도 전부! 섣불리 건들진 마라. 희향이의 안전이 최우선이야!"

"수소문하고 있지만 모두 사라졌습니다."

"사라져?"

"증발이라도 하듯이 감쪽같이."

"그래도 아는 놈이 한 놈은 있을 것 아냐!"

"한 놈도 없습니다. 친구나 친척쯤으로 여겨지는 자들을 몇 놈 찾아냈지만 벌써 배를 타고 강북으로 넘어갔습니다."

강창도는 탁자를 부서져라 내려치며 일어섰다.

"뭐라고! 지금 뭐라고 했어! 강북이라고!"

"예. 미홍(味鴻) 나루터에서 적붕이란 배를 타고 강북으로 건너갔습니다. 그 후 적몽은 좌초되었고, 적몽에 탔던 사람들 모두 증발해 버렸습니다."

불길한 예감이 확! 머릿속을 휘젓는다.

여식의 방에서 발견한 서신과 눈앞에서 벌어지고 있는 현실은 무관하지 않다.

'마야…… 자하일봉과 함께 혈귀대주의 복수를 하겠다고 천방지축 날뛰는 자.'

가볍게 볼 자가 아니다.

그는 북검문의 추적을 간단히 따돌렸다. 단문협을 찾았으며, 장강을 넘어 철통이라고 일컫던 백삼십이로를 뚫었다. 남무림 무인들을 무려 천여 명이나 격살시킨 희대의 마인이다.

누가 그런 일을 할 수 있을까.

세상이 우습게 보여야 취할 수 있는 행동이다.

세상을 전혀 모르는 바보가 아니면 무신이라고 일컬을 정도로 강한 자다.

놈은 목표를 분명히 했다.

제일 첫 번째로 거론된 사람이 보통 사람들은 감히 입에 담는 것도 황공해하는 궁왕 강창도, 자신이다. 또 있다. 상조문, 철사문, 독조림을 지나가는 똥개보다도 못하게 여기는 듯하다.

그것뿐이면 웃어넘기고 만다.

놈이 보여준 능력은 머리를 복잡하게 만든다. 무공이니 염력이니 하는 구분은 필요없다. 꿩 잡는 게 매, 사람을 제압하거나 죽일 수 있는 것이면 모조리 경계해야 한다.

만공심안과 마령음이 제 위력을 충분히 발휘하면 어린아이라도 단숨에 절정무인으로 탈바꿈시켜 놓을 수 있다. 상대가 공격하기도 전에 공격할 곳을 알며, 상대의 진기를 단숨에 절반 이하로 깎아버린다면…… 정말 감당하기 힘든 괴물이 된다.

그자, 마야가 딸을 데리고 갔다.

딸을 만나기 위해서는 불가결하게 마야를 먼저 만나야 한다. 이쪽에서 추적해 가든, 상대가 원하는 함정으로 걸어 들어가든 딸을 만나기 전에 마야부터 만나게 될 것이다.

놈은 정말로 혈귀대주의 복수를 하려고 왔다. 감히 남무림의 무신으로 일컬어지는 자신을 향해 검을 뽑아 들었다. 그런 사실을 자신만 실감하지 못했을 뿐, 그는 진작부터 검을 겨눈 채 달려오고 있었다.

궁왕 강창도는 힘없이 자리에 앉으며 말했다.

"남도문에 연락해서…… 추혼단을 풀어달라고 해. 희향이의 실종도 알리고."

*　　　*　　　*

늦은 저녁, 답평은 밤이 깊어가는 것도 잊은 채 초점 잃은 눈동자로 하늘거리는 촛불을 쳐다봤다.

제삼무신가(第三武神家)에서 벌어진 사단은 너무 늦게 알려졌다.

'타타파두…… 사내에 미친 화냥년…….'

언젠가는 반드시 이런 날이 올 줄 알았다.

신체에 대한 열등감, 그리고 열등감에서 비롯된 편협한 성격은 타타파두를 상종하지 못할 괴물로 만들었다. 바꿔 말하면 그만큼 정에 굶주렸다는 뜻이 되기도 한다.

무공으로만 따지면 적수를 꼽기 힘들다.

현시대 최강자인 일곱 명 중 두 명이 그녀의 사부다. 어설프게 배워도 일류고수이며, 조금이라도 노력을 기울이면 절정고수 반열로 단숨에 올라선다.

해답은 나왔다.

그런 여자를 잡겠다고 달려들면서 무공을 사용할 미친놈은 없다. 한눈에 쏙 들어오는 허점……. 계집의 최대 취약점인 용모부터 건드리고 들어가는 게 당연하다.

미남계로 살짝 건드리면 잘 익은 꽃봉오리처럼 활짝 벌어질 년이다.

'아니야. 그년이라고 제 죽을 자리를 모르지는 않을 터…… 마야…… 이놈의 자식!'

생각할수록 허허롭고 괘씸하다. 아니, 얄밉다. 함정을 뺀질뺀질 빠져나가는 생쥐 새끼를 보는 느낌이다.

장강을 건넌 마야는 근 한 달 동안 잠적했었다.

남무림이 전력을 다해 찾았지만 꼬리조차 잡지 못했던 기간이다.

하오문주가 연락을 취해오지 않았다면, 턱밑까지 치고 온 다음에야 알아차렸을 게다.

시간적으로 따져 볼 때…… 마야가 잠적하는 시점에서 일단의 무리가 조직적으로 타타파두에게 접근했다. 위장된 신분으로 많은 사람들을 친인척으로 내세웠다. 친인척? 웃기는 소리. 방국이란 유생을 증명해 줄 인간들인 것을. 물론 방국이란 인물 자체가 날조된 신분이겠지만.

타타파두의 방에서 발견된 서신에는 단지 '마야' 라는 글귀만 적혀 있다고 했나?

마야가 뇌옥에 갇힌 후다.

전혀 알지 못하는 제삼의 세력이 발등을 찍었다.

누군가? 그들이!

답평은 하오문일 것이라고 확신했다.

기분 나쁘지만 마야의 손아귀에서 놀아났다는 느낌을 지울 수 없다.

멀쩡하던 놈이었다. 그런 놈이 갑작스럽게 정신을 잃고 쓰러질 때부터 뭔가 수작이 있지 않을까 하고 한 번쯤 의심해 봤어야 한다. 놈들을 한 달 동안이나 숨겨준 하오문이 그들만의 비로(秘路)를 고자질해 왔을 때 한 번 더 생각했어야 한다.

십중십, 하오문과 마야가 손발을 맞췄다.

'하오문…… 이놈의 자식들이 죽지 못해서 날뛰는군. 감히 남도문을 상대로…… 허허!'

답평은 개미에게 발등을 물려도 아프다는 사실을 알았다. 더불어서 방금 전에 수하에게 내린 명령이 헛된 것임도 깨달았다.

방국에 대한 모든 것을 조사하고, 찾아내라.

아무것도 찾지 못한다. 그가 백주 대로에 나타나 미친 짓을 하지 않는 이상에는 절대로 찾지 못한다. 남무림을 이 잡듯이 뒤져도 찾지 못할 곳으로 숨어버렸다.

이는 타타파두의 행방 역시 모른다는 결론이 된다.

썩을 년이지 않나. 다른 사람은 몰라도 제 아비에게는 행선지를 밝히고 사라졌어야지. 아무리 사내와 눈이 맞았어도 밤길을 재촉해 사라지다니.

지금 당장 내리고 싶은 명령도 헛되고 헛되다.

하오문을 추적하라. 하오문주를 잡아들여라.

입으로 내뱉기는 쉽지만 수행하기는 어렵다. 쥐새끼 같은 놈들인데 숨을 구멍인들 마련해 놓지 않았을까. 벌써 숨었다. 찾는다고 설쳐 대면 비웃음만 당한다.

두 가지 명령이 헛되다면 손에 쥐고 있는 패로 요령을 부려야 한다.

뇌옥에 가둬놓은 마야.

'후후! 마야…… 좋다. 넌 타타파두를 가졌어. 하지만 난 널 가졌다. 누가 이기나 해볼까.'

2

탁! 탁! 탁……!

소립파는 노망난 노인네처럼 뇌옥 바닥에 털썩 주저앉아서 손바닥으로 바닥을 쳤다.

일다경, 이다경, 반 시진, 한 시진…….

조반을 물리기가 무섭게 바닥을 치기 시작한 것이 점심 무렵까지 지속되었다.

기이한 행동도 이해할 수 없거니와 바닥을 치는 소리가 은근히 신경을 자극한다.

다른 사람이 이런 행동을 벌였다면 벌써 한두 마디쯤 내뱉었을 터이지만 마야가 그러고 있으니 입조차 벙긋거리지 못한다.

탁! 탁탁! 탁……!

소리는 매우 불규칙하다. 그래서 더욱 짜증이 난다. 소리를 듣고 있자니 왠지 마음이 불안해진다. 단순한 느낌이 아니다. 실제로 찜통 속에 들어 있는 것처럼 숨이 막힌다.

고통은 점점 가중된다. 육신이 사막 한가운데 던져진 것 같다. 호흡이 곤란하다. 머리가 어질어질하다. 뱃속이 울렁거린다.

"읍! 우읍!"

제일 먼저 일령이 토악질을 시작했다. 입덧하는 여인처럼 헛구역질을 하는 모습이 상당히 힘들어 보인다.

금연화가 일령에게 다가가 머리를 안아줬지만 그녀의 사정도 별로 다르지 않았다. 뱃멀미를 하는 것처럼 속이 울렁거려서…… 아침에 먹은 것이 치밀어 올라서 견뎌내기 힘들다.

탁탁탁! 탁탁! 탁탁……!

소립파는 계속 바닥을 쳤다.

이유없는 행동은 기침조차 하지 않을 사람, 분명히 이유가 있는 행동일 텐데…….

혼돈은 고통을 망각시켜 주니 좋다. 굳이 깨어나고 싶은 생각도 없다. 조금이라도 정신을 차린다면 어떻게든 살아야겠다는 의지가 생기겠지만 비몽사몽간에는 이래도 좋고 저래도 좋다.

죽음? 생각나지 않는다. 눈을 감은 상태에서 깨어나지 못하는 것뿐인데 두려울 게 무엇인가.

욕망? 욕구? 다 부질없다.

세상을 다 줄 테니 눈을 떠보라고 해도 지금 현재 이대로…… 고통이 전혀 없는 상태 이대로…… 그냥 이대로 있고 싶다.

타악! 타악! 탁……!

저놈의 소리……. 저 소리만 들리지 않으면 참으로 평화로울 텐데.

마도는 인사불성인 상태에서도 인상을 찡그렸다.

소리는 사람을 편하게 해주지 않는다. 단지 조금 신경에 거슬린다 하는 정도다. 아니다. 미치겠다. 어느새 천둥번개가되어 뇌리를 후려친다.

전신에서 전율이 일어난다. 미증유의 힘이 머리끝에서부터 발끝까지 관통한다.

아! 괴롭다!

고통이 너무 지독해서 영혼과 육신이 분리되는 느낌이다. 누군가가 송곳을 머리에 꽂아놓고 마구 휘젓는 듯하다.

퍽! 퍼억……! 퍽!

거대한 힘은 거침없이 뚫고 들어와 전신을 휘돌았다.

제방이 터진다.

투둑…… 투두둑…….

물길을 막아놓은 장애물은 치워졌다. 쌓이고 쌓였던 강물이 홍수가 되어 몰아친다.

"으…… 으……."

마도는 미약한 신음을 토해냈다.

전신을 휘도는 물줄기는 한동안 잊어버리고 있었던 육신

의 고통을 새삼 일깨워 주었다.

살을 그물보다도 잘게 썬 후에 초(醋)를 발라놓으면 비명조차 나오지 않는다는 사실을 알았다. 혈류(血流)가 뒤집어지는 고통은 쉽게 표현할 수 있다. 빨리 죽고 싶다고.

마도는 가물거리는 정신 속에서 자신의 모습을 보았다.

'죽어가고 있었군.'

살면 사는 것이고 죽으면 죽는 것이다. 살고 죽는 것 외에 다른 것은 없다. 아니, 있다. 믿지 않았지만 이제는 믿는다. '죽어가고 있다' 는 또 하나의 현상이 존재한다.

몸 상태를 파악했으니 두 가지 중에 하나를 선택해야 한다. 모든 것을 포기하고 늘어져 있을 것인지, 살겠다고 바둥거릴 것인지.

탁! 타악! 타악……!

듣기 싫은 소리는 멈출 기색이 없었다.

'정말 듣기 싫어. 어떤 놈인지 죽여 버려야겠어.'

편안히 쉬기 위해서, 아늑한 죽음을 맞이하기 위해서 영면을 방해하는 저 시끄러운 소리는 잠재워야 한다.

마도는 정신을 수습하기 시작했다.

두 사람은 넉넉한 걸음걸이를 유지했다.

그들에게 칠흑 같은 어둠은 정겨운 벗이다.

천장에서, 바닥에서, 벽에서 흘러나오는 고약한 냄새는 어여쁜 여인의 살내음만큼이나 반갑다.

사람들은 뇌옥에 들어서는 순간 인상을 찡그린다. 인간 세상에서는 존재하지 않을 것 같은, 다른 곳에서는 맡아본 적이 전혀 없는 지독한 냄새 때문에 숨조차 제대로 쉬지 못한다.

차라리 후각이 마비되었으면…….

뇌옥이 어떤 곳인지 구경 삼아 발길을 들여놓은 사람은 두 번 다시 들어설 생각을 하지 않는다.

아마도 뇌옥을 떠올리는 것조차 역겨워할 것이다.

뇌옥 근무를 명령받은 사람도 견디기 힘든 것은 마찬가지다. 지옥을 보았으니, 빛 한 점 들지 않는 곳에서 지옥 냄새를 맡으며 살아온 사람들이 악귀처럼 보이리라.

하지만 묘한 것이 사람의 생리, 잔인함을 한두 번 시행하다 보면 어느덧 지옥에 익숙해지고 만다. 악취의 정체를 알게 된 후에는 은근히 냄새를 즐기기까지 한다.

뼈가 탈 때 내뿜는 노린내.

후각이 노린내에 적응된 사람이라면 적어도 스무 명쯤은 저승으로 보낸 사람이다.

두 사람은 뇌옥에 깃든 노린내를 즐겼다.

"난 오늘이면 끝날 것 같은데, 넌 어때?"

"길어야 사나흘이지."

"괜찮은 놈들이었지?"

"후후! 오랜만에 진득하니 손맛을 봤지."

오늘도 뇌옥에는 그들 손에 유명을 달리할 사람들이 있다.

솔직히 이번 작자들처럼 손맛이 통쾌한 자들은 없었다.

살을 저미고 뼈를 갈아낼 때는 무엇인가를 알아내고자 함이고, 반드시 비밀을 토설시켜야 한다는 압박감에 밥맛조차 잃곤 했다.

이번 작자들에게는 그런 것이 없었다.

알아낼 것은 없다. 무조건 고통만 가해라. 비명이 처절할수록 좋다. 있는 재주를 다해서 비명을 토하게 하라.

이처럼 유쾌한 명령도 있었던가.

놈들의 뼈마디가 의외로 단단한 점도 마음에 든다.

안다. 무림에 나가면 손짓 하나도 감당할 수 없는 초절정고수들이란 것을. 그렇기에 의지도, 뼈다귀도 강단있다는 것을.

그러니 더욱 즐겁다. 그런 작자들을 마음껏 요리할 수 있으니 옥황상제나 염라대왕이 따로 없다. 바로 자신이 황제다. 죽이고자 하면 죽는 것이고, 살리고자 하면 산다.

내가 신이다.

"슬슬 끝낼 때가 된 것 같은데…… 이제 그만 죽이라는 명령을 내리실 때도 되지 않았나?"

"상태가 지독하니 조만간 죽이라고 하시겠지."

"오늘은 신경 좀 써야겠어. 죽지 않게 하려면. 다 왔군. 오늘은 이놈부터 조지고…… 수고."

"그래, 수고."

한 사람은 뇌옥 문을 열었고, 다른 사람은 계속 걸어갔다.

"헉! 어, 어떻게……!'
사내의 눈동자는 경악으로 부릅떠졌다.

반송장이었다. 오늘을 넘기기가 힘들 것이라고 생각되어
간단하게 팔다리 중 하나 정도만 부러뜨리고 넘어가려 했
다.

뇌옥 안으로 들어설 때만 해도 반송장이라는 점에는 의문
의 여지가 없었다.

그는 축 늘어져 있었다.

그런데 멀쩡할 뿐만 아니라 두 다리로 목을 휘감아 온다.

"풀어라!'

한기가 풀풀 날린다. 단연코 이처럼 싸늘한 음성은 들어본
기억이 없다.

"이, 이놈이……."

사내는 사력을 다해 버텼다. 우선 목을 휘감고 있는 다리
사이에서 빠져나가야 한다. 어쩌다가 다리에 힘이 들어갔는
지는 몰라도 다리 사이만 빠져나가면……

"이놈이라. 후후후!'

섬뜩하다. 등줄기에 식은땀이 흐르고 모골도 곤두선다.

발버둥 치던 사내의 안색이 백지장처럼 창백해졌다.

비로소 사태가 절박하다는 것을 깨달은 것이다.

아무리 용을 써도 목을 감은 다리는 풀리지 않는다. 단단한 족쇄로 꽉 채워놓은 듯 요지부동이다.

이럴 수는 없다. 정신이 멀쩡하다고 해도 힘은 쓰지 못한다. 공력이 폐쇄된 사람인데…… 진기를 운용할 수 없는 사람은 일반인보다도 못한 법인데…….

"네게 이런 말을 들은 것 같은데. 굳이 살릴 생각은 없다. 죽고 싶으면 언제든 말해. 이런 말, 하지 않았나?"

"사, 살려주십……."

"아냐, 아냐. 위풍당당하던 모습 계속 유지해 줘. 그래야 나도 재미가 생기지. 너와 같은 말투로 말하지. 굳이 살릴 생각은 없다. 풀던가, 죽던가. 선택해."

사내는 순간적으로 고개를 쳐들어 눈을 마주쳤다.

고문하는 자, 상대의 눈빛에서 감정의 변화를 읽는다. 조그만 변화도 놓치지 않아야 비밀을 캐낼 수 있다. 뛰어난 자와 평범한 자의 차이가 찰나의 눈치에 있다.

사내는 확실히 알았다. 절대 농담이 아님을.

"푸, 풀겠습니다."

철저한 살인도, 절대 감각을 유지하기 위해서 매일 한 명씩은 죽여야 하는 지옥의 도법, 마도.

들녘을 뛰어다니며 피를 튀기고 살을 갉아먹던 늑대에게 꽁꽁 묶인 자나 희롱하던 사내는 절대 상대가 되지 않았다.

사내는 철삭(鐵索)을 풀었다.

무덤에서 귀신이 튀어나왔다. 오랫동안 걷지 않아서 걷는 방법을 잊어버린 듯 두 발을 질질 끌면서 한 걸음, 한 걸음 앞으로 나아간다.

덜컹!

뇌옥 문이 열리며 전신이 피로 범벅된 혈인이 나타나 귀신들의 행렬에 동참했다.

"어지간히 당했군."

"별수있어야지."

"나도. 철천지원수라고 해도 이렇게는 하지 않을 거야. 나가면 한 일 년, 푹 쉬어야겠어."

"한마디 들은 게 있지. 고통이 처절할수록 마야의 입이 가벼워진다. 어림없다고 말해도 믿지 않을 것이고…… 굳이 시험해 보겠다니 웃으며 당할 수밖에."

그들은 떨어지지 않는 발을 억지로 떼어놓았다.

걸음을 내딛을 때마다 뼈마디가 저려온다. 떨어진 살점이 비틀리고, 오장육부에서 쥐어 짜여진 쓴 물이 목구멍을 타고 기어나온다.

그래도 걷는다.

탁! 타탁! 탁! 타닥탁……!

그동안 당했던 모진 매질보다, 온갖 고문보다 신경을 더 자극하는 저 소리를 멈춰야 한다. 저 소리는…… 저 소리는……

그들이 하나로 뭉쳤을 때만 멈춰진다.

　끄릉……! 털썩!

　뇌옥 문이 열리더니 키 크고 바짝 마른 사내가 무너지듯 들어섰다.

　"헉!"

　경악에 물든 여인의 음성이 지척에서 들렸다.

　"빨리 들어가. 서 있기도 힘들어."

　말 그대로 무덤에서 기어나온 귀신들이 하나둘 모습을 드러냈다.

　사람들이 아니다. 사람의 모습은 이토록 처참하지 않다. 그나마 사람이라고 생각되는 부분은 광기로 번들거리는 눈동자밖에 없다.

　그제야 마야는 손을 멈췄다. 바닥 치는 소리, 신경을 갈가리 찢어대던 소리도 멈췄다.

　"고생들 많았다. 좌정해."

　"좌, 좌정이우?"

　전신이 피범벅이라서 누군지 몰랐는데, 음성을 들어보니 혈유인 것 같다.

　소립파의 눈가에 격정이 스쳐 갔다.

　"지금은 기혈을 뒤집은 상태. 빨리 정상으로 회복해야지."

　"그만두쇼. 그러다 또 정신을 잃으면…….'

"곧바로 시작한다. 빨리들 앉아."

사내들은 어기적거리며 빙 둘러앉았다.

그들이 대항을 포기하고 사로잡힐 때, 마야는 지장술로 땅에 묻혀 있었다. 꽁꽁 묶여서 뇌옥으로 끌려올 때까지도 마야가 잡힌 줄은 꿈에도 몰랐다.

고문을 당하기 시작할 무렵에서야 마야가 잡혔다는 소식을 들었다. 고문의 목적이 처절한 비명을 토해내게 만드는 것이고, 그래야 마야가 괴로워한다는 말을 들었을 때는…… 비통하지만 마야가 곁에 있다는 사실을 확실하게 알았다.

끝났다고 생각했다.

장강을 건넌 후에 일으킨 살겁이 보통인가. 한두 명도 아니다. 일이십 명도 아니다. 몇백 명인지 손가락으로 헤아릴 수도 없는 사람들을 죽였다.

살아날 길은 없다.

그런 점을 확인이라도 시켜주는 듯 고문은 잔혹했다. 육신을 저미는 정도가 아니라 영혼까지 찢어발겼다.

넋이 빠졌다. 그렇게 죽어가고 있었다.

마야는 잔인한 자다.

죽어가는 사람까지 내버려 두지 않고 되살려 냈다.

저승 문턱까지 갔다가 귀에 울리는 소리가 듣기 싫어서 되돌아왔다고 하면 세상 사람들이 뭐라고 할까? 말도 안 된다고…… 혹시 미치지 않았냐고 하지 않을까?

그렇다. 미쳤다. 미친 사람들이 모여 앉았다.

마야와 나누고 싶은 대화가 너무 많다. 밤을 새워 이야기해도 다 못할 말들이 가슴에 쌓였다.

그들은 아무것도 묻지 않았다.

언제 어떻게 잡혔으며, 지금 무슨 일이 벌어지고 있는 것인지, 자신들이 어떤 상태인지…….

마야를 믿는다. 절대적으로.

"하천식물시장득태대적(夏天植物是長得太大的:여름에는 초목이 우거지고)……."

소립파의 입에서 나지막한 중얼거림이 흘러나오기 시작했다.

*   *   *

스스슷……!

바람도 없는데 공기가 일렁거렸다.

원래는 공기의 일렁거림마저 없어야 한다. 없어야 한다가 아니라 없다. 만약 조금이라도 흔적을 남긴다면 천멸도의 살수라는 말을 들을 자격이 없다.

그들이 흔들렸다.

"철궁대가…… 당했군."

말 끝자락이 착 가라앉는 것으로 보아서 믿을 수 없다는 말투였다.

대꾸는 없었다. 어둠은 어둠일 뿐이고, 침묵은 여전히 침묵이다.

"믿을 수 없어. 밖으로는 숨소리 하나 빠져나가지 못하도록 설계된 뇌옥인데 어떻게 마령음을 펼칠 수 있었는지……."

다시 한 번 공기가 꿈틀거렸다.

말하는 사람에게 동조할 수 없다는 뜻이다.

말하던 사람은 곧 자신의 말을 수정했다.

"그래, 마령음이 아냐. 철궁대는 조금만 이상이 있어도 활을 쏘도록 수련된 무인들. 마령음을 듣고도 속수무책으로 당할 리 없지. 조준할 필요도 없이 뚫린 구멍에다가 틀어넣기만 하면 되는 것을……."

알 수 없는 방법에 철궁대가 당했다.

소리…… 청각을 자극할 뿐인 소리를 듣고 일단의 무인들이 힘없이 꼬꾸라졌다.

정녕 믿기지 않지만 믿어야 한다.

그건 소리가 아니었다. 악마의 호곡성이었다. 소리가 귓전에 닿는 순간 전신 기력이 썰물처럼 빠져나갔다. 마혈(痲穴)이 제압된 사람처럼 전신이 마비되었고, 그런 와중에 심장은 제어할 수 없는 속도로 뛰기 시작했다.

심장 뛰는 소리를 들었다.

둥둥둥둥둥……!

너무 빨라서…… 혈행(血行)이 너무 빨라서 정신을 수습할 수 없는 지경.

순간적으로 위험을 감지하고 뇌옥을 빠져나오지 않았다면 천멸도 살수들은 전멸하고 말았으리라.

말하던 자, 그는 자신이 겪은 현상을 다시 한 번 확인하고 싶었다. 워낙 믿기지 않는 일이었기 때문에.

"죽음을 느꼈나?"

조용했다.

"암습이었나?"

"현체(現體)를."

처음이다. 공기가 말을 한 것은.

"허락한다."

순간, 공기가 미세하게 흔들린다 싶더니 전신을 흑포로 감싼 괴인이 원래부터 그 자리에 있었던 듯 자연스럽게 서 있었다.

"현체라…… 무척 말을 하고 싶었던 모양인데, 해봐."

"소리…… 듣기 싫은 소리…… 지옥에서 들려온 소리…… 도저히 듣고 있을 수 없어서 뛰쳐나올 수밖에 없었던 소리. 마령음은 듣기라도 편한데 그 소리는……."

흑포괴인은 부르르 치를 떨었다.

"소리를 듣고 죽음을 느꼈다는 건가?"

"호흡이 가빠지고, 몸이 굳어졌습니다. 철궁대는 그런 상태로 정신을 잃었습니다. 그 소리는 정신이 없는 자까지도 공격했고…… 이건 심마입니다. 철궁대는 심마를 견디지 못해 즉사한 것으로."

"심마…… 심마를 일으키는 소리?"

"영혼을 제압한다는 표현이."

"됐어. 적멸(寂滅)!"

흑포괴인은 나타날 때와 마찬가지로 흔적 없이 사라졌다.

두 눈을 빤히 뜨고 쳐다보았어도 어떻게 나타났으며, 어떻게 사라졌는지 알 수 없는 기묘한 신법이었다.

그때 멀찍이서 묵직한 발걸음 소리가 들려왔다.

모두 네 사람, 세상이 사방천마라고 이름지어 준 사람들이다.

"아깝군. 천멸도의 살수가 어떤 모습인지 보고 싶었는데."

남방천마가 입맛을 쩍 다시며 말했다.

"……."

뇌옥 입구는 적막만이 가득했다.

"아까 얼핏 들었는데, 그 뭐야? 영혼을 제압하는 소리라고?"

"……."

"뭐야? 왜 주둥이는 꽉 다물고 지랄들이야?"

"후후후! 놔두쇼. 천멸도와 우린 같은 입장이지만 엄밀히 따지면 아무 상관없는 사람들이니. 침묵한다는 건 서로 간섭하지 말자는 뜻이겠지. 보아하니 소리의 정체를 알아내려면 직접 몸으로 부딪치는 수밖에 없겠는걸."

서방천마가 뇌옥을 쳐다보며 말했다.

그래도 허공에서는 말이 없었다.

"빌어먹을! 같은 처지에 지랄들이라니. 비켜봐. 그까짓 것 내가 알아보지."

남방천마가 서방천마를 밀치며 앞으로 나섰다. 그때,

딱! 따악! 딱……!

소리다! 어린아이들이 장난 삼아 나무 치기를 하는 듯 무의미한 소리가 경쾌하게 들려온다.

"흡!"

남방천마는 나아갈 때보다 배는 빠른 속도로 되튕겼다.

"이, 이게 뭐, 뭐, 뭐, 뭐야!"

남방천마의 놀란 눈으로 뇌옥을 쳐다봤다. 그의 놀라움은 극에 다다랐다.

"시, 심장이 터지는 기분이었어!"

第二十四章

변즉변(變卽變)
―변화는 변화일 뿐이다

1

적에게 뇌옥을 강탈당했다.

어처구니없게도 이제 뇌옥은 그들의 수중에 있지 않았다.

웃기지도 않은 일이다. 일을 당한 곳이 남도문이라면 웃음
부터 터뜨릴 것이다. 농담하지 말라고.

그런 일이 벌어졌다.

어느 순간부터 뇌옥 입구는 나가지도 들어서지도 못하는
경계가 되어버렸다.

천멸도 살수들이 마지막으로 빠져나온 사람들이다. 그들
이후로는 어느 누구도 몸을 빼지 못했다.

들어갈 엄두도 나지 않는다.

유계에서 왔다는 사방천마가 들어가지 못하는데 누가 감히 들어갈 엄두를 낼 수 있단 말인가.

"미치겠군. 기관도 아니고 진(陣)도 아니고, 그렇다고 사람이 지키고 선 것도 아니고. 들어올 테면 들어오라고 문을 활짝 열어젖혀 놨는데 들어갈 수 없단 말이지."

서방천마가 시뻘겋게 달궈진 눈길로 뇌옥을 노려보았다.

막는 사람이 있어도 뚫고 들어갈 판인데 텅 비어 있는 곳을 들어서지 못한다는 것은 치욕이다.

"후후! 이대로 물러선다면 자존심 상하지."

서방천마는 참지 못하고 소도를 꺼내 들었다.

만류하는 사람은 아무도 없었다.

살아남기 위해 발버둥 쳐야만 하는 세계에서 살아왔다. 약한 자는 죽는다. 강한 자도 죽는다. 누구에게 어떤 식으로 죽느냐 하는 건 문제가 되지 않는다. 산 자가 있고, 살지 못한 자가 있다는 결과만이 남는다.

살기 위해서 어떤 행동을 하느냐는 철저하게 본인 몫이다.

조금이라도 위험하다 싶으면 숨어버리는 것도 살아남는 방편 중에 하나다. 걸리는 자마다 모두 때려부수는 것도 한 방법이다.

누가 시키지 않는다. 본인이 알아서 행동해야 하며, 결과도 본인이 끌어안으면 그만이다.

자존심이 상하기 때문에 도전해 봐야겠다는 것은 서방천

마의 생각이며 행동이다.

그 결과가 좋아도 그만이고, 나빠도 그만이다.

넷 중 누가 피를 뿜고 쓰러져도 손끝에 박힌 가시만 못하다. 쓰러지는 사람이 자신만 아니면 된다.

파앗!

서방천마는 무척 빨랐다. 발이 땅에서 떨어진다 싶은 순간에 몸은 이미 어두컴컴한 뇌옥을 뚫고 들어갔다. 그러나,

딱! 따닥! 딱! 딱!

"헉!"

예의 기분 나쁜 소리가 들림과 동시에 다급한 비명이 터졌다. 그리고 서방천마의 몸뚱이가 줄 끊어진 연처럼 날아와 떨어졌다.

쿵!

서방천마는 벌떡 상체를 일으켜 앉았다.

그의 눈은 뇌옥에 고정되어 떨어질 줄 몰랐다.

"저, 저, 저……."

언제나 살광만 내뿜던 그의 눈길이 무섭게 흔들린다.

안색이 하얗게 질려 있는 것으로 보아 내상이 심각한 듯하다. 그러나 이어지는 그의 말 때문에 안위 따위를 살필 겨를조차 없었다.

"저, 적멸…… 적멸주(寂滅呪)!"

"뭐야!"

"적멸주라니! 그게 무슨 소리야?"

"으음……!"

반응은 각기 달랐다.

남방, 북방, 동방천마는 되묻기도 하고 탄성을 토해내기도 했다.

사방천마가 나타난 이후, 그림자조차 숨긴 채 말 한마디 하지 않고 있는 천멸도 살수도 무거운 침음을 흘렸다.

"적멸주가 확실해? 아! 답답해! 속 시원하게 좀 말해봐!"

"천리만리 떨어져 있어도 저주를 걸어 죽인다는 그 적멸주를 말하는 거야?"

남방천마가 답답한 듯 가슴을 쳤고, 유일한 여인인 동방천마도 궁금증을 참지 못해 급히 물었다.

세상 사람치고 저주의 말뜻을 모르는 사람은 없다.

미운 사람에게 재앙이나 불행이 닥치기를 빌며 악심(惡心)을 토해내는 것을 저주라고 한다.

한마디로, 저주란 힘없는 자들의 넋두리다.

힘으로 어찌할 수는 없고, 울분은 치솟고…… 그러니 잔심(殘心)이나 달래주기 위해 불행을 빌고 비는 것이다. 혹여 저주의 대상이 급사라도 하는 날에는 저주 때문에 죽었다고 위안하면서.

그러나 저주를 힘없는 자의 넋두리로 생각하는 사람은 아무도 없다.

세인들은 각기 나름대로 정령(精靈)을 숭배하며 주술을 행한다. 도가나 불가도 의미는 다르지만 저주를 주목한다.

마도 역시 저주를 연구했다.

특히 방문좌도(傍門左道)로 치부되던 사법(邪法) 전수자들 사이에서 은밀하게 번져 갔다.

그들 역시 힘없는 자들이다.

무공으로는 삼초지적도 안 된다. 정도인이든 마도인이든 마음 내킬 때마다 걷어차는 존재들이다.

그들은 자신들의 원한을 저주나 주술에 담았고, 발전시켜 왔다.

그래도 그들은 여전히 주목받지 못한다. 효험이 있는지 없는지 모를 주술로 혹세무민을 일삼는 자, 주술이나 부적으로 몇 푼 안 되는 용채나 뜯어 쓰는 볼품없는 자들에 불과했다.

하나 그들 사이에도 한 가지 전설은 있다.

인간은 태어나면서부터 죽을 때까지 오욕칠정(五慾七情)의 굴레를 벗어나지 못한다. 인간이 드러내는 약점들 중 거의 모든 것이 오욕칠정 속에 포함되어 있다고 해도 과언이 아니다.

바로 이 점이다.

벗어날 수 없으며, 허점이 있는 곳.

오욕칠정만 건드릴 수 있다면 누구든 쉽게 무너뜨릴 수 있지 않겠나. 손으로 만질 수 없고, 눈으로 볼 수 없는 허상, 오욕칠정을 건드릴 수 있는 방법으로는 인간의 영혼을 자극하는 주술이 가장 합당하지 않은가.

사법 전수자들조차 말이 안 된다며 고개를 돌려 버렸지만, 한 가지 가설은 세워졌다.

저주를 타인의 마음에 심을 수만 있다면 세상에 존재했던 그 어떤 초절정 기학보다도 무서운 죽음의 절학이 된다. 천리만리 떨어져 있어도 주문을 읊으면 죽을 수밖에 없으니 누가 피할 수 있을 것인가. 누가 죽이는지, 어떻게, 왜 죽는지도 모르고 죽게 된다.

사법 전수자들은 있지도 않은 저주에 이름까지 붙여놨다.

옆에 있는 사람도 모를 만큼 고요하게, 적(寂). 모래성을 무너뜨리듯 산산이 짓밟아 죽이는, 멸(滅). 저주의 최고봉, 주(呪). 적멸주(寂滅呪).

뇌옥에서 흘러나온 소리가…… 장난스럽게 나무 막대기를 부딪쳐 대는 소리가 말만 무성했을 뿐 단 한 차례도 나타난 적이 없는 적멸주란 말인가?

서방천마가 적멸주를 외친 것은 본인의 의지와는 상관없이 내부에서부터 치솟아 진기와 부딪치는 낯선 기운을 느꼈기 때문이다. 소리를 듣는 순간 귀신을 본 아이처럼, 겁에 질려 선 채로 오줌을 싸는 아이처럼 꼼짝달싹 못하게 됐기 때문이다.

"어쩐지…… 뭔가 이상하다 싶었어!"

제일 먼저 뇌옥에 부딪쳐 갔던 남방천마가 기겁한 표정으로 가슴을 쓸어 내렸다.

그도 같은 현상을 느끼고 물러났다. 하나 적멸주는 떠올리지 못했다. 말도 안 되기에. 단지 마령음을 들었을 때처럼, 아니, 그보다 조금 더 발전된 소리일 것이라는 생각만 했을 뿐.

"으음! 적멸주는 희로애락을 건드리지. 어떤 감정이든…… 내가 지금 느끼고 있는 감정을 최고조로 이끌어 올리는 역할을 해. 결국은 내 스스로 통제하지 못하는 감정이 무서워지고, 무서움이 극에 달한 순간 죽는 거야. 겁에 질려서."

서방천마가 급히 심호흡을 하여 놀란 가슴을 진정시키며 말했다.

"그게 적멸주?"

"생각해야 했어. 영파를 전개할 수 있다면…… 만공심안을 쓸 수 있다면 적멸주도 펼칠 수 있는 것인데."

믿기지 않지만 믿을 수밖에 없다. 뇌옥 밖에 있던 철궁대가 단 한 명도 무사하지 못하고 전멸했다. 뇌옥 안에서 흘린 소리에 앉은 자리에서 당했다.

독무(毒霧) 같은 암습을 쓰지 않는 한 벌어질 수 없는 일이다.

또 있다. 천멸도 살수들이 비 맞은 참새처럼 오들오들 떨며 쫓겨 나왔다. 사방천마조차도 안중에 두지 않는 놈들이 뇌옥 안으로 들어갈 생각을 하지 않는다.

적멸주인지 다른 능력인지 확신할 수는 없지만 지금까지 보지 못했던 새로운 능력인 것만은 분명하다.

"거참! 생각할수록 묘한 놈이네. 내 언젠가는 어떻게 생겨 먹었는지 저놈의 머리통을 반드시 쪼개보아야겠어. 허! 이거야!"

사방천마와 천멸도 살수들은 할 수 있는 것이 없었다.

그들은 기다렸다.

답평은 고민을 거듭했다.

마야는 두렵지 않다. 마령음에 이어 적멸주라는 또 하나의 능력을 선보였지만 죽이려면 얼마든지 죽일 수 있다. 지금 당장이라도 마음만 먹으면 그는 죽은 목숨이다.

'지하에 매설된 화약 이천 근이면……'

문제는 마야의 죽음을 자신이 임의로 결정할 수 없게 되었다는 점이다.

다른 사람도 아니고 궁왕의 심기를 거스를 수는 없다.

궁왕의 온 신경이 타타파두에게 쏠려 있고, 타타파두를 좇던 시선에 마야가 걸려들었다.

마야를 사로잡은 사실은 직접 생포에 간여한 몇 사람을 제외하고는 절대 비밀이었다.

남무림을 발칵 뒤집어놓은 놈들이지만 결국은 마인 몇 놈에 불과한 것, 쓰레기 몇 놈 잡은 것 따위는 무신들이 알 필요가 없는 조그마한 사안이다.

다른 자들에게도 시시콜콜하게 알릴 필요가 없었다.

마인들을 사로잡는 광경은 많은 무인들이 보았으니 그것으로 되었다. 마인들은 뇌옥에 갇힌 후, 온갖 형벌을 받다가 죽는다. 그 정도만 알고 있으면 된다.

조금 더 신경을 써준다면 머리를 효수하여 직접 죽음을 목도하게 해줄 수도 있다.

어떤 방법이든 야광이 하는 일에 다리를 걸고넘어질 문파나 무인은 없다.

마야가 마령음을 내놓으면 상황이 달라진다.

그때는 무신도 알아야 한다. 경우에 따라서는 무신들이 직접 마야를 대면하는 경우도 생길 것이다. 마령음은 천하의 정세를 단번에 바꿔놓을 수 있는 절학이니까.

하나 아직은 모든 것이 불확실하니 알릴 필요가 없다. 마령음을 얻기 전에 죽이는 경우도 발생할 수 있으니 무신들은 더더욱 알지 못하게 처리해야 한다.

그런데…… 알려지고 말았다, 궁왕 강창도에게. 마인들이 잡혀왔다는 건 알려져도 상관없으나 마야를 생포한 사실만은 몰라야 하는데, 알려졌다.

마야는 타타파두를 가졌다. 자신은 마야를 가졌다. 자신이 가진 패, 마야에게서 무엇인가를 알아내는 것이 먼저여야 하는데, 마야가 가진 타타파두가 선수를 친 격이다.

궁왕이 나섰으니 자신은 모든 패를 잃었다.

'멋지게 당했군. 이거였다 이거지. 얌전히 남도문까지 모셔온 대가로 몇 놈 살점 추려낸 것으로 만족하라 이건데…….
그럴 순 없지. 후후후! 마야…… 좋아, 인정해 주지. 널 과소
평가했어. 이제부터 제대로 부딪쳐 볼까.'

답평은 활짝 펼쳐진 섭선을 접으며 일어섰다.

그는 진정 몰랐다. 몇 달 전에 북검문의 만박선생이 그와
똑같은 생각을 했다는 것을.

"궁왕께 마야의 위치를 알려드려라. 그전에 북척표(北刺飇)
는 물러나야겠지. 흔적을 남겨서는 안 될 것이고."

"뇌옥에 흔적이 남아 있습니다."

"자칫하면 골치 아프게 생겼군. 할 수 없지. 뇌옥에 들어갈
수 없다니 물러설 수밖에."

답평은 웃었다.

'화약 이천 근이면 아무 흔적도 남지 않아.'

천멸도 살수들이 무기력하게 뇌옥에서 물러 나온 지 이
틀째, 뇌옥 입구는 바늘 떨어지는 소리도 들릴 만큼 고요했
다.

저벅! 저벅……!

고요함을 깨고 묵직한 발걸음 소리가 들렸다.

궁왕 강창도다. 그가 철궁을 굳게 움켜쥔 채 저벅저벅 걸어온다.

아무도 그의 앞을 가로막지 못했다. 사실 가로막을 사람도 존재하지 않았다.

남도문은 뇌옥 탈취 사건을 알지 못한다. 남도문이 모르니 남무림 무인들도 모른다.

답평은 뇌옥 사건을 일절 함구시켰고, 비밀은 유지되었다.

원래 뇌옥은 형옥대(刑獄隊) 관할이지만 형옥대 무인들은 그림자조차 비치지 않았다.

당연한 일이다.

답평은 만사무불통지 도숭부에게서 야광 총수 자리를 넘겨받은 즉시 형옥대의 권한부터 축소시켰다.

가장 효율적으로 일을 하기 위해서는 수족을 늘리고 견제하는 세력은 줄이는 것이 당연하지 않은가.

일부 반발이 일어났지만 예상치 못한 바는 아니었고.

결국 형옥대의 영역은 남도문 내부 감찰에 국한되었다.

이백여 명에 이르던 형옥대 무인들은 일 할 정도밖에 남지 않았고, 나머지는 추혼단으로 흡수되었다.

남도문 밖에 위치한 외문십옥(外門十獄)도 답평의 직속 수하이며 비밀 조직인 북척표(北刺驃)에게 장악되었다.

말이 좋아서 북녘을 치는 폭풍이지 구성 인원이 어떻게 되는지, 구성원의 무공은 어느 정도인지, 그들이 무슨 일을 하는지 알려진 것이 전무한 비밀 집단이다.

궁왕은 이 모든 점이 마음에 들지 않았다.

외문십옥도 전에는 이렇지 않았다. 형옥대가 관장하고 있을 때는 보보마다 도기(刀氣)가 묻어났다. 하나 북척표인지 뭔지 하는 것들이 맡은 후부터는 무풍지대나 다름없게 되었다.

강해진 것이 아니라 약해졌다.

수장이 바뀌면 조직력도 바뀐다고 했나? 답평이 야광을 맡은 후로 남도문의 저력은 절반쯤 감퇴되었다.

남도문주는 왜 가만히 있는 것인지. 만사무불통지 도숭부는 정말 낚시나 하며 여생을 보낼 참인지.

궁왕은 시커멓게 입을 벌리고 있는 뇌옥 입구에서 걸음을 멈췄다.

"나, 궁왕이다."

그는 바로 앞에 사람이라도 있는 듯이 차분하게 말했다.

저벅! 저벅……!

뇌옥 안쪽에서 발걸음 소리가 들려왔다. 그리고 곧이어 한 번 보면 영원히 잊히지 않을 강렬한 인상의 청년이 모습을 드러냈다.

그가 말했다.

"이렇게 만나는군. 내가 마야요."

피로 범벅이 된 몰골에 걸음조차 제대로 떼어놓지 못하는 아홉 사내와 빼어난 절색의 네 여인. 실로 어울리지 않는 조합이지만 그들 열세 명은 뇌옥 입구를 등지고 빙 둘러섰다.

그들이 움직일 때까지 뇌옥 앞 공지는 평범한 땅에 불과했다. 하나 그들이 모두 자리를 잡고 남도문 무인들이 사용하는 청평도(淸平刀)를 곧추세웠을 때, 평범한 땅은 천하에 다시없을 절지가 되었다.

궁왕은 열세 명에게 둘러싸였다. 하나 청평도는 궁왕을 겨냥하지 않았다. 오히려 궁왕을 호위하듯 그를 등지고 바깥을 경계했다.

"못난 놈은?"

궁왕이 눈을 부라리며 말했다.

그의 눈빛은 신비로웠다. 금방이라도 폭발할 것 같은 폭급함과 면도로 고기 비늘을 하나씩 떼어내는 듯한 정교함, 그리고 한여름의 무더위도 단숨에 얼려 버릴 것 같은 차가움이 공존하여 속내를 알 수 없게 만들었다.

"타타파두를 말하는 것이라면, 잘 있소."

"그럴 필요까지 있었나?"

"당신을 잡기 위해서는."

"내가 왔다. 잡을 자신은 있나!"

"자신없는 자가 적지에 들어섰겠소."

"후후후!"

궁왕은 웃었다.

구르는 마차 바퀴를 향해 달려드는 당랑을 보는 듯 눈길에 안쓰러움이 가득했다.

소립파는 태연했다. 그는 여유있는 모습으로 나지막한 바위에 걸터앉으며 말했다.

"상조문, 철사문, 독조림을 잡는 것은 쉽소. 그들이 있는 곳을 알고 있으니 언제든지 다가가서 치기만 하면 그만이지."

"후후후! 인육 맛을 들인 대호인데 눈이 삔 자로군. 종이호랑이로 보다니."

"대호라…… 그러는 궁왕도 눈이 잘못된 것 같소. 마령음에 관한 소문이 자자할 텐데, 듣지 못했소?"

"후후후!"

"이틀 전에는 적멸주도 선보였지. 듣지 못했소?"

궁왕의 낯빛이 싸늘하게 가라앉았다.

새파란 애송이에게 희롱당한다고 생각했거나, 아니면 마야가 의외로 상대하기 까다롭다는 인식을 하게 된 거다.

궁왕의 낯빛을 변하게 만들었다는 사실만으로도 마야는 주목을 받아 마땅한 인물이 되었다.

"상조문, 철사문, 독조림…… 치고자 하면 치지 못할 상대들은 아니오. 무엇보다 나는 그들을 치고자 장강을 건넜으니, 그들에게 하늘을 무너뜨리는 능력이 있다고 해도 내 발길은 막지 못하오."

"그럼 그렇게 하지 그랬나?"

"당신이 더 깊이 숨게 되니까. 그들은 홀로 떨어져 있는 맹수에 불과한데, 당신에게는 남도문이라는 성벽이 둘러쳐져 있으니까. 일을 쉽게 하기 위해서 고육지계 좀 써봤소."

소립파가 무슨 말을 하든 궁왕은 흔들림없었다. 당장 이 자리에서 목을 떨어뜨리고 죽는다 해도 흔들리지 않을 사람이다. 또한 잊지 말아야 할 것이 있다. 궁왕은 남무림에서 세 손가락 안에 꼽히는 초절정고수다. 앞에 누가 서 있든 그가 흔들릴 이유는 없다.

"날 잡기 위해서 일부러 잡혔다는 것인가?"

"잡을 생각까지는 하지 않았소. 당신 곁에 다가서기 위해서요. 이런 식으로 남도문까지는 올 수 있는데, 당신 앞까지는 가지 못하지. 내가 가지 못한다면 걸어오게 만드는 방법뿐. 그래서 치졸하지만 타타파두를 이용했소."

"하오문인 것 같던데?"

소립파는 고개를 끄덕였다.

"하하하! 서슴없이 대답하는 걸 보니 정말 날 잡을 자신이 있는 게로군. 꼭 잡아야 할 게야. 그렇지 않으면 하오문은 씨가 남아나지 않게 될 테니까."

"궁금한 점은 왜 묻지 않소?"

"……."

"치졸하기는 했지만 방국이란 자…… 타타파두를 영원히 사랑할 거요. 당신 눈에는 양이 차지 않겠지만 타타파두를 면밀히 분석한 끝에 무난히 백년해로할 것이라고 판단된 자이니 조금은 안심해도 괜찮을 거요."

예상대로다.

모든 것이 마야와 하오문의 수작이다.

'멍청한 놈…….'

이 순간, 궁왕은 답평의 넓적한 얼굴을 떠올렸다.

남의 손아귀에서 놀아난 자가 남도문 야광 총수를 맡고 있으니 남도문의 앞날도 뻔하지 않겠나.

도대체 머릿속에 똥만 담아놓았나?

만사무불통지라면 서너 수 앞쯤은 볼 수 있는데, 놈은 한 수 앞도 보지 못한다.

놈의 생각? 안다! 마령음을 얻어서 단숨에 북검문을 짓눌러 버릴 생각일 게다.

천만에!

마야가 펼쳐 보인 마령음이나 적멸주는 인간의 능력으로는 습득할 수 없다. 선천적으로 타고나는 능력이다. 확실하게 말하면 기형적인 성대를 가지고 태어나야 하며, 더불어서 영감(靈感) 또한 극도로 발달되어 있어야 한다.

마야는 죽일 자이지 사로잡을 자가 아니다.

지금이라도 답평은 몰살 계획을 실행에 옮겨야 한다.

궁왕과 마야의 싸움을 기다릴 필요가 없다. 마령음과 적멸주를 펼치는 괴물이라면 궁왕도 승부를 장담하지 못한다. 지금 이 상태에서 수단 방법을 가리지 말고 살아 숨 쉬는 모든 생명을 끊어놓아야 한다.

다른 곳이라면 몰라도 이곳이 외문십옥이니 가능하다.

지하에 묻힌 화약 이천 근이라면 산을 평지로 만들 수 있다.

만사무불통지라면 화약을 터뜨렸을 게다.

그는 절대로 오래 기다리지 않는다. 가장 확실한 기회를 잡으면 앞뒤 가리지 않고 실행에 옮긴다. 아마도 그라면…… 경계심을 약간 누그러뜨린 채 대화를 나누고 있는 지금 이 순간이 화약을 터뜨릴 최적의 시기라고 판단할 게다.

잔혹하다고? 비정하다고? 후후후! 만사무불통지를 무신에 올려놓은 성격인데?

승패를 본 후에야 화약을 터뜨리는 자는 중간밖에 가지 못한다. 그래도 그것은 그나마 낫다. 최악의 경우는 마지막 순간까지도 마령음에 대한 미련을 버리지 못하는 자다.

답평이 최악만은 아니기를.

'답평 같은 위인을 왜 애지중지하는지…… 쯧! 망령이 나려면 곱게 나야지.'

궁왕은 마음을 정리했다.

딸자식은 잃어버렸다. 마야와 하오문도를 모조리 잡아들

여서 끓는 물에 담금질을 해도 딸의 행방은 알지 못한다. 딸이 제 스스로 걸어오지 않는 한, 딸을 찾을 방도는 없다.

아비까지 버리고 쫓아간 길이니 끝까지 잘 가주기만 바랄 뿐.

남은 것은 강한 자에게 약한 자가 먹히는 강자존(强者存)의 철칙이다. 마야를 잡거나, 자신이 잡히거나.

궁왕은 활을 들어올렸다.

한데…… 마야가 팔을 들어 휘휘 내저었다.

"아직은……. 먼저 단문협에서 있었던 일을 말해줄 수 있겠소? 혈귀대가 어떻게 죽어갔는지. 짐작은 하지만 정확한 게 아니라서. 저기 있는 저 소저."

소립파가 금연화를 가리켰다.

"혈귀대주의 복수를 하겠다고 가문을 버리고 마의 탈을 뒤집어쓴 여자요. 북무림, 남무림. 중원에서 저 소저가 설 자리는 없소. 혈귀대주의 복수를 하겠다는 일념 하나로 악귀가 된 여자이니 정혼자의 죽음 정도는 알 자격이 있지 않겠소."

궁왕은 고개를 돌려 금연화를 쳐다보았다.

2

답평은 십인회의(十忍會議)를 소집했다.

십인회의란 원래는 십인회의(十人會議)였다. 야광 천여 명을 대표하는 지략가 열 명이 모여서 중차대한 사안을 토론하곤 했다.

단지 토론과 의견개진뿐이다.

그들에게는 의견을 결정할 만한 권한이 없었다.

천여 명에 이르는 지략가들이 의견을 짜내면 취합하고 정리하여 전달하는 역할이 고작이었다. 단, 아무리 사소한 의견이라도 빠뜨려서는 안 된다. 구백구십구 명이 같은 의견을 내고 한 명만이 다른 의견을 냈어도 모두 모아 전해야 한다.

그런 점은 야광 총수라고 다르지 않다.

모여진 계략이나 생각을 일목요연하게 정리할 수 있을 뿐, 취사 선택할 권한이 없었다.

모든 결정은 단 한 사람, 남도문주만이 내린다.

어떤 때는 야광의 의견을 전면 무시하고 말도 안 되는 일을 행할 때도 있다.

그래도 할 수 없다. 남도문의 주인은 남도문주이지 야광이 아니다. 야광은 최선을 다해서 보필할 뿐이다. 야광은 개진한 의견이 수락되고 거부되는 데 대해서 일희일비(一喜一悲)해서는 안 된다.

그러나…… 의견을 취합하는 과정에 큰 맹점이 있다.

야광에 적을 둔 지자들이 너무 많은 관계로 일일이 확인해

볼 수 없다는 치명적인 단점을 안고 있다.

이는 마음먹기에 따라서는 십 인의 뜻에 맞추어 의견을 조율할 수 있음을 의미한다.

답평은 이 점을 놓치지 않았다.

그는 열 명의 재사에게 열 번의 인내를 강요했다.

참을 인(忍) 세 번이면 살인도 면한다고 했다. 그만한 인내를 열 번씩이나 참아내려면 목숨을 내놓아야 한다.

십인회의(十忍會議)는 야광 본연의 회합이 아니라 야광 총수의 뜻이 충분히 가미된 위험한 회의다.

그는 입 안에 든 혀처럼 자유자재로 움직여 줄 사람들을 골라냈고, 그들을 십인회의에 참석시켰다.

이에 불만을 품고 떠나간 자도 많다. 하나 그들이 어디로 갔는지 아는 사람은 없다. 그들의 모습을 봤다는 사람도 없다. 그들은 분명히 남도문을 나섰지만 간 곳은 없다.

답평은 야광을 공포로 지배했다.

열 명의 수족.

땅과 하늘이 뒤바뀌는 천번지복(天飜地覆)이 일어나도 이들 열 명은 등을 돌리지 못한다고 확신한다.

"말해봐요. 뭐가 어떻게 된 것인지."

답평이 먼저 입을 열었다.

"궁왕과 마야가 모종의 협약을 맺은 것으로 판단됩니다."

조금도 망설이지 않고 대답이 튀어나왔다.

"어떤 협약일까?"

이 부분이 문제다.

궁왕이 마야를 치지 않고 얌전히 물러났다. 궁왕을 죽이겠다고 장강을 넘은 마야도 손가락 하나 까딱하지 않았다.

그들은 단지 몇 마디만 나눴다.

그들이 무슨 이야기를 나눴는지는 아무도 모른다. 궁왕의 이목을 속이고 가까이 다가가서 엿들을 수 있는 자는 흔치 않다. 멀찍이 떨어진 곳에서 지켜본 것이 고작이다.

몇 마디 말이 오가는 것은 당연하다. 그 다음은 필연적으로 싸움이 벌어질 것이라고 예상했는데, 어이없게도 눈싸움만 하고는 물러섰다.

있을 수 있는 일인가?

정도인이라면 마인을 보는 즉시 참살하거나 포박해야 한다.

마인은 해충이다. 만인을 불행으로 이끄는 마인들은 이 세상을 함께 살아갈 가치가 없다.

궁왕은 정도인임을 포기했는가?

마야와 그의 일당들은 장강을 넘으면서 숱한 무인들을 죽였다. 당장 남도문만 따져도 그들의 손에 죽어간 철궁대 무인들의 원혼이 하늘을 찌른다.

궁왕은 남도문 형제들의 원통함마저 외면하는가!

마인들은 혈귀대의 복수를 하려고 한다. 혈귀대의 죽음과 연관있는 사람들은 한시도 다리를 뻗고 잠잘 수 없다. 그리고 궁왕은 가장 중심에 있다.

손속을 나누지 않는다는 것은 있을 수 없는 일이다.

어느 한쪽이 필요에 의해서 물러선다고 해도 다른 한쪽마저 물러설 이유가 없다.

도대체 어떤 협약이기에 물러설 수 없는 두 사람이 동시에 물러섰단 말인가. 마야와 궁왕의 이해관계가 맞아떨어져야 하는데, 그게 무엇일까?

야광 천여 명의 재사는 하던 일을 모두 중지하고 이 부분에만 매달렸다.

"단문협 사건은 혈귀대가 남무림의 매복에 걸려 몰살한 것입니다. 이 부분에는 재론의 여지가 없고, 마야의 복수도 매복에 나섰던 남무림 고수들을 겨냥하고 있습니다."

알고 있는 것을 듣는다는 건 지겹다.

답평은 고개를 갸우뚱 기울인 채 말하는 자를 쳐다보았다.

구환자(九還子), 광동성(廣東省)의 정기를 한 몸에 받고 태어났다는 자. 진리를 찾아 세상을 떠돌다가 심득을 얻을 때마다 돌아오곤 했는데, 나가고 들어옴이 아홉 번이라서 구환자라 불린다고……. 동서고금의 온갖 병서에 능통하여 만병자(万兵子)라고도 불린다지?

'속내를 알 수 없는 놈…….'

구환자뿐만이 아니다. 십인회의에 참석하는 자들은 하나같이 경계 대상이다. 절대 배신할 수 없게끔 단단히 조처를 취해놨지만 하도 영악한 자들이니 언제 어디로 튕겨 나갈지 모른다.

"한데 한 가지, 단문협은 장강 건너에 있습니다. 혈전이 치열한 곳이지만 엄밀히 따지면 북검문의 땅. 누군가의 동조없이 남무림 삼 개 문파가 잠입하여 매복까지 펼치기에는 큰 모험이 따르죠."

말을 하는 사람은 구환자이지만 천여 명의 생각이 집약된 결과다.

모두들 알고 있다.

북검문의 누군가가 길을 열어놨다는 것을. 그리고 혈귀대가 음모 속에서 희생되었다는 것을.

마야도 알고 있다.

그래서 궁왕과 싸우지 않고 협약을 한 게다. 숨어 있는 자를 찾아내기 전까지는 싸움을 미루기로.

궁왕도 알고 있다.

상조문, 철사문, 독조림에다가 궁왕까지 동원하여 혈귀대를 몰살시켰지만 이는 명백한 차도살인(借刀殺人)이다.

사전에 알았지만 남무림으로서는 마다할 이유가 없다.

"결국 길을 열어준 자가 최종 흉수입니다. 마야는 그자를 찾아야 되죠. 우리 남도문으로서는 손 놓고 지켜봐도 될 듯싶은데…… 그게 아닙니다."

"됐어."

답평은 말을 중단시켰다.

나머지 말은 듣지 않아도 알 수 있다.

혈귀대를 음모에 빠뜨려 죽게 만들 수 있는 자라면 북검문 내에서도 상당한 위치에 있는 자일 것이다. 또한 남도문으로 하여금 차도살인이란 점을 인식하게 만들었으니 남도문에도 그의 영향력을 받는 자가 있을 것이다.

마야와 궁왕은 그자들을 찾아내려고 한다.

고작 이것뿐이다. 머리가 뛰어나다는 자들도 주어진 것이 없으면 추론을 해내지 못한다. 어쩌면 머릿속에만 담아놓고 입 밖으로 꺼내지 않았을 수도 있고.

"한 가지."

쾌도난마(快刀亂麻)라고 불리는 자가 입을 열었다.

아무리 난해한 사건을 던져 줘도 단칼에 무 자르듯 속 시원하게 해결한다고 해서 고사성어를 이름에 붙였다.

"혈귀대가 강하기는 했지만…… 그에 버금가는 무인들이 저희 쪽에도 있습니다. 물론 혈귀대주 같은 자는 천에 하나, 만에 하나 나올까 말까 한 인재라는 것도 인정하고요."

"그래서?"

"아무리 그래도 혈귀대를 몰살시킨 이유를 짐작하지 못하겠습니다. 그만한 수를 쓸 수 있는 자라면 혈귀대가 아니라 무신 중에 한 명을 잡을 수도 있지 않을까 하는 생각입니다만. 하다못해 혈귀대보다는 무신의 제자들인 칠성군을 잡는 쪽이 더 효과적이지 않을까요?"

"내게 묻는 건가?"

"왜 혈귀대를 몰살시켰는가. 일의 발단은 여기에 있습니다. 몰살 이유부터 찾아내는 게 순서입니다."

"찾지 마라."

"알고 있습니다. 찾지 않습니다. 단지 옛날 일을 끄집어내지 않고는 현재 일을 풀 수 없겠기에."

"없어도 해라. 옛날 일을 끄집어내지 말고."

"어느 분의 함구령인지 알면 속이 덜 답답할 텐데요."

"죽고 싶은 게군."

쾌도난마는 머리를 깊이 수그려 보였다.

절대 복종의 의미다.

답평은 감정없는 눈길로 좌중을 쓸어본 후, 다짐하듯 단호하게 말했다.

"단문협 사건은 입에도 올리지 마라. 아예 머릿속에서 지워 버려. 경고는 한 번뿐이다. 차후에는 그대들 몸뚱이로 감당해야 할 거야."

십인회의를 소집한 이유는 이것 때문이었다.

단문협 사건을 어쩔 수 없이 파고들어 가야 한다는 점은 알지만 그래서는 안 된다. 단문협과 연관된 모든 고리를 끊어야 한다.

"절대…… 절대…… 단문협 사건을 캐지 마라. 머리가 있다면 내 말뜻을 알아차릴 터."

재사들이 돌아간 후에도 답평은 쉽게 일어서지 못했다.

북검문은 혈귀대의 죽음을 너무 눈에 띄게 처리했다. 혈귀대 같은 무인들을 공동묘지에 암매장하듯이 묻어버린 행동은 사건을 은폐하는 것이 아니라 노골적으로 드러내는 행동이나 다름없다.

충동질. 맞다, 충동질이다.

눈이 있고 귀가 있는 자들이라면 의심의 눈초리를 보낼 것이고, 북검문에 간자가 있지 않을까 하는 생각을 제일 먼저 떠올릴 게다. 그렇지 않다 해도 혈귀대의 죽음이 석연치 않다는 생각쯤은 하게 된다.

그런데 그것뿐이다. 북검문은 움직이지 않았다.

야광과 버금가는 삼뇌는 아무런 일도 없었던 듯 눈길조차 주지 않았다.

삼원로, 십공봉…… 모두들 침묵했다.

한쪽에서는 애써 사건을 노출시켰는데, 다른 한쪽은 모른 척하는 꼴이다.

그와 같은 일이 남도문에서도 벌어지고 있다.

야광이 제 능력을 발휘하려면 단문협 사건부터 철저하게

조사해야 한다. 혈귀대를 지워 버려서 가장 이득을 보는 자가 누군지 정도는 캐내야 한다.

일이 진행되는 과정으로 보아 단문협을 조사해야 하는데 중지하란다. 거적때기 한 장만 들추면 속을 들여다볼 수 있는데, 들추지 말란다. 야광의 모든 신경을 단문협으로 집중시켜 놓고 이제 그만 눈길을 돌리란다.

단문협에서 무슨 일이 있었던 것일까.

명확한 것은 야광은 단문협 사건을 보지 못하도록 눈이 가려졌다는 점이다.

눈을 가린 사람은 남도문주.

절대 거역할 수 없는 분의 명령이다.

그러나 이어진 명령은 참으로 이해하기 어렵지 않나.

'마야를 죽이라…… 그런 명은 처음부터 내릴 수 있었는데…… 무엇인가를 지켜보다가 이제야 결정이 내려졌다는 뜻이겠지. 내가 알지 못하는 무엇인가를.'

허탈하다고 할까?

야광 총수가 되면 남무림을 좌지우지할 수 있으리라 여겼는데 아직도 모르는 것이 많다.

그는 자신의 성급함을 자책했다.

입지를 강화할 생각에서 일사천리로 주변을 정리하고 다듬었는데, 애써서 작업해 놓은 북척표가 마야를 추살하는 도구로 쓰일 줄이야.

마야를 죽이라면서 남도문 무인들을 움직일 수 있는 행화령(行華令)을 거둬간 것은 북척표를 쓰라는 뜻이다.

문주님은 북척표를 알고 있었으나 용납해 주었다. 아예 모른 척했다. 하기는 태반이 마인들인 북척표를 아는 척할 수는 없었으리라. 그러면서도 묵인한 것은 지금과 같을 때 써먹기 위해서이리라.

마로 마를 제압하겠다는 발상인가.

무조건 응해야 한다. 거부하면 일순간에 날개가 꺾인다.

"역시…… 역시 독한 분이야. 후후후! 북척표…… 어디까지 알고 계신지는 몰라도 처음으로 만든 사병인데 얌전히 내줄 수는 없지. 화약을 터뜨려야겠어."

답평은 일어서야 한다고 생각하면서도 일어서지 못했다.

第二十五章

불파사(不怕死)
—죽음을 두려워하지 않는다

인간이 인간을 이처럼 두들겨 팰 수 있을까?

몸에 새겨진 상처는 끔찍했다.

"안 되겠군. 여기서 겨울을 나지."

"여기서? 남도문 코앞에서? 뭔가 착각하고 있는 모양인데, 여긴 우리 집 안방이 아니라 남도문 뇌옥이야, 뇌옥."

"걱정하지 마. 화약 이천 근이면 무신도 막아낼 수 있어."

"화, 화약? 화약이 어디 있는데?"

"우리 발밑에."

소립파는 언장은마를 쳐다봤다.

그 역시 몸을 움직이기 힘들다. 일행들 중 가장 작은 사람이며 꼽추인 관계로 더 비참해 보인다.

"움직일 수 있겠어?"

"크크크! 당한 만큼 돌려줘야지."

습관은 어찌할 수 없는가. 언장은마는 다른 사람의 도움을 받아야 할 만큼 중한 상태이면서도 구석을 찾아 몸을 숨겼다. 지금도 그는 철문으로 몸을 가린 상태였다.

"찾아. 하오문 정보에 의하면 이곳 지하에 화약 이천 근이 묻혀 있어. 먼저 찾는 쪽이 이겨. 답평이 먼저 불을 댕기면 우린 한 줌 재가 될 거고, 우리가 찾으면 한동안 편히 쉴 수 있겠지."

모두들 하오문에 대해서 묻고 싶었다.

철궁대가 비로를 막아섰을 때 하오문이 배반한 것이라고 길길이 날뛰어도 소립파는 가만히 있었다.

하오문주와 모종의 언약을 한 것도 납득하기 어려운데 지인까지 감쪽같이 속이다니.

가장 납득하기 어려운 점은 무엇 때문에 비밀리에 움직일 수 있는 것을 노출시켰을까 하는 것이다.

남도문에 알리지 않았다면 지금쯤 한두 문파 정도는 궤멸시켰을 것이다. 궁왕에게 접근하기 위해 잡힌 것이라는 말은 들었지만, 길을 잘 찾으면 다른 방도를 찾을 수 있을 게다.

안 해도 될 고생을 하는 것 같기도 하고, 아무 소득 없이 표적만 된 느낌도 들고.

마야와 하오문 간의 약조는 이것으로 끝일까? 아니면 아직도 남은 것이 더 있을까?

궁금한 점은 태산 같지만 꾹 눌러 참았다.

한가하게 잡담이나 나누고 있을 때가 아니잖은가.

"일령, 철궁대가 이십 명, 간수가 열네 명. 죽은 자들이야. 그들 병기를 주워와."

"알았어요."

일령의 까만 눈동자가 반짝거렸다.

"금 소저와 절혼마녀는……."

"마녀라는 말은 빼줄래요?"

"절혼, 금 소저와 함께 뇌옥을 조사해서 갇혀 있는 죄수가 몇 명이나 되는지 확인해 봐줘."

"그러죠."

"풀어줄 필요는 없어. 죗값은 치러야지."

"크크크! 뇌옥 문을 열어줘도 기어나오지 않을걸? 우리 꼴을 보면 몰라? 그놈들…… 태어나면서부터 인간 패는 연습을 한 놈들 같더라고. 한 대씩 두들길 때마다 뼈마디가 부러지는 것 같더라니까. 뇌옥에 갇힌 놈이 있다면 틀림없지 반송장일 거야."

시마가 거친 숨을 토해내며 말했다.

잔뜩 쭈그러든 그의 모습에서 해학적인 옛 모습은 찾아볼 수 없었다. 갑자기 십 년쯤 훌쩍 늙어버렸다고나 할까? 땅속에 누워 있으면 시신인 줄 알고 흙을 덮어버릴 몰골이었다.

일령이 움직였다. 금연화와 절혼마녀도 퀴퀴한 냄새가 가득 풍기는 뇌옥을 꼼꼼히 살펴 나갔다.

청평도를 조각조각 부숴 철편(鐵片)으로 만들었다. 새끼손가락 둘째 마디 정도밖에 되지 않는 아주 작은 조각이다.

네 여인은 소립파가 지시하는 곳에 철편을 한 무더기씩 묻었다.

언장은마가 찾아낸 화약도 다시 땅에 묻혔다.

철편을 묻어놓은 곳에서 일정한 간격으로, 역시 소립파가 지시하는 곳에 깊이 혹은 살포시 묻혔다.

네 여인과 언장은마가 뇌옥 안으로 들어선 후, 소립파는 철궁대가 지녔던 철시(鐵矢)를 들고 나섰다.

"조심해요. 한 발만 삐끗하면 그 자리에서 죽어요."

"죽으면 좋지 않나? 새 서방 만날 수도 있고."

"지금 그거 농담이라고 한 거죠? 나도 눈이 삐었지. 정말 재미없는 사람이라니까. 앞으로 농담하지 마세요. 썰렁해서 못 들어주겠어요."

"하하하!"

소립파가 오랜만에 웃으며 바위 틈새에, 흙더미 속에, 나무 사이에…… 철시들을 틀어박았다.

"이걸로 얼마나 버틸 수 있을 것 같아요?"

"한 달은 버틸 거야."

"네? 겨우 이걸로요?"

"후후후! 만참만살대진(万斬万殺大陣)을 겨우 이거라니."

다담선자는 입을 쩍 벌린 채 말을 잃었다.

무심히 소립파의 움직임을 지켜보던 세 여인도 깜짝 놀라 어깨를 움찔거렸다. 여인들만 그런 게 아니다. 어둠 속에 숨어 있는 언장은마도 '아!' 하고 가벼운 탄성을 토해냈다.

만참만살대진은 삼십여 년 전에 딱 한 번 모습을 드러냈다.

북무림 무인들이 마도인들을 눈에 보이는 대로 죽여댈 무렵이다.

개인도 아니고 일개 방파였던 오귀궁(五鬼宮)은 대대적인 살육의 한복판에 내동댕이쳐졌다.

도와줄 사람은 없다. 퇴로도 막혔다. 일거에 몰아닥친 무인들은 오귀궁을 포위하며 서서히 목줄을 옥죄어 왔다.

천오백 명 대 육십 명.

정도인들은 초고수가 즐비한 반면에 오귀궁은 오귀라 불리는 다섯 명만이 일절(一絶)을 지녔다.

상대가 안 되는 싸움이었다.

폐인을 만들지라도 목숨만 부지시켜 주었다면 오귀궁은 백기를 들었을 게다.

정도인들은 마의 뿌리를 캐내려고 했다. 발본색원(拔本塞源)이라는 말도 사용했다. 아예 뿌리를 뽑아 근원을 막아버려야 한다는 정도무림인에게 용서나 자비는 기대할 수 없었다.

오귀궁은 백기 대신 잔혹한 동귀어진(同歸於盡)을 선택했다.

궁으로 들어오는 모든 통로, 인간이 움직일 수 있는 모든 방위에 암기를 설치했다. 초절정고수를 배려해서 즉사할 수밖에 없는 화약도 묻었다.

불행히도 오귀들 중에는 기관진식(機關陣式)에 달통한 논귀(論鬼)가 있었다.

"인간의 움직임은 전후좌우, 그리고 상하를 벗어날 수 없다. 천하제일의 경공 대가도 사방이 막힌 곳에서는 움직이지 못한다. 정상적인 상태에서도 방어는 일(一)의 힘으로 사(四)의 힘까지 막아낼 수 있다. 하물며 충분히 준비된 상태에서는 십의 힘까지도 막아낸다."

정도인들이 공격을 시작했을 때, 그들은 논귀의 말이 허황된 말이 아니라는 걸 뼈저리게 절감했다.

피가 튀고, 살점이 떨어지고, 암기에 육신이 터져 나가고……

지극히 상식적인 말을 목숨을 바쳐 가며 배웠다.

싸움이 끝난 후, 정도인들 중 목숨을 부지한 사람은 겨우 이십여 명에 불과했다.

그들은 치를 떨며 말했다. 능히 만 명을 벨 수 있는 기관이다. 기관의 영역에 들어서기만 하면 죽을 수밖에 없다. 이건 인성이 없는…… 악마나 펼칠 수 있는 진법, 만참만살대진이다.

　소림파는 자신있게 말했다, 만참만살대진이라고.

　인간이 움직일 수 있는 동선(動線)은 죽음의 그물이 된다.

　땅속이 막히고, 땅 위가 막히고, 허공이 막혀 바람만이 드나들 수 있는 지옥의 험로가 펼쳐진다.

　믿을 수 없다.

　화약 이천 근은 엄청난 폭발력을 지녔으니 그렇다 치자. 겨우 청평도 조각들과 철궁대가 지녔던 철시 몇 개로 악마의 진법을 만들 수 있다는 것인가.

　소림파는 근 한 시진에 걸쳐서 꼼꼼히 화살을 설치했다.

　마지막으로 철궁에서 떼어낸 활줄로 나뭇가지와 바위를 이용하여 자연적인 활을 만들었다. 아니, 활의 형태로 활줄을 팽팽하게 당겨놓았다.

　"차라리 저 활줄에 철시를 걸어놓는 게 낫지 않을까?"

　절혼마녀가 고개를 갸웃거리며 말했다.

　"풋! 큰언니, 언니가 마야를 알아요?"

　일령이 풋풋한 웃음을 터뜨렸다.

　양 볼에 보조개가 깊이 파여 깨물어주도록 귀엽다.

　"응? 그게 무슨 말이야?"

"난 요즘 궁금해요. 마야의 능력이 어디까지인지. 저분을 누가 막을 수 있는지."

'이 아이가? 휴우! 산 넘어 산이군.'

절혼마녀는 남몰래 한숨지었다.

마야를 쳐다보는 일령의 눈길이 뜨겁지 않은가. 이런 눈길이 무엇을 의미하는지 모른다면 낙화향 동방주가 아니다.

절혼마녀의 그늘진 얼굴과는 대조적으로 일령의 얼굴은 밝기만 했다. 그러고 보니 말투도 다담선자를 닮아가고 있다. 마야를 신처럼 떠받드는 마음이 말속에 우러나기 시작한다.

마야를 좋아하면 안 될 것 같은데. 그를 따르면 피바람을 피하지 못할 텐데. 불행은 필연적인데. 자신과 다담선자는 모진 비바람을 맞으며 자랐지만 일령은 온실 속에서 자란 화초나 다름없는데…….

'이왕 좋아하기로 했다면 마음 단단히 먹어야 할 거야. 휴우!'

한숨만 깊어가는 날이다.

소림파는 뜨거운 눈길로 일행들을 훑었다.

마령음으로 진기를 북돋아주어서 경맥이 시원하게 뚫렸지만 찢어지고 짓이겨진 외상만은 어쩔 수 없었다.

삼류무인들이 쓰는 금창약이라도 있으면 좋을 텐데.

"많이 힘들어 보이는군."

한참 만에 나온 말치고는 어이없다.

대답은 없었다. 땅을 쳐다보기도 하고, 손톱을 물어뜯기도 하고…… 일부는 포근한 미소를 머금고 마야를 쳐다봤고, 일부는 눈길을 마주치지 않았다.

장강을 넘을 때는 삶과 죽음을 함께하는 사이였다.

죽을 자리에 머물라고 해도 기꺼이 머물 각오였다.

그러한 신뢰를 먼저 깬 것은 마야다. 그는 그와 함께한 사람들을 감쪽같이 따돌리고 혼자만의 밀행(密行)을 했다.

모두들 혼절한 마야를 염려했다. 다른 사람은 잡혀도 그만은 살리자며 지장술을 펼쳤다. 마야가 잡혔다는 말을 들었어도 답평이 뛰어나 지장술을 알고 있기 때문이라고 생각했다.

마야에게 다른 생각이 있으리라고는 전혀 의심치 않았다.

궁왕과 이야기할 때 전혀 새로운 사실을 알았다. 일부러 잡힌 거라고? 궁왕에게 접근하기 위해서? 한쪽에서는 피와 살이 뜯기고 있을 때, 다른 쪽에서는 타타파두인가 뭔가 하는 여자를 유혹하고 있었단 말인가?

지금은 아무것도 모르겠다. 느닷없이 혼절했던 마야가 정말로 혼절했던 것인지조차 의심스럽다.

여인들은 여전히 마야를 믿고 따른다.

사내들도 믿고 따른다.

좋다. 그의 머리는 하늘이 주신 천략(天略)으로 가득하고, 그의 몸은 금강(金剛)으로 만들어졌다. 그는 험난함은 있을지

언정 반드시 승리를 쟁취할 것이다.

믿고 따를 만한 사람 중에 마야만 한 인물도 없다.

하나…… 예전처럼 기꺼운 마음으로 죽을 수는 없을 것 같다.

모두들 내색은 하지 않았지만 망가진 육신만큼이나 마음의 상처도 깊었다.

소립파는 조용히 일어섰다. 그리고 불길이 담긴 눈길로 좌중을 둘러보며 바람처럼, 가을날 떨어지는 낙엽처럼 허허로운 심정으로 말했다.

"단문협 사건에는 안과 밖이 있지. 밖은 모두가 알고 있는 사실이고, 안은 앞으로 캐내야 할 일들이고."

왜 그럴까? 마야가 쓸쓸하게 느껴지는 것은.

"북검문도, 남도문도 안과 밖이 있어. 밖은 모두 드러나 있지만 안은 지금부터 캐내야 해."

섭섭한 감정은 잠시 묻어둔다.

마야가 단문협 사건을 말하고 있으니 신경을 집중시킨다.

궁왕은 단문협에서 일어난 일을 사실적으로 말해주었다. 혈귀대가 어떻게 죽어갔는지 눈으로 볼 수 있게 그려서 설명해 주었다.

그동안 마야가 조사한 것과 별반 다르지 않았다.

흉수는 명확하다. 상조문, 철사문, 독조림, 그리고 궁왕 강창도.

궁왕과는 결전이 예정되어 있다.

"혈귀대주는…… 혼인은 하지 않았지만 소녀의 지아비. 그분의 최후를 장식해 주셨다니 미천한 계집이지만 검을 들지 않을 수 없군요. 절정에 이르렀다고 할 수 없는 자하쌍구검이지만 궁왕의 활을 맞이해 볼까 해요."

"그건 우리 남도문 무인들이 사용하는 청평도이거늘."

"병기를 빼앗겼으니 어쩔 수 없군요."

"미세한 흠도 있어서는 안 되거늘 무게와 길이가 다른 병기를 사용하겠다니, 미련하군. 몸도 정상이 아닌 것 같고. 시간을 주겠다. 충분히 휴식하고 손에 맞는 병기를 찾은 다음에 와라. 언제, 어느 때든 맞이하마."

궁왕은 자신있을 때 언제든지 찾아오라며 제삼무신가를 상징하는 영패까지 내놓았다.

딸의 안위는 잊고 무인 대 무인의 겨룸을 인정해 준 것이다.

마야도 서둘지 않았다. 궁왕과의 싸움은 금연화가 치르는 것이 좋겠다고 생각한 듯하다. 그는 궁왕의 제안을 받아들였고, 궁왕과 마야 일행은 조만간을 기대하며 헤어졌다.

궁왕과의 만남은 이것뿐이다.

뇌옥 밖에 만참만살대진이 펼쳐져 있으니 당분간 침입의

염려는 덜게 되었다. 그동안 사내들은 몸을 회복해야 하며, 여인들은 한층 수련에 매진해야 한다.

특히 금연화는 한시도 쉴 틈이 없다.

소립파가 마령음을 토해낸다 해도 번개보다 빠르다는 궁왕의 화살을 피하려면 손에 피멍이 들도록 수련을 거듭해야 한다.

모두들 그렇게 알고 있는데 소립파가 느닷없이 단문협 사건에 안과 밖이 있다고 말한 것이다.

숨어 있는 게 있다?

"단문협을 생각할 게 아니라 우리부터 살펴야겠군. 우리에게도 안과 밖이 있으니까. 주축은 나. 혈귀대의 복수를 하겠다는 일념으로 친구들을 불렀고, 같이 움직이고 있어. 이게 밖이야."

"그럼…… 또 뭐가 있단 말인가?"

시마가 더듬거리는 음성으로 말했다.

"혈귀대가 몰살했다는 소식을 제일 먼저 전해온 사람은 언장은마. 당연하지. 항상 곁에서 지켜봐 달라고 부탁했으니까. 그런데…… 기다렸다는 듯이 나타난 사람들이 있어."

"흐흐흐! 우릴 말하는 거군."

고루쌍마 중 음마가 음침한 괴소를 터뜨렸다.

"발 빠른 것은 좋은데 너무 빨랐어."

"……"

갑자기 찬물을 끼얹은 듯 조용해졌다.

숨소리조차 죽였다. 이것은…… 지금 마야가 하는 말은…… 도대체 무슨 뜻인가?

눈길들이 고루쌍마에게 향해졌다.

"언장은마가 혈귀대주를 지켜보듯…… 혈귀대주를 그림자처럼 따라다녀야 그 시간에 나에게 올 수 있지. 내게 할 말 없나?"

"이게 무슨 소리야? 지금 뭐라는 거야!"

수검이 청평도를 만지작거렸다. 여차하면 고루쌍마의 목을 날려 버릴 기세였다.

그런 그의 옷자락을 마도가 지그시 잡아 눌렀다.

"이게 우리의 안이야, 쌍마. 난 쌍마를 보낸 자가 북검문인지, 남도문인지 확신할 수 없었어. 그래서 모험수를 던져 봤지. 모조리 잡혀보자고. 쌍마 뒤에 있는 자와는 반드시 만나야 할 것 같으니까 무리를 해볼 필요가 있었어."

일행들은 비로소 마야의 단독 행동 뒤에 숨어 있는 치밀한 계산을 알았다. 궁왕이 목적이 아니라 쌍마를 지켜보고 있던 것이다. 모두들 눈앞에 닥친 문제만 쫓아다닐 때, 마야는 혼자만의 싸움을 이끌어 왔다.

역시 마야다. 그런 일이 있었기에 이런 고초를 자초했겠지. 그러면 그렇지. 마야가 움직일 때는 반드시 이유가 있다는 것을 명심 또 명심했어야 하는데. 그랬다면 서툰 오해나 실망 따위는 하지 않았을 텐데.

"쌍마, 난 남도문이라고 생각했어. 남도문에는 북척표라는 조직이 있어서 마인들에게 숨 쉴 공간을 제공하는데, 북검문에는 아무것도 없거든."

"후후후! 그래서 우리가 남도문의 주구다?"

"아니. 남도문이라면 이처럼 잔인하게 짓이겨 놓지는 않았겠지. 우린 사지가 꽁꽁 묶인 처지였고, 무공을 펼칠 수 없는 입장도 아니고…… 누가 왜 혈귀대주를 지켜봤는지 대답해 줬으면 좋겠어."

고루양마와 음마는 눈을 내리깔고 청평도를 만지작거렸다.

그들은 심력을 같이한다. 서로의 생각을 느낌으로 전달할 수 있고, 받아들인다. 같은 형제이면서 동성이면서 정신적으로, 육체적으로 서로를 사랑한다.

그들은 두 가지 번민에 시달렸다.

하나는 지금 당장 일어나서 뛰쳐나가는 것이고, 다른 하나는 손에 들고 있는 청평도로 목을 긋는 것이다.

"쌍마, 너희에게도 의리란 게 있었냐?"

수검이 차디차게 말했다.

"우리끼리는 못할 말이 없다고 생각했는데, 아니었나 보군."

마도는 침울했다.

바깥세상을 자유롭게 활보하지 못하는 심정을 아는가. 강한 무공을 지니고 있어도 벌레처럼 움츠러들어야 하는 분노를 아는가.

마인들은 안다. 너무 잘 알기에 서로가 서로를 위로해 주고 보듬어준다. 겉으로는 이를 갈며 으르렁거려도 상대의 아픔에 눈물 한 방울 떨굴 줄은 안다.

마야의 속임수는 실망으로 그쳤지만 고루쌍마의 속임수는 마음을 찢어놓았다.

"휴우!"

고루음마가 청평도를 놓고 벽에 등을 기대며 긴 한숨을 내쉬었다.

"모두…… 모두 다."

고루양마는 여전히 청평도를 만지작거리며 말했다.

"모두 다?"

"모두 다. 모두 닷!"

고루양마의 눈가에 붉은 핏줄이 성겼다. 음성도 호통에 가까웠다. 억울함을 꾹 눌러 참고 쥐어짜듯 말하는 음성이었다.

소립파는 선 자세 그대로 벽에 등을 댔다. 그리고 말없이 고루쌍마를 응시했다.

시간이 흘러간다. 어둠이 어둠을 먹어 더욱 깊은 밤으로 이끌어간다. 그 속에서 고통을 아는 자들의 신음 소리가 묵묵히 어우러진다.

"모두 다 노출됐어. 북검문에."

"……."

"우리가 걸려든 건 순전히 재수가 없어서야. 우리가 아니었으면 이 중에 어떤 놈이 걸렸을지 모르지. 일단 노출이 되면…… 알다시피 사로잡힌다는 건 꿈도 못 꿔. 죽는 것밖에 없지."

고루쌍마를 쳐다보는 사람은 없었다. 마인들의 운명이 그러한 것이기에 새삼 놀라는 사람도 없었다. 누구나 그런 경우를 당할 수 있지만 목숨을 구걸하기보다는 의연히 죽는 편을 택하는데……. 그러지 못한 쌍마가 안쓰러울 뿐이다.

"빌어먹을! 죽으려고 했는데…… 그래! 육능자야! 우린 육능자의 손아귀에서 벗어나지 못했어. 혈귀대가 몰살당한 뒤에 육능자가 찾아왔지. 그가 그러더군. 혈귀대주가 죽었으니 마야가 애통해할 것이라고. 가서 소식이나 전해주라고."

"뭐라!"

마야는 자신도 모르게 언성을 높였다.

육능자, 북검문 삼뇌 중에 한 명으로 칠성군 중 오공자를 후원하고 있다고 알려진 지낭(智囊).

그가 혈귀대주의 죽음을 말하며 자신을 거론했단 말인가.

"마야를 어떻게 알았냐고 물었지. 그랬더니…… 모두 다 알고 있다고 하더군. 마야가 어디를 다니는지, 무엇을 하는지, 마야와 어울리는 사람이 누구인지. 마도도 말하고, 수검도 말하고, 혈유도⋯⋯."

"후후후!"

웃음이 새어 나온다.

드러내 놓고 다니지는 못하지만 숨어 지내는 것만큼은 완벽하다 싶었는데 북검문의 이목을 속이지 못했던 것인가.

아니다. 북검문은 속였다. 북검문, 남도문⋯⋯ 전 중원이 마인들의 동태를 파악하지 못하고 있다.

하면 육능자는 어떻게 알고 있는 것일까?

고루양마가 청평도를 들어 허벅지 위에 올려놓으며 말했다.

"그 말을 듣고 놀라는 표정을 지었더니 비웃는 표정으로 말하더군. 그게 뭐 그리 놀라운 사실이냐고. 남도문 만사무불통지도 알고 있을 거라더군. 양쪽 머리가 알고 있으니 전 중원이 아는 것 아니냐고."

'간자!'

소림파는 억장이 무너졌다.

공식적으로 북검문과 남도문, 아니, 북무림과 남무림은 마인들의 동태를 파악하지 못하고 있다. 그런데 최소한 두 사람은 낱낱이 파악하고 있다.

육능자와 만사무불통지.

이런 일은 한 가지 경우에만 가능하다. 육능자 같은 사람이 개인적으로 운용하는 간자가 자신의 영향력 안에 침투해 있는 것이다.

누군가?

시마? 그럴 수 있다. 마도가 될 수도 있고, 수검도 가능하다.

빌어먹게도 모든 사람을 의심의 눈초리로 쳐다보아야 한다.

소림파는 생각을 숨겼다.

서로를 의심하는 것처럼 피곤한 일도 없다. 그것은 영원히 덮을 수 없는 깊은 도랑이다. 단결은 와해될 것이고, 결국 믿을 수 있는 사람은 자기 자신밖에 없게 되리라.

그럴 수는 없다. 육능자든 만사무불통지든…… 그들의 간자가 일거수일투족을 감시할지라도 형제를 의심해서는 안 된다.

"후후후! 그렇군. 금적금노…… 위험하다 싶었는데, 영역을 너무 넓혔어. 기루나 주루처럼 감시하기 편한 곳도 없을 것이고. 금적금노와 연관된 사람은 모두 노출됐군."

소림파는 애꿎은 금적금노에게 화살을 돌렸다.

어차피 금적금노와는 인연이 끝났다. 자신들은 모두 무림 공적이 되었다. 이런 처지로는 금적금노를 만나지 않는 것이 오히려 그를 도와주는 것이다.

고루양마는 일행들을 일일이 쳐다보았다.

한 사람, 한 사람…… 눈을 맞추며 얼굴을 세세하게 뜯어보았다.

"처음에는 소식만 전해주려고 했지. 육능자에게 노출되었다는 것도 말해주고. 한데 달려가는 중에 생각이 바뀌더군."

고루양마의 눈에 화염이 타올랐다.

"우린 희망을 봤어. 이번 기회에 마야가 움직여 준다면…… 혈귀대의 복수에 그치지 말고 우리들을 이끌어준다면……."

격동했다. 음성이 덜덜 떨려 나온다.

뼈마디밖에 남지 않은 얼굴에서 두 눈만 활활 타오르는 모습이 괴기스럽기까지 했다.

"우린 개구멍을 찾을 필요가 없는 거야. 당당히 무림에 나설 수 있지. 크크크! 북무림이나 남무림을 상대로 검을 들 수 있는 자가 세상천지에 마야 외에 또 누가 있어? 거기에다가 뜻을 같이하는 놈들도 늘어날 것이고… 그러다 보면 혹시 알아? 남도문, 북검문과 비등한 세력이 될지? 그러면 우린 밝은 하늘을 떳떳이 이고 사는 거야. 그래서 숨겼어. 육능자와 연관된 사실을. 말하면… 말하면… 육능자부터 죽이려 들 것이고, 대가리 몇 놈 죽이고 잠적할 거 아냐!"

"이거 미친놈 아냐? 천하를 향해서 검을 들란 말이야?"

시마는 어찌나 흥분했는지 얼굴을 빨갛게 붉혔다.

소림파는 고루양마의 말속에서 중요한 사실 하나를 알아냈다.

육능자, 그는 자신을 알고 자신과 가까운 마인들을 알고 있다. 그러나 단 한 사람, 언장은마는 모르고 있었다. 언장은마가 혈귀대주를 지켜보고 있다는 사실도 몰랐다. 알았다면 고루쌍마를 이용할 필요도 없었다.

그랬던 것인가. 혈귀대주의 죽음 뒤에는 육능자가 있었던 것인가.

'나와 혈귀대주의 관계를 알고 있다……'

정도인으로서는 결단코 맺어서는 안 되는 인간관계, 마도인을 벗으로 둔 혈귀대주를 죽음으로 징치한 것인가.

'육능자…… 나에 대해서 어떻게 알았는지 모르지만, 겉만 알고 있군. 겉모습밖에 모르는 사람을 그대의 싸움에 끌어들인 것은 오만인가, 경솔함인가.'

"아직도 우리가 간자라고 생각된다면…… 차라리 죽여라. 손을 쓰기도 귀찮으면 말만 해라. 죽어줄 테니."

고루쌍마는 목숨에 미련이 없어 보였다.

사람들은 소립파를 쳐다봤다. 그러나 소립파는 깊은 생각에 잠겨 있어서 그들의 눈길을 의식하지 못했다.

"자식들…… 진작 말했으면 잡히는 일도 없었을 것 아냐? 아닌가? 마야가 정말 혼절했었나? 그럼 잡히는 거고. 허! 이거야 나도 헷갈려서. 어쨌든 자식들아, 숨길 걸 숨겨야지. 그리고 뭐? 우리들의 세상? 꿈도 야무지다니까."

시마가 능글거리며 고루양마의 옆구리를 꾹 찔렀다.

"헉!"

고문을 당해서 갈비뼈가 드러날 정도로 심각한 상처를 입은 곳인데, 하필이면 그곳을 찌르다니!

고루양마는 방금 전까지 비장했던 것도 잊어버리고 옆구리를 감싸 쥐며 비명을 내질렀다.

2

일단의 무리가 지극히 은밀하게 움직이며 산을 기어올라갔다.

사방천마는 멀찍이 떨어진 곳에서 한가하게 그들을 지켜봤다.

"홍! 불나방이 따로 없군. 답평이란 자가 이 정도에 불과하다면, 우리도 생각을 달리 해야 되는 거 아냐?"

싸늘하지만 애교가 뚝뚝 묻어나는 음성, 동방천마였다.

"호랑이는 한 산에 두 마리가 살 수 없다고 하지. 강자들이란 그래. 그런 생각들이 우리를 강하게 만들어주었고. 만 산에 만 마리의 호랑이가 있다고 한들 설산 백곰의 위용은 당할 수 없지. 하지만 말이야. 늑대 무리가 떼 지어서 영역 다툼을 할 때는 설산 백곰이라도 몸을 움츠려야 해. 자칫하면 뼈도 못 추려."

지금까지 거의 말을 하지 않던 북방천마였다.

"그러나저러나 주공께서 언제 내려오신다는 소식 없었어? 이거 원, 남의 똥이나 닦아주고 있으려니 좀이 쑤셔서……."

"입 조심해라."

"썩을 놈, 말 한마디 했다고 눈깔 부라리기는."

"아냐, 그건 북방천마 말이 맞아. 남방천마, 넌 입 조심 좀 해야 돼. 언젠가 그 입 때문에 곤혹 좀 치를 거야."

서방천마가 혀를 내밀어 입술을 핥았다.

피 맛을 아는 자들, 살을 저밀 때 은은히 저려 울리는 손끝 감촉을 즐기는 자들.

싸우고 싶다. 산을 기어올라 가는 저들 틈에 끼어서 마음껏 칼춤을 추어보고 싶다.

"파청공(破聽功)으로 마령음을 막을 수 있을까?"

문득 북방천마가 혼잣말처럼 중얼거렸다.

"주공 말씀인데 안 믿겠다는 거야?"

동방천마가 곱게 웃으며 말했지만 그녀를 쳐다보는 사람은 없었다.

파청공 대 마령음, 파청공 대 적멸주.

소리를 듣지 않으면 된다. 마야가 아무리 인간 같지 않은 능력을 지녔다고 해도 목구멍을 통해서 나오는 소리를 듣지 않는 데야 어찌할 방도가 있겠는가.

염려스러운 점은 마령음이나 적멸주가 청각만 건드리는

것이 아니라 진기와 마음을 건드릴 수 있다는 점이다.

과연 듣지 않은 상태에서도 건드릴 수 있을까?

기다려 보면 안다. 가만히 지켜보면 안다.

화아악! 퐈앙!

멀쩡한 땅을 디뎠는데 먼지가 풀썩 피어올랐다. 그리고 세상에서 가장 환한 섬광이 눈을 멀게 하고, 천둥보다 더 큰 굉음이 고막을 찢어놓았다.

앞서서 산을 올라가던 일단의 무리는 그렇게 산산조각 났다.

"화약이다! 모두 발밑을 조심하도록!"

말을 한 자는 께름칙한 돌멩이를 피하기 위해 나무를 짚었다. 순간,

턱! 푸욱!

나무에 둥그런 입이 열리더니 철궁대가 사용하던 철시가 툭 튀어나와 관자놀이를 꿰뚫었다.

"조장님이 당하셨다! 내가 인솔…… 헉! 아아아악!"

발이 땅속으로 푹 꺼질 때 앗차! 싶었으리라.

날카로운 쇳조각이 신발을 뚫고 들어올 때는 발 하나를 잃었구나 싶었을 테고. 철편 조각들이 살아 있는 뱀처럼 사방으로 비산하면서 온몸을 헤집을 때는 어떤 생각을 했을까?

처절한 비명 소리가 모두의 눈과 귀를 끌어당겼다.

죽음을 많이 보아온 사람들이다. 하나 수천 명에게 난자질 당하는 것처럼 전신에 구멍이 숭숭 뚫려서 터진 꽈리가 되어 죽어가는 모습은 단연코 처음이다.

"한 길로만 가라. 앞사람이 디뎠던 자리만 밟아라!"

허사였다. 사방에서 날아오는 철전, 발밑에서 솟구치는 폭편(爆片), 그리고 비명을 내지를 사이도 없이 저승으로 이끌어가는 폭발.

삽시간에 아비규환이 펼쳐졌다.

땅에, 나무에, 풀에, 바위에…… 세상에 붉은 피 비가 내렸다.

부상자는 없다. 철편 쪼가리가 되었든 철시가 되었든 화약을 터뜨렸든, 공격을 받은 자는 형체를 알아볼 수 없게 짓이겨져 죽어갔다.

가장 무서운 것은 화약이다. 언제 어디서 터질지 모르기에 걸음을 내딛을 때마다 살얼음판을 딛는 기분이다.

가장 끔찍한 것은 철편 쪼가리다. 땅에서 솟구친 철편은 그나마 낫다. 사람을 관통하여 핏물을 흠뻑 들이마신 철편은 땅에 떨어진 후에도 요기를 뿜어낸다.

몸에 닿기만 하면 당장이라도 파고들 것 같다.

실제로 폭발이 있을 때마다 철편은 다시 튕겨 오르고, 육신을 찢어놓는다.

"이거야 원…… 헉! 끄으윽!"

산을 오르던 자들은 삽시간에 얼어붙었다.

발걸음을 뗄 생각도 하지 못한 채 서로의 얼굴만 쳐다봤다.

자신만 움직이지 않는 게 아니다. 다른 사람이 움직이는 것도 질책의 눈초리로 쳐다봤다.

화약이나 철편은 혼자만 죽는 게 아니라 주위에 있는 사람까지 한꺼번에 지옥으로 끌고 간다.

움직이지 마라. 절대 움직이지 마라.

"저, 저, 저, 저건 또 뭐야! 뭐가 저래?"

남방천마는 눈을 부릅뜬 것도 모자랐다. 그는 자신이 잘못보지 않았나 싶어서 높은 나뭇가지에 올라서서 쳐다보기까지 했다.

놀라기는 다른 사방천마도 마찬가지다.

"마야…… 그 새끼…… 점점 재미있어지는데. 저게 도대체 뭐지? 누구 들어본 거라도 있어? 머릿속들 뒤져봐. 밟기만 해도 뻥! 터지는 게 뭐야!"

북방천마는 중원에 나온 이후 가장 많은 말을 했다.

"화약 종류 같은데……."

서방천마는 고개를 갸웃거렸다.

그의 낯빛은 차게 굳어 있었다.

누구도 마야를 이렇게 높이 보지 않았다. 마령음이라는 기이한 능력이 눈엣가시이기는 하다. 하나 무공을 모르는 자이니 죽이고자 하면 쉽게 죽일 수 있는 자였다.

정작 한 사람씩 따로 떼어놓고 생각할 때, 마인들 중 가장 손쉽게 제거할 수 있는 인물이 바로 마야다.

적멸주가 나타나기는 했지만 큰 위협은 되지 않았다.

적멸주에 대항할 수 있는 파청공이 있다. 그마저도 통하지 않을 때는 멀리 떨어진 곳에서 화살을 쏘거나 암기를 던지면 된다.

마야 정도를 죽이는 데는 초절기까지 사용할 필요가 없다. 지근거리에서 손가락 하나만 까딱하면 된다.

그런데 정작 죽이려고 하니 일이 틀어진다.

북척표가 총동원된 지금, 마야는 죽는 길밖에 없었다. 뇌옥을 장악하고 숨어 있지만 그곳이야말로 빠져나갈 길이 없는 막다른 길이다. 이보다 더 확실한 외통수는 있을 수 없다.

한데, 이건 또 뭔가? 오히려 북척표가 지리멸렬하다니!

"수폭(水爆)이야."

동방천마가 욕금진기를 가득 끌어올렸는지 양 볼을 도홧빛으로 물들인 채 말했다.

"수폭?"

"오귀궁, 기억나?"

"뇌귀(雷鬼)!"

"뇌화문(雷火門)이 건방지게 뇌(雷) 자를 사용한다고 하루 아침에 잿더미로 만들어 버린 화약 귀신이야. 뇌귀가 평생 심득을 다 쏟아 부어서 완성해 낸 것이 바로 저 수폭이고."

화약은 불을 붙여야 터진다.

강력한 파괴력을 지니지만 꼭 불을 붙여야 한다는 치명적인 단점을 지닌다. 수만 근의 화약을 묻어놓아도 도화선만 잘라내면 무용지물이 되고 만다.

가장 든든하면서, 믿을 수 없기도 한 물건이다.

뇌귀는 평생을 바쳐서 불을 붙이지 않고 터질 수 있는 화약을 연구했다.

하나라도 더 알고자 하는 자, 남들보다 두 배 세 배 깊이 파고드는 자……. 눈에 보이는 것이 있다.

뇌귀는 화약에 고무나무의 진액을 버무려서 휴대하기 용이하게 만들었다. 또한 천남성(天南星:약초)의 일종인 화우(火芋:토란의 일종)도 찾아냈다.

화우는 동물처럼 체온을 지닌다. 밤이 되어 공기가 서늘해지면 화우는 스스로 열을 내어서 따뜻함을 유지한다. 온기는 새와 곤충에 비견할 정도이다.

열을 내는 식물.

뇌귀에게는 세상에서 가장 소중한 보배였다.

화우를 가루 내어 자신이 만든 말랑말랑한 화약에 섞었다.

섞자마자 터지기도 하고, 몇날 며칠을 두 눈 뜨고 지켜봐도 터지지 않고…… 수많은 시행착오 끝에 화약과 고무와 화우의 최적정 배합률을 찾아냈다.

완성된 화약은 도롱뇽 알처럼 매끈거렸다. 벽에 던지면 철썩 달라붙었다.

물기를 많이 머금어 촉촉한 습기가 묻어나는 화약, 수폭이다.

수폭은 태양에 노출되면 쉽게 폭발한다. 때문에 태양열이 닿지 않도록 매설해야 한다. 열기를 가까이하면 바로 터진다. 근처에 화로 하나만 있어도 대참사가 일어난다. 무거운 물체로 짓누르면 화우 가루가 마찰을 일으켜서 폭발한다. 아주 조심스럽게 다뤄야 한다.

요체는 화약과 화우다.

오귀궁이 멸문할 즈음, 뇌귀는 고무를 버렸다. 그는 화약과 화우만 지니고 다니면서 필요할 때마다 즉시 배합하여 사용했다.

그를 죽이려면 촌각의 여유도 주어서는 안 된다. 촌각이면 방원 일 장을 초토화시킬 수 있는 수폭을 만들 수 있다. 동귀어진까지 생각한다면 상관없겠지만.

두어 마디 말을 나눈다면 죽이기를 포기해야 한다. 방원 십 장이 초토화된다.

일다경 정도 시간이 흐른다면 뒤도 돌아보지 말고 도주해야 한다. 그는 안전한 곳에 숨을 수 있지만 죽이려는 자는 보보마다 악귀의 덫이 깔려 있을 것이다.

"뇌귀…… 수폭……."

서방천마가 소도를 꺼내 혀에 대며 중얼거렸다.

"아마도 저건 논귀가 동귀어진으로 펼쳤다는 만참만살대진일 거야. 뇌귀의 수폭, 암귀(暗鬼)의 암기술을 극대화시킴으로써 완성된 살진이 그거니까. 아! 독귀(毒鬼)의 절독이 빠졌나?"

"또 하나 빠진 게 있어. 잡귀(雜鬼). 특이한 능력이라고는 전혀 없고 온갖 잡스러운 손재주만 지닌 자. 하지만…… 아무 능력도 없는 자가 뇌귀, 암귀, 독귀, 논귀 같은 자들을 이끌 수 있다고 생각해? 잡귀의 능력을 무시하면 안 돼. 그러고 보니…… 오귀궁과 마야, 저놈…… 모종의 연관이 있을 것 같다는 생각이 드는데?"

"지나친 추측 아냐?"

동방천마가 서방천마를 쳐다보며 말했다.

"지금에 와서는 모두 뒤져봐야지. 여기서는 철수해야 돼. 우린 아무것도 할 일이 없어. 굳이 마야를 죽이겠다면 우리도 목숨을 내놔야 할 거야. 그래도 승률은 삼 할밖에 되지 않을 테고."

사방천마는 뇌옥 입구를 쳐다봤다.

북척표, 그들은 오도 가도 못한 채 멀거니 서 있다. 간혹 답답함을 이기지 못해 움직이는 자가 있지만 그럴 때마다 어김

없이 땅이 뒤집히고 철편이 날아다닌다.

파청공이 적멸주를 막을 수 있는지 봐야 한다.

하나 뇌옥 근처에는 접근조차 못하고 있는데, 마야는 코빼기도 비치지 않는데 파청공인들 무슨 필요가 있으랴.

북척표 속에 파청공을 수련한 자 다섯 명을 집어넣었다.

그들의 목적은 마야를 죽이는 것이 아니라 적멸주가 터져나올 때 물러서지 않고 버티는 것이다.

오래 버틸 필요도 없다. 촌각만 버텨준다면…….

그 다섯 명 중 네 명이 뇌옥 근처에 가보지도 못하고 죽었다. 살아남은 한 명조차 두 다리가 바위처럼 굳어져 움직이지 못하고 있다.

사방천마 중 북방천마가 온다 간다 말도 없이 먼저 신형을 날려 사라져 갔다.

"저 자식…… 아주 밥맛덩어리라니까. 어차피 한솥밥 먹는 처지에 웃고 지내면 어디가 덧나나."

남방천마가 투덜거리며 북방천마의 뒤를 좇았다.

第二十六章

고무변(苦無邊)
─괴로움은 끝이 없다

답평은 북척표를 일부는 믿고 태반은 믿지 않았다.

애완동물이란 가지고 놀 기분이 날 만큼 귀여워야 한다. 아니면 분골쇄신이라도 할 만큼 충성스러워야 한다.

북척표는 귀엽지 않다. 입을 꽉 다물고 있지만 입술 밖으로 튀어나온 송곳니가 언제라도 목덜미를 물어뜯을 듯이 흉흉스럽다. 충성스럽지도 않다. 태생적으로 충성이라는 말을 모르는 인간들이니 눈에서 벗어나면 다른 생각을 하고 있다고 봐야 한다.

그들 중 일부가 산을 오르다 말고 석상이 되었다. 선 채로 똥오줌을 싸는 창피를 당하더라도 움직일 수 없는 입장이다.

그들은 간절하게 구원의 눈길을 보내온다.

"황소를 준비해라."

답평은 눈살을 찡그렸다.

두두두두······!

검은 천으로 눈을 가린 황소 한 마리가 무서운 속도로 질주했다.

큼지막한 몸뚱이에는 솜을 겹겹이 감쌌고, 물까지 먹여 몹시 무거워 보였다.

황소는 전혀 개의치 않았다. 눈 가린 천이 답답하다는 듯 맹렬하게 질주해 나갔다.

"어어! 저저······."

석상이 되어버린 무인들 입에서 당혹스런 음성이 새어 나왔다.

앞을 보지 못하는 황소가 자신들을 향해 달려오고 있지 않은가.

모두들 단단히 어금니를 악물었다.

기회는 한 번뿐이다. 황소가 몸을 들이받으려고 할 때, 허공으로 뛰어올라 등을 걷어차고 가능한 멀리 날아가는 방법뿐이다. 재수없어서 화약 뭉치 위에 떨어지면 끝장나는 거고.

두두두두! 파앗!

무인 몇 명이 동시에 땅을 박차고 솟구쳤다.

그들은 정확히 황소의 등에 날아 내렸다. 아니, 발을 닿는 순간 재차 허공으로 도약하여 어림짐작해 놓은 곳에 착지했다.

폭발은 없었다.

당연하다. 황소가 질주해 온 길이니 화약이 있었다면 진작 터지지 않았겠는가.

그들은 웃었다. 석상에서 풀려나지 않은 동료들만 아니라면 앙천광소라도 내지르고 싶은 심정이었다. 지옥에서 살아 돌아온 심정이 바로 이러려니. 그 순간,

쫘아앙!

엄청난 폭음과 동시에 흙가루가 뿌옇게 피어났다.

조심조심 살펴보며 걸어도 모자랄 판에 미친 듯 질주했으니 폭발이 일어나는 것은 필연이다.

결과는 참혹했다.

황소를 중심으로 반경 오 장이 쑥대밭으로 변했다.

사람은커녕 풀 한 포기 찾아볼 수 없었다. 황소 등을 타고 넘었던 무인 몇 명, 그리고 움직이지 못했던 몇 명이 있었는데 감쪽같이 증발해 버렸다.

땅이 완전히 뒤집혀 붉은 황토를 고스란히 드러낼 정도. 지금까지 일어났던 폭발들보다 배는 강력했다.

그것이 끝이 아니었다.

두두두두⋯⋯!

황소의 죽음과 동시에 다른 황소 한 마리가 또다시 질주해 왔다.

"저, 저 미친!"

"저, 저…… 황소에…… 황소에 화약이 매달려 있어!"

"뭐, 뭐라고!"

경악이 경악으로 이어졌다.

예상외로 강력한 폭발에 의아심을 품은 무인이 질주해 오는 황소를 관찰했고, 배 부분에 매달린 화약을 발견했다.

폭발을 역으로 이용한다.

더욱 강력한 폭발로 땅을 완전히 뒤집어 버린다.

분분히 날아오르는 철편은 물 먹인 솜으로 흡수한다. 크고 질긴 황소 가죽도 철편을 붙잡아놓는데 단단히 한몫을 하리라.

그렇게 황소 한 마리가 죽어나가면 방원 오 장은 무풍지대가 된다.

뇌옥까지의 거리는 이십여 장, 겨우 황소 네다섯 마리면 길이 환히 뚫린다.

그러나 석상이 된 사람들은 어찌 되는가. 땅에 묻힌 화약만으로도 지옥을 열두 번은 오락가락하는데 그보다 훨씬 많은 화약을 무더기로 쏟아 부으면 어쩌란 말인가.

"우린 꼼짝없이 다 죽는 거야!"

"답평, 이 개자식! 야광! 이 때려죽일 놈들! 정도 놈들을 믿는 게 아니었는데! 에라이, 이 개자식들아! 이게 소위 협의를 내세우던 네놈들이 할 짓이냐! 이 똥물에 튀겨 죽일 새끼들아!"

석상이 되어버린 무인들은 너나 할 것 없이 광분했다.

"뛰어! 폭발이 일어난 곳은 괜찮을 거야!"

가을철 메뚜기들의 모습이 이럴까.

가만히 있어도 죽고 움직여도 죽을 바에야 일말의 희망이 있는 곳에 몸을 던지기 마련이다.

무인들은 신법을 전개하여 방금 전에 폭발이 일어나 아직도 화약 냄새가 매캐한 곳으로 뛰었다.

두두두두……!

황소 한 마리쯤 피하는 것은 일도 아니다. 폭발로 인해 땅이 뒤집힌 범위가 오 장, 몸을 틀어 피해낼 공간도 넘친다.

무인들은 황소를 피해내고, 일제히 산 아래를 향해 치달렸다.

콰아아앙……!

그들의 등 뒤로 화약 냄새를 품은 후덥지근한 바람이 밀어닥쳤다.

간신히 목숨을 구한 사람은 겨우 삼십여 명.

그들은 답평을 쳐다보기도 싫었다. 아니, 눈에 띄는 대로 격살을 해버려야 속 시원할 원수였다.

답평이라는 자, 야광 총수이니 머리가 지극히 뛰어날 터이다. 하나 무공이 뛰어나다는 소리는 듣지 못했다. 보는 즉시 죽여 버린다. 싸우라고 내몰 때는 언제고 움직이지 못하니 개 돼지 취급을 해?

그렇다고 그들이 바보는 아니었다.

답평의 주위에는 그들로서는 상대할 수 없는 고수들이 득실거린다. 숨어 있는 자도 있고, 노골적으로 옆에 붙어 있는 자도 있다. 그를 죽이려다가는 오히려 죽임을 당한다.

무인들은 답평이 십여 장 밖에 있어도 달려들지 못했다.

"쯧! 한심한 사람들 같으니."

답평은 그들의 속을 뒤집었다.

의외로 황소는 많이 전진하지 못했다.

이십여 장의 공간을 뚫는 데 여덟 마리가 소모되었다.

황소…… 아무리 죽어도 상관없다. 피를 흠뻑 뒤집어쓴 귀신이 되어서야 뚫을 수 있을 것 같던 공간을 땀 한 방울 흘리지 않고 걸을 수 있게 되었다.

답평은 제이대와 제삼대를 손짓했다.

제일대는 마공을 수련한 자들로 구성되었다. 인원수로 밀어붙이는 자들 가운데서 가장 강한 자들이다. 하나 그들은 검풍 한 번 일으키지 못하고 쓰러졌다.

제이대는 낭인(狼人)들로 구성되었다.

정통 수련을 받은 자도 있고, 아닌 자도 있지만 칼밥을 먹고살았다는 공통점이 있다.

남도문이 두 눈을 시퍼렇게 뜨고 있는 상황에서 그들의 영역은 날이 갈수록 축소될 수밖에 없었다. 남도문이 초지를 개간할수록 황야를 떠돌던 늑대는 좁은 곳으로 내몰렸다. 그리고 결국은 북척표 제이대가 되었다.

제삼대는 그래도 조금은 믿어줄 수 있는 자들이다.

그들은 답평이 지리멸렬해 가는 문파들을 돌아보며 직접 수용한 무인들이다.

재질은 옥인데 깎는 자의 솜씨가 미천해서 돌보다도 못하게 변했다.

답평은 그들을 다시 깎아서 사람 몫을 할 수 있게 만들었다.

적어도 남도문 외장(外莊) 삼첨(三尖)인 철궁대나 형옥대, 추혼단 정도는 상대할 수 있다고 자부한다.

"누가 공을 세우겠나?"

"소인들이 하죠."

제삼대가 먼저 나섰다.

예측대로다. 제삼대는 아직 멀었다. 싸움을 더 많이 알아야 한다. 반면에 제이대는 너무 싸움을 잘 안다. 그렇기에 직접 지시하지 않으면 나서지 않는다.

본인들에게 의향을 묻는다? 나올 결과는 삼척동자도 안다.

"안에 있는 놈들은 하나같이 절정고수다. 마도만 해도 그래. 적수가 없다던 놈이다. 무신만이 상대할 수 있을 거라는 말도 나돌아. 그런 놈들이 득실거린다. 자신있나?"

"놈들은 진기도 대부분 고갈되었고, 운공도 제대로 못합니다. 육신은 찢기고 곪아서 반병신이나 다름없는데 그런 자들을 무서워한다면 북척표라고 할 수 없죠."

제삼대장이 자신있게 말할 때, 제이대장은 옅은 고소(苦笑)를 배어 물었다.

'여든한 명. 너무 많아. 너희들이 서너 명쯤 남았을 때, 그때나 내 곁에 머물게 될 거야. 절차탁마(切磋琢磨)하기에는 싸움판이 제일 낫겠지.'

"가봐라.".

답평은 고개를 끄덕였다.

슈슈슈슛……!

여든한 명은 아홉 명이 한 조를 이뤄 뇌옥으로 뛰어들었다.

뇌옥 안은 어두컴컴했지만 눈감고도 움직일 수 있을 정도로 익숙하다. 들어와 본 적은 없다. 사전에 그림으로 숙지해 놨을 뿐이다. 하나 그 정도면 충분하다. 이런 경우를 예상해서 한두 번 손발을 맞춰본 게 아니니까.

차착! 차차착……!

한 조가 앞으로 나가 안전을 확보하자 다음 조가 그들을 제치고 앞으로 나갔다.

그들은 질서정연했다. 일사불란했다. 아홉 명이 한 명인 것처럼 비틀림없이 움직였다.

탁! 탁!

앞서 나가던 무인이 손을 머리 위로 올려 자신의 머리를 두 번 내려쳤다.

뇌옥에 사람이 있다는 표시다. 그것도 두 명.

스윽!

수도(手刀)가 뒷덜미에 닿더니 목 앞까지 쭉 그어 내린다.

제삼대장은 고개를 끄덕였다. 순간,

덜컹!

"끄으윽!"

"아악!"

비명은 단 두 마디로 끝났다.

구차한 신음 소리나 헐떡거림이 흘러나오지 않는 것으로 보아서 손속은 깨끗했다.

탁!

제삼대장은 왼손을 들어 자신의 머리를 탁 친 다음, 앞으로 쭉 내뻗었다.

그의 뒤에 있던 다른 일조가 재빨리 앞으로 달려나가 뇌옥을 살핀 후, 자리를 잡았다.

"여든한 명. 괜찮겠어?"

"해볼게요."

금연화는 청평도 두 자루를 힘껏 휘둘렀다.

확실히 자하검보다는 무겁다. 청평도로 자하쌍구검을 펼치면 일 할쯤 위력이 감소한다.

궁왕은 정확히 보았다.

전력을 다해도 모자랄 판인데 손해를 감수하면서 싸운다면 이미 져놓고 싸우는 격이다.

싸움을 뒤로 물린 것은 결코 그가 불리해서가 아니다. 순전히 무인의 호의로 받아들여야 한다.

제대로 준비도 안 된 후인(後人)과 싸우기에는 궁왕도 자존심이 상했을 게다. 그만큼 자신을 믿는 마음이 단단하다. 궁왕이라면 중원 천하 누구든 눈 아래로 굽어볼 자격이 있지 않겠나.

"놈들 중에 검을 사용하는 자가 있을 거야. 우선 검부터 취해."

"걱정 마세요."

"자하쌍구검은 백형검법(百形劍法). 일형(一形)에 한 명만 노리고."

"그렇게 염려되세요?"

"도와주지 않을 테니까."

"이 정도도 해결하지 못하면 궁왕과 맞설 자격이 없겠죠."

금연화는 이미 자신의 능력을 입증했다.

백삼십이로를 파해한 것, 그것보다 훌륭한 입증은 없다.

혈귀대는 치고 빠졌으니 논외로 하고, 천랑대주는 뚫기는 했지만 중상을 입었다. 그렇다면 금연화는 천랑대주에 필적할 만한 고수라는 말이 된다.

뇌옥을 들어선 자들은 상당히 조직적이나 풋내가 풍긴다.

금연화의 상대가 아니다. 한데, 소립파는 왜 이토록 조심을 당부하는 것일까.

"일형에 한 명만. 꼭 명심해."

금연화가 소립파를 쳐다봤다.

"뭔가 있군요."

"궁왕과 싸우려면 혼자 해결해야지?"

"알았어요. 일형에 한 명만."

금연화가 쌍도를 움켜쥐고 빠져나갔다.

사사사삭……! 스스슷!

회랑(回廊)에서 두 줄기 바람이 스쳐 지나간다.

한줄기 바람은 땅에서 일어났다. 무인들은 일정한 거리를 유지했다. 서로가 서로를 보호할 수 있는 최적의 거리다. 쾌속하게 전진하는 데도 용이하다.

다른 바람은 천장에서 일었다.

쌍도를 돌 틈바귀에 꽂아놓고 회랑을 지켜보던 금연화가

가을 낙엽처럼 떨어지며 쌍도를 휘둘렀다.

"적! 컥!"

'일형에 한 명만.'

이기일원검(二氣一元劍), 우도(右刀)가 태풍처럼 일어나 목을 훑는 동안 좌도(左刀)는 음유롭게 땅을 스치며 다른 자를 겨냥한다.

손이 두 개다. 칼이 두 개다. 몸은 하나이나 손은 각기 움직인다. 양과 음을 동시에 전개해 낼 수 있다. 진기는 몸통을 관통한다. 축이다. 양손은 축에서 갈라진 극과 극의 진기를 뿜어낸다.

분심공(分心功)이나 양심공(兩心功) 따위와는 비교할 수 없는 고차원적인 무공이다.

목표로 한 자가 무너질 때, 땅을 훑던 음도(陰刀)가 다른 자의 가슴을 찔렀다. 양도(陽刀)는 뽑혀져 나와 천중(天中)을 가리키고 있었다.

"크윽!"

"컥!"

비명 소리는 짧았지만 사방이 꽉 막힌 뇌옥을 쩌렁 울렸다.

자하풍류신법(紫霞風流身法)!

금연화가 홀연히 사라졌다. 그녀는 벌써 어둠과 동화되어 보이지 않았다.

접전을 벌이는 동안, 금연화는 힘이 빠졌다.

'너무 약해.'

솔직한 느낌이다. 궁왕만을 생각하며 긴장감을 팽팽하게 유지해 왔는데, 시험 삼아 부딪친 자들은 너무 약했다.

이런 자들이라면 여든한 명이 아니라 이백 명이 몰려온다고 해도 무섭지 않다.

이런 싸움에 적격인 사람이 있다.

제일 적합한 사람은 절혼마녀로 뇌옥의 특성과 사루, 귀루의 무학이 어울리면 저들에게는 염라대왕이 따로 없다.

절혼마녀 다음으로는 일령이 어울린다.

이런 장소에서 선유비조신법과 염화옥수는 죽음의 마수(魔手)다.

마야…… 그는 왜 자신보고 나서라 했나?

마도의 살인검처럼 감각을 다듬으라는 뜻은 아닐 것이다. 궁왕과의 싸움을 염두에 두라고 했으니 눈으로 볼 수 없다는 궁왕의 은형시(隱形矢)와 연관이 있을 게다.

궁왕의 활은 무적이다.

겨냥은 물을 필요도 없다. 어떤 자세, 어떤 호흡으로 쏘아도 백발백중이다.

일반적으로 활을 사용하는 사람은 시위를 당긴 후 맹점을 드러낸다. 다음 시위를 걸 때까지 틈이 벌어지는 것이다.

궁왕은 그런 틈도 주지 않는다. 쏘아냄과 동시에 다른 시위가 걸리고 있다.

화살은 무척 빠르다. 너무 빨라서 눈에 보이지 않는다. 오죽하면 은형시라고 불릴까. 보통 화살보다 절반이나 가늘고, 길이는 절반쯤 길다고 하니 얼마나 빠를지 가히 추측해 볼 수 있다.

강도는 어떨까? 어쩌다 운이 좋아서 화살을 볼 수 있다면, 그래서 쳐낼 수 있다면?

어림없다. 궁왕의 화살은 도끼로 쳐내도 쪼개지지 않는다. 도끼로 막으면 오히려 도끼를 꿰뚫고 나아가 목표를 관통시킨다.

궁왕은 무인이면서 철저한 싸움꾼이다.

싸움을 하기 전에는 자비도 있고, 아량도 베풀지만 싸움판에 들어서면 일절 용서가 없다.

그의 화살은 빗맞아도 절명한다. 촉에 독까지 묻어 있으니 무슨 수로 버텨낼 수 있을까.

그는 누구도 상대하지 못하는 무신이다.

어쩌다가 겁없이 그런 사람에게 도전했는지.

'일형에 한 명. 여기에 단서가 있을 거야. 쳇! 좀 쉽게 말해 주면 안 되나.'

아홉 명…… 죽음을 모르는 자들이 또 보인다.

지금까지 숨을 끊어놓은 자는 서른여섯 명. 아홉 명이 한 조로 움직이니 네 조를 몰살시켰다.

다른 조가 습격을 눈치 채고 달려들 때는 이미 사라지고 없을 만큼 재빠른 공격이고 후퇴다.

이대로 한두 시진만 흐르면 여든한 명 모두 몰살시킬 수 있다.

몰살이 목적이 아니다. 사람 잡는 백정도 아니고, 적이라고 해서 모두 죽일 필요는 없는 것이고.

그런데 마야는 죽이라고 했다. 왜?

일형, 한 가지 초식에 한 명만 죽이라고 했다. 양손을 사용할 수 있는데 한 손만 죽이는 데 쓰고 다른 손은 놀리라는 말이다.

남은 자는 마흔다섯 명.

그들이 후퇴하기 전에, 몰살시키기 전에 궁왕과 싸울 방도를 찾아내야 한다.

일방적으로 자신만 생각한 건가?

이들도 생각이 있을 터, 그냥 당하지는 않을 게다. 방도를 세웠을 텐데……

금연화는 이들에게서 빼앗은 쌍검을 단단히 움켜쥔 채 다시 신형을 쏘아냈다.

2

차앙! 파아앗!

"헉!"

금연화는 깜짝 놀라 헛바람을 토해냈다.

세심하게 신경을 기울여서 여섯 번째인지 일곱 번째인지를 쳐갈 때였다.

양검이 벽에 바짝 붙어 있는 자의 몸통을 갈라냈다. 순식간에 음검과 양검은 교차했고, 양검이 숨을 돌리는 동안 음검은 다른 자의 두 다리를 잘라냈다.

그때, 허공에서 번쩍! 하고 불길이 일어났다.

누군가에게 뒤통수를 얻어맞을 때와 같은 느낌이랄까? 아무것도 보이지 않는 캄캄한 어둠 속에서 섬광이 터져 나왔다.

또렷하게 봤다. 확실했다.

뭐야, 하는 의문을 품을 새도 없이 허리춤이 화끈거렸다.

순발력이 조금이라도 못 미쳤다면 허리가 양단되어 회랑을 뒹굴고 있으리라.

금연화는 즉시 공격을 멈추고 몸을 물렀다.

금연화는 자하밀공을 자신했다. 자하밀공으로 펼치는 자하쌍구검은 적수를 찾아보기 힘들다. 우주 만물의 조화가 양손에서 어우러지는데 누가 상대할 수 있으랴.

내공도 뒷받침되니 자하밀공은 날개를 단 셈이다.

하나 제아무리 강한 무공을 지녔어도 눈에 보이지 않는 적은 잡을 수 없다.

무인이 육안에만 의지해서는 오래 살지 못한다.

심안이라고 해도 좋고, 육감이라고 해도 좋다. 무엇이 되었든 간에 눈으로 보기 전에 느낄 수 있어야 한다.

무인이 눈에 보이지 않는 적이라고 말할 때는 느낌으로 잡을 수 없는 적을 말한다.

금연화는 아무런 느낌도 감지하지 못했다.

적의 병기에는 핏물이 묻어 있다. 옆구리에서 흘러나온 피가 허벅지를 타고 종아리로 떨어질 때, 적의 병기에 묻은 피도 방울방울 알이 맺혀 떨어진다.

적은 근처에 있다. 하나 전혀 느낌으로 와 닿지 않는다.

'보이지 않는 적. 이걸 어떻게…… 일형에 한 명만. 한 명만……'

마야, 그는 왜 꼭 한 명만 죽이라고 했을까? 왜?

         *   *   *

사람들은 누군가를 죽이거나 치기 위해 무공을 수련한다. 혹자는 공격하기 위함이 아니라 자신을 지키기 위함이라고도 하고, 격투보다는 심신 수양이 우선이라고도 한다.

무슨 말을 하던 간에 무인은 사람을 죽인다.

그럼 살기 위해 무공을 익힌다는 말도 가능하겠지?

가능한 정도가 아니다. 진실로 살기 위해서 무공을 수련한다.

손발에 느낌이 없어진다.

무엇을 만져도 만지는 느낌이 없다.

의원이란 놈들은 지각마비(知覺痲痺)라고 간단히 말하지만 겪는 사람은 하늘이 무너지는 느낌이다.

검을 잡아도 감각이 없다. 사람을 만져도 느낌이 오지 않는다.

그것은 약과다.

그 정도에 징징거리는 놈들은 눈깔을 뽑아버려야 한다.

손이 곱아지고, 오장육부가 썩어 들어간다. 눈은 침침해지고 발은 갈고리처럼 휘어진다. 뒷머리가 움푹 파이기도 하고, 코뼈가 함몰되며, 안면 근육은 마비 증세를 일으킨다.

보는 사람은 눈살을 찡그리면 그만이다.

당해보라. 그 고통…… 하루 열두 시진 동안 잠시도 멈추지 않고 사지육신이 뒤틀리면 어떤 마음이 생기는지.

이 시점에서 순발력이라든가 판단력 같은 것은 멀찌감치 도망가 버린다.

폐인이 되는 과정은 아직도 멀었다.

두 눈이 실명해야 한다. 관절은 딱딱하게 경직되어 움직이는 것이 가장 처절한 고통이 되어야 한다.

자식도 낳을 수 없다.

남자는 고환이 파괴되고, 여자는 젖가슴이 뭉개진다.

흔히 개똥밭에 굴러도 저승보다 이승이 낫다고 한다. 개똥밭도 개똥밭 나름, 벌레처럼 꿈지럭거리는 인생이 되고도 저승보다 이승이 낫다는 인간이 있으면 이를 뽑아버리련다.

그래서 무공을 수련한다.

진기로 마비를 늦추고, 관절 경직을 끊임없이 풀어주고, 썩어서 떨어지려는 살점에 온 신경을 기울인다.

남을 죽이기 위해서가 아니다. 벌레가 되는 순간을 조금이라도 늦추기 위해서 무공을 수련한다.

천멸도, 하늘도 버린 땅.

그들은 누구보다도 강하다. 죽지 않으려고 악착같이 수련한 무공이니만치 처절함이 극한에 다다라 있다.

싸우다 죽어도 여한이 없다.

꼴에 그것도 무인의 삶이라고⋯⋯. 검을 휘두르다 죽는다면 의미라든가 하는 시건방진 말도 할 수 있지 않은가.

그들은 죽음을 무서워한다. 죽지 않으려고 기를 쓰고 무공을 수련할 만큼 무섭다.

사람들을 만나는 것도 죽음만큼이나 두렵다. 특히, 사람들의 수군거림이나 손가락질은 절망스런 사람을 더욱 깊은 늪으로 밀어 넣는다.

그래서 보이지 않는다.

형체가 볼 수 없는 음지에서만 움직인다. 병신들에게는 명예가 없다. 공격할 때도, 방어할 때도…… 마주칠 필요가 무엇인가. 소리없이 나아갔다가 소리없이 돌아오면 그만인 것을.

스스슷……!

천멸도 살수들이 움직였다.

* * *

금연화는 쌍검을 꽉 움켜잡은 채 긴장을 풀지 못했다.

뇌옥을 침입한 자들은 문제가 되지 않았다. 그들 속에 숨어 있는 자들이 무서웠고, 어느 정도 윤곽도 잡아냈다.

그림자조차 보이지 않으면서 무형, 무성의 검공을 펼쳐 내는 자라면 천멸도 살수밖에 생각할 수 없다.

천멸도 살수들이 섞여들었다.

마야는 알고 있었다.

어떻게? 보지도 않았으면서? 들어선 자들이 여든한 명이라고 꼭 짚어서 말했을 뿐 아니라 은밀하기로는 천하제일이라는 천멸도 살수들까지 짐작해 냈다면…….

금연화는 느닷없이 웃음이 새어 나와 볼을 씰룩거렸다. 웃음을 터뜨릴 수는 없어 억지로 참으려니 볼 근육이 이상하게 움직인다.

마야를 처음 만났을 때 무공을 익힌 자인지 아닌지 구분하지 못해서 애를 먹었다.

지금 문득 그 생각이 다시 난다. 혹여 마야가 무공을 익히지 않았나 하고. 그러면 몇 명이 들어섰는지 정확히 짚어낸 것도 설명할 수 있으니까.

마야는 천멸도 살수들을 염두에 두고 일형일살을 말한 것이다.

'일형에 일살…… 왜?'

의문을 풀어야 한다.

느낌은 상당히 안 좋다.

보이지는 않지만 사방에서 예기가 밀어닥친다.

자신은 나무 기둥에 꽁꽁 묶여 있는데, 성난 군마가 장창을 꼬나들고 달려드는 느낌이다.

지금 당장 움직여야 한다. 그러지 않으면 손쓸 사이도 없이 당한다. 천멸도 살수가 몇 명이나 되는지 모르지만 두세 명만 되어도 감당하지 못한다.

마야가 영파로 위치를 알려줬으면……

어림없는 바람이다. 자신이 죽는 한이 있어도 마야는 손을 내밀지 않을 것이다.

지금 죽으나 궁왕에게 죽으나 매한가지.

'자하쌍구검…… 백형검법…… 백형…… 백형…….'

확신은 서지 않지만 기대볼 만한 생각은 떠오른다.

백형검법은 각 형마다 절정초식이다. 백 가지 절정초식이 어우러져 있는 초식의 결정체가 백형검법이다.

완벽하게 소화했는가? 그렇다.

일령과 수없이 비무했다. 절혼마녀와도 겨뤘다. 칠 주야 동안 겨룬 것을 제외하고도 날이면 날마다 검법을 완성시키기 위해, 완성했다 싶은 순간부터는 자신만의 검법을 만들기 위해 한시도 손을 놓지 않았다.

건방진 말이지만 자하부를 이끄는 아버님도 상대할 수 있다고 자신한다.

그럴 경우, 똑같은 자하쌍구검이지만 깊이나 세기(細技) 면에서 자신이 몇 발자국 앞서 나간 결과가 나올 것이다.

그런데…… 마야 생각은 아닌 것 같다.

부지런히 초식 수만 늘일 것이 아니라 한 초식이라도 정확하게 펼쳐 보이라는 뜻이지 않을까?

금연화 같은 사람에게는 모욕적인 주문일 수도 있다.

옛날이라면 모르지만 자신만의 검을 얻은 지금, 초보자들에게나 주문할 만한 말을 할 수는 없다.

하지만 마야는 했다. 그가 말한 일형일살은 그런 뜻이 아니면 해독할 수 없다.

'해보면 알겠지. 일형일살…… 분명히 합공을 해올 터인데…… 한 명을 완전히 죽이기 전에는 다른 손을 움직이지 않을 거야. 설혹 검을 맞는다 해도.'

스슷! 스스슷……!

거의 동시에 움직임이 일었다.

노리는 목표는 각기 달랐다. 금연화는 아홉 명이 한 조를 이룬 사내들을 노렸고, 그런 그녀를 누군가가 노리며 달려들었다.

파앗! 차앙!

번뜩이는 검에 피분수가 솟구쳤다.

금연화에게는 시간이 없었다. 젖 먹던 힘까지 쥐어짜내 노린 자를 베어내고, 짓쳐 오는 천멸도 살수를 맞이해야 한다.

일차는 성공했다.

일형으로 한 명의 목을 베어냈다. 다른 일형으로는 보이지 않는 검을 막아냈다.

금연화는 재빨리 검을 휘둘렀다.

사내의 목을 쳤던 피 묻은 검이 다른 자의 가슴을 꿰뚫었다.

일형완성! 그 순간, 음검은 다리 쪽으로 짓쳐 내려갔고, 정확하게 검의 부딪침을 일궈냈다.

차앙!

'일형완성!'

아무 생각도 없다.

어떤 초식을 전개하는지 생각할 여유가 없다.

천멸도 살수는 즉각적인, 너무도 순간적인 반응을 요구했다. 요구에 부응하지 않으면 죽음이다.

그녀의 머릿속을 휘젓는 말은 딱 한마디뿐이었다.

"자하쌍구검은 백형검법. 일형에 한 명만 노리고."

'일형에 한 명만!'

파앗!

또 한 명이 목숨을 내놓았다.

그러고 보니 순서가 바뀌지 않는다. 양검은 구인일조를 한 명씩 죽여가고 있으며, 음검은 천멸도 살수들의 공격을 막아내는 데 사용된다.

일형일살, 한 번에 한 명이며 한 번의 실수는 죽음으로 이어지니 음과 양의 순서는 바뀌지 않는다.

'이거였어! 이거!'

마야의 뜻을 잘못 알았다.

백형검법을 완성한 사실은 그도 인정하고 있다. 손에 익을 대로 익어서 십이성(十二成)의 경지를 향해 치닫고 있음도 알고 있다. 그런 상태에서 쉽게 풀 수 없는 숙제를 내준 것이다.

이제는 그 뜻을 풀었다.

마야는 금연화에게 지금까지보다 배는 빠른 검법을 주었다.

자하쌍구검이 두 배로 빨라질 수 있다는 말을 들었다면 어떻게 생각했을까? 말하는 사람이 마야라면 '그럴 수도 있겠지. 그럴 수 있다 해도 내게는 요원한 일' 하며 넘어갔을 것이고, 다른 사람이 말했다면 미친 소리 말라고 무시했을 게다.

금연화의 검법은 순식간에 두 배로 빨라졌다.

전의 자하쌍구검이 왼손과 오른손을 합쳐서 일형이 완성되었다면, 지금은 왼손과 오른손이 따로 놀고 있다.

두 명의 금연화가 합공을 하고 있는 것과 같다.

한 명은 수비를 하고 있으며, 다른 한 명은 공격을 전담한다.

여기에 일형일살의 묘미가 숨어 있다.

마야는 일형으로 한 명을 죽이기 전에는 다른 검형을 펼치지 말라고 했다. 즉, 한 손이 한 명을 죽이기 전에는 다른 손도 수비나 공격을 일절 할 수 없는 것이다.

검법이 두 배로 빨라진 이유다.

'완벽한 자하쌍구검이야!'

이제는 일형일살을 고집할 필요가 없다.

한 손으로는 공격을, 한 손으로는 방어를. 때로는 양손으로 공격을, 혹은 양손으로 방어를.

한 몸에 각기 다른 두 가지 초식이 완벽하게 재현된다.

'좋아! 해보는 거야!'

파앗!

금연화는 자하풍류신법을 극성으로 펼쳐 냈다.

숨지 않는다. 구인일조로 합공을 취하는 자들, 얼마든지 오라. 천멸도 살수들이여, 마음 놓고 공격하라!

차앙! 창창창……!

싸움은 시간이 지날수록 농익어갔다.

금연화는 마야가 자신을 왜 이 싸움에 몰아넣는지 이유를 확실히 알았다.

시간이 지날수록 양검은 가공할 태풍을 일으키고, 음검은 더욱더 음유로워진다.

천멸도 살수들과 부딪치다 보니 알게 모르게 그들을 닮아가는 구석도 있다.

음검의 부드러움은 무음 무성하고도 상통한다.

그들이 신형을 숨길 때, 금연화는 음검을 숨긴다. 그들이 소리없이 나올 때, 금연화의 검도 어느덧 드러나 있다.

무엇보다 큰 소득은 음검이 깊이를 더해갈수록 천멸도 살수들의 움직임이 명확하게 보인다는 점이다.

누구도 천멸도 살수들을 감지하지 못했다.

마도, 수검, 시마…… 쟁쟁한 마인들이 수두룩했지만 마야가 영파로 위치를 알려주지 않았다면 순식간에 도륙될 상황이었다.

그런데 느낌이 온다. 보인다.

이는 양검과 음검이 확실한 위치를 잡고 움직이는 순간 공기의 파랑이 감지된다. 또 이러한 현상은 궁왕의 화살 역시 느낌으로 감지할 수 있다는 뜻이 된다.

양검의 역할도 음검 못지않게 중요하다.

맹렬하게 토해지는 검기가 사방으로 짓쳐 나가 공격 범위를 줍혔다.

천멸도 살수들이라고 무작정 뚫고 들어오지는 못한다. 그들 역시 틈이 있어야 뚫고 들어온다. 순간적으로 느낌을 놓친 등이나 다리 쪽으로 공격해 오니 방비할 수 없는 게다.

양검은 이러한 단점들을 막아주었다.

이제 알았다.

배는 빨라진 쾌속함으로 궁왕의 빠름을 잡는다. 양검의 굉렬함으로 강궁의 강도를 감당해 내며, 음검의 밀행(密行)으로 궁왕을 잡는다.

양검과 음검은 둘이면서 하나가 되어야 한다.

무아(無我)…….

나를 잊고 검을 휘두르는 동안 빽빽하던 검기가 헐거워졌다는 느낌이 들었다.

스스스슷……!

천멸도 살수들이 물러간다.

전에는 느끼지 못했는데 이제는 느껴진다.

"퇴, 퇴각!"

누군가가 뇌옥이 쩌렁 울리도록 고함쳤다.

"남도문 무인이 예순일곱에 천멸도 살수가 다섯 명이에요. 축하해요, 언니!"

일령은 자신의 일처럼 기뻐했다.

모두들 눈을 크게 떴다.

천멸도 살수는 아무도 잡지 못했다. 금연화가 단신으로 그들을 잡았다면 그녀야말로 최고수라는 말이 되지 않은가.

"음! 장강후랑추전랑(長江後浪推前浪)이라더니."

마도가 신음하듯 말했다.

"후후! 너무 실망하지 마. 자하쌍구검의 특성일 뿐이야."

마야가 싱겁게 웃으며 일어섰다.

"자하쌍구검의 특성이라니?"

수검이 되물었다.

마야는 다담선자와 함께 나갈 생각이었지만 호기심이 치민 사람들은 그를 놓아주지 않았다.

마야가 피식 웃으며 말했다.

"난 천멸도의 무공을 봤어."

그런 적이 있다. 천멸도의 나환자들이 마야를 찾아와 무공을 손봐달라고 한 적이 있는 것으로 안다. 손봐달라는 무공이 제대로 다듬으면 천하제일공이 되고도 남는다는 말까지 들은 적이 있다.

"자하쌍구검도 알고 있고."

"정말이에요?"

이번에는 금연화가 되물었다.

많은 사람들이 자하쌍구검을 안다. 자하부 무인이라면 누구나 알고 있다. 하지만 외인이 안다는 것은…… 어느 정도 윤곽을 아는 것은 가능하지만, 마야의 말뜻은 세세하게 알고 있다는 뜻이니 어떻게 그럴 수 있단 말인가.

"그들이 날 찾아온 건 검을 전개할 때 소리 나지 않게 검풍(劍風)을 죽여달라는 것이었는데, 한마디로 무음을 요구하는 것. 자하쌍구검 중 음검의 묘리를 보태니 간단히 해결되더군."

"뭐예요!"

"허!"

여기저기서 탄식, 탄성이 새어 나왔다.

"이해하도록. 당시로서는 자하부와 인연이 생길 줄은 꿈에도 몰랐으니까. 솔직히 혈귀대주만 아니었다면 자하부에 눈길을 주는 일도 없었겠지."

"그랬군요. 그래서 그들의 무공이 점점 비슷하게 느껴졌고……."

"근원은 자하쌍구검이되, 수련의 깊이는 그들이 훨씬 앞서. 좋은 사부였던 셈이지."

"앞으로 뭘 해야죠?"

"수련. 느낀 것을 완벽하게 습득시켜 놓아야지."

"또 공격해 올 텐데요?"

"예순일곱에 다섯이면 일흔둘. 덕분에 병기는 넘쳐. 싸울 만한 사람도 많고. 음검은 천멸도 살수들 수준으로, 양검은 고루쌍마의 고루공과 철탑거추의 망치를 동시에 받아낼 수 있는 수준까지."

"그, 그걸 지금 말이라고!"

수련해야 할 사람은 금연화인데 오히려 시마가 놀랐다.

방금 이름이 거론된 고루쌍마와 철탑거추는 어이없다는 표정을 지었다.

자신들이 누군가. 멀쩡한 상태라면 무신까지야 상대할 수 없지만 그 외에 일파의 문주라든가 장문인이라는 자들은 안중에도 두지 않는다.

세 사람의 합공을 양검으로 받아내야 한다고 했으니 한 손으로 받아내야 한다는 말과 같은데, 한 손? 그걸 말이라고 하나? 그런 무공을 지녔으면 차라리 무신이라고 부르리라.

무신…… 그렇다. 금연화는 무신이 되어야 하는 것이다. 그녀가 싸울 사람이 무신이기에.

"오늘은 한숨 돌릴 거야. 모두들 푹 쉬도록. 나도 피곤해."

마야가 다담선자의 어깨에 손을 얹고 걸어나갔다.

第二十七章

불패병(不敗兵)
ー패하지 않는 병기

1

북척표 제삼대는 무참하게 무너졌다.

호기당당하게 여든한 명이 떠났으나 돌아올 때는 열네 명
뿐이었다.

그들은 심한 충격을 받아 실어증(失語症)에 걸린 듯 말문을
열지 못했다. 눈동자도 흐릿했다. 총기 발랄함은 사라지고 심
약한 자의 공포만 어렸다.

"쯧! 되게 당했군."

제이대 대장은 그럴 줄 알았다는 듯 가볍게 혀를 찼다.

'이건 너무 당했어.'

답평의 놀라움은 컸다.

제삼대가 무너지리라는 것은 그도 예측했다. 하지만 이토록 엄청난 패배를 당할 줄은 몰랐다.

서른에서 마흔 명 정도.

떠나보낼 때 생각한 사망자 수다.

그렇게 두세 번 싸움을 거치면서 거르고 걸러 서너 명이 남았을 때는 일기당천의 정예 무인이 되리라.

그들에게 전수할 무공도 준비해 놨다.

수법이 너무 잔혹해서 수련이 금지된 패공(霸功)이지만 죽음의 강을 몇 차례씩 건넌 자들에게는 딱 알맞은 절공이 되리라.

그런데 예순일곱 명이나 죽었다.

부상을 당해 쩔뚝거리면서 온 자도 없다. 죽은 자가 아니면 산 자뿐이다. 검을 맞은 자는 모조리 죽었다.

답평은 자신이 일궈낸 인재들이 얼마나 형편없었는지 새삼 깨달았다. 더불어서 남무림을 장악한 남도문의 저력을 다시 한 번 절감했다.

남무림 무인들은 남도문 하면 외장(外莊) 삼첨(三尖)인 철궁대, 형옥대, 추혼단을 떠올린다. 대외적인 활동을 대부분 도맡아 수행해 왔으니 그만큼 많이 알려진 것은 당연하다.

하나 남도문의 진실한 힘은 남도삼가(南刀三家)에 있다.

남도문주의 제일무신가(第一武神家), 만사무불통지의 제이무신가(第二武神家), 궁왕의 제삼무신가(第三武神家).

북검문이 수직적인 명령 체계를 갖췄다면 남도문은 수평적인 체계를 유지한다.

남도삼가의 힘은 추측 불가다.

제아무리 곤란한 문제가 생겨도 남도삼가가 정문을 열면 단숨에 해결된다.

답평의 꿈은 소박했다.

야광의 머리와 북척표의 무위(武威)를 바탕으로 제사무신가(第四武神家)를 이루려는 욕망이 낮이고 밤이고 넘실거렸다.

모든 게 끝났다.

그동안 일궈왔던 힘들이란 게 고작 이 정도에 불과한 것이라면 세상을 잘못 알아도 크게 잘못 알았다.

북검문을 잘못 봤다. 남도문도 잘못 봤고, 중원의 힘을 너무 우습게 생각했다.

'잘…… 못된 거였어. 난 야광 총수 자격이 없는 몸이었거늘. 능력도 없는 놈이 꿈만 컸어.'

제삼대가 실패하여 물러서면 제이대를 투입할 생각이었다.

답평은 명을 내리지 못했다.

쌍도를 휘두르는 여인, 쌍검을 탈취한 다음부터는 용이 구름을 만난 듯 광풍폭우를 몰아쳤다는 여인, 금연화일 게다. 마야 일행 중에 쌍검을 사용하는 여자는 자하일봉밖에 없으니까.

여자 한 명에게 제삼대가 무너졌고, 무엇보다 천멸도 실수가 다섯 명이나 당했다. 일곱 명이 들어가서 두 명만 빠져나왔다.

'제이대를 집어넣어도 몰살……'

"후우……!"

답평은 정말 오랜만에 자신없는 한숨을 내쉬었다.

"오늘은…… 푹 쉬도록. 아무 생각 말고 그냥 쉬도록."

제일대, 제이대, 제삼대 대장들에게 한 말이나 일면 자신에게 한 말이기도 했다.

한겨울인데도 소양호(少陽湖)는 살얼음 하나 깔리지 않았다.

야트막한 산들이 호수를 동그랗게 감싸고 있어 위에서 내려다보면 아늑해 보이기까지 한다.

답평은 소양호에 들를 때마다 한 번씩은 앉았던 바위에 앉아 넓은 호수를 바라봤다.

멋지다는 감탄이 절로 나올 만큼 아름다운 호수다.

하나 겉모습에 속아서 쉽게 생각하고 달려들었다가는 영락없이 물귀신이 되고 만다.

야산들은 호숫가에 이르러 깎아지른 절벽으로 변한다.

호수는 가장 얕은 곳이 한 길이 넘고 굴곡이 심해서 웬만한 유영 실력으로는 몸을 담글 엄두도 내지 못한다.

소양호는 많은 인간을 삼켰다. 특히 어린아이들을 좋아해서 해마다 두어 명씩은 뱃속에 끌어넣는다. 인근 마을 사람들도 귀신 씌인 호수라며 절대 근접하지 않는다.

이곳이 강남무림을 좌지우지하는 천하제일의 지자, 만사무불통지의 은거지다.

'참으로 오랜만에 찾아왔어.'

답평은 피식 웃었다.

웃기는 말이지만 사람 능력처럼 딱 부러지게 우열이 가려지는 것도 없다.

보이지 않는 능력인데 어찌 그럴까?

무공은 싸워보면 대번에 우열이 가려진다.

그럼 그것으로 끝일까? 역전시켜 볼 기회는 없나?

아니다. 무공의 경우는 노력 여하에 따라서 역전의 기회를 마련할 수 있다. 오늘은 졌어도 내일은 이길 수 있는 것이 무공이다. 노력을 하지 않아도 상대가 허점을 보일 때까지 끈기 있게 기다릴 줄 알면 죽일 수 있는 기회가 다가온다.

무공보다 더 표현하기 힘든 것이 사람 머리다.

한데 사람 머리는 수량이 딱 정해져 있다.

일(一)의 지략을 가진 자는 아무리 애써도 일에서 벗어나지 못한다. 그런 자가 이(二)의 지략을 가진 자와 만나면 백전백패(百戰百敗), 볼 것도 없다.

머리도 갈고닦으면 윤기가 난다.

많은 서적을 읽고 경륜을 쌓으면 훨씬 나은 지략을 떨쳐 낸다.

그래도…… 아무리 애써도…… 간신히 이의 지략에 근접할 뿐인 것을. 십(十)의 지략을 가진 사람에게는 여전히 어린아이에 불과한 것을.

만사무불통지는 머릿속에 무엇이 담겨 있는지 추측할 수 없는 사람이다.

조금만 노력하면 뛰어넘을 수 있어 보인다. 또 달리 보면 아무리 노력해도 넘을 수 없는 태산처럼 보인다.

답평이 마지막으로 바위에 앉았을 때, 만사무불통지는 속일 수 있는 사람이었다. 하나 다시 돌아온 지금에는 아름답기이를 데 없으나 흉험하기 짝이 없는 소양호처럼 깊이를 숨긴 사람으로 보일 뿐이다.

답평은 땀을 식힌 후, 천천히 발길을 떼어놓았다.

만사무불통지는 언제나 있던 곳에 있었다.

경사가 급해서 앉아 있기도 불편한 곳이다. 자칫 발이 미끄러지기라도 하면 주르륵 밀려나 호수 속으로 빠지기 십상이다. 만사무불통지가 십 년째 고수한 자리다.

낚싯대는 언제나처럼 세 대. 어망에는 고기가 들어 있을 때도 있고, 없을 때도 있지만 오늘은 큼지막한 잉어가 세 마리나 들어 있다.

답평은 묵묵히 등 뒤에 앉았다.

"저 왔습니다."

"한참 바쁠 텐데 뭐 하러 와."

만사무불통지는 뒤돌아보지도 않았다.

"야광 총수 자리를 내놓고자 왔지요."

"크크크! 왜? 벌써 싫증났어?"

"잡어가 대경(大鯨)의 세계에서 놀 수 있어야지요. 하하!"

"노옴! 된통으로 당한 게로군."

찌가 움직였다. 그러나 만사무불통지는 움직이지 않았다.

강태공(姜太公)은 세월이라도 낚았다지만 만사무불통지는 무엇을 낚고 있는 것인지.

답평은 한참 동안 호수를 쳐다보다가 담담히 말했다.

"문주님께서 마야를 제거하라 하시더군요."

"그러셨는가?"

"네."

역시…… 호수 한쪽 구석에 웅크리고 있지만 세상 돌아가는 모습을 환히 꿰뚫고 있다. 단문협 사건부터 오늘 있었던 일까지 모두 알고 있으리라.

"처리하기 힘들지?"

"그렇더군요."

"그럴 거야. 그놈이 여간 잘난 놈이 아니거든."

"마야를 알고 계셨습니까?"

"쯧쯧! 머리는 뒀다 어따 쓰는 거야! 그놈이 누구야? 마야 아냐, 마야. 마야가 뭐야? 마인들의 아버지란 말이잖아? 지금 까지 무림사가 이어져 오는 동안에 마야라고 불린 놈이 있었 나?"

"없었죠."

"그러니 난 놈이지."

"……."

답평은 만사무불통지의 마음을 읽었다.

자상할 때는 한없이 자상하지만, 내치기로 작정하면 독사 보다도 냉정한 사람이다.

그는 자신을 버렸다.

긴요한 이야기도 많은데 지난 이야기만 나누고 있는 게 바 로 그 증거다.

"그만 돌아가야겠습니다."

"그러려나?"

"오늘 할 일이 많아서요. 벌려놓은 일이 꽤 되는지라."

"쯔쯧! 그 짧은 동안에 많이도 벌려놓은 모양이로군. 자넨 다 좋은데 깊이 생각을 못해."

답평은 웃고 싶었다.

열한 살 나이에 육도삼략(六韜三略)의 이치를 깨우쳤다. 열 세 살 때는 본격적으로 가업(家業)에 뛰어들어 조그마한 포목

점을 단 일 년 만에 영주부(永州府)제일로 키워냈다.

장강에서 피바람만 불지 않았다면 중원을 무대로 활약하는 대상(大商)이 되어 있을 터였다.

한참 피 끓는 나이에 난세를 맞이하자 뒤도 안 돌아보고 무가에 투신했다.

그러기를 삼십여 년.

분골쇄신했다. 정말 열심히 생각하고 또 생각했다.

지자로서는 제일 높은 위치인 야광 총수까지 지내봤으니 여한은 없다. 한데 이 시점에서 겨우 듣는 말이란 것이 생각을 깊이 못한다는 것이니, 이럴 때는 웃어야 하나 울어야 하나.

"언제 지나가는 길이 있으면 다시 들립죠."

답평은 등 뒤에다 포권지례를 취했다.

만사무불통지는 끝내 돌아보지 않았다.

북척표는 있는 그대로 넘겨준다.

남도문주도 그렇고, 만사무불통지도 그렇고…… . 이미 북척표에 대한 것은 손바닥 들여다보듯이 알고 있을 것이다.

천멸도 살수들에게는 남도문의 진단(眞丹)인 청령단(靑零丹) 열 알을 주기로 했다.

답평은 잠시 망설였다.

물러나기 전에 주고 가야 하나, 아니면 후임에게 맡기나.

부질없는 생각이다. 누군가 벌써 임명되고 있을 것이며, 북척표의 처리 문제도 하달받고 있을 게다.

'내가 할 일은 없군.'

서랍이나 정리할까 하다가 그마저도 그만두었다.

염려스러운 것은 사방천마다. 그들에게는 별동대 형식을 빌어서 독자적인 행동이 가능한 조직 형태를 주기로 했는데, 그것만은 용납되지 않을 것 같다.

사방천마는 유계에서 왔다.

정도인이라면 고개조차 돌리지 말아야 할 곳이다.

그것도 알고 있을까? 하기는 북척표에 대해서 낱낱이 알고 있다면 모를 리 없을 것이다.

'사방천마는 제거되겠군. 유계의 힘을 끌어오려고 했는데…… 입질만 하다가 물러서는 꼴이야.'

답평은 마지막으로 시종을 불렀다.

"일다경 안에 십인회의를 소집해야 하느니라. 알았느냐!"

아홉 명의 지자.

그들에게는 천멸도 살수가 한 명씩 따라다닌다. 그들의 집에는 또 다른 살수가 숨어 있으며, 여차하면 일가족을 도륙한다. 살검에는 조금도 인정을 담지 않는 자들이니 손을 쓰기 시작하면 촌각 만에 산목숨은 없게 되리라.

그것만으로도 안심이 되지 않아서 만성 독약을 복용시켰다.

아홉 명이 서로 상의할 것 같아서 각기 다른 독약을 주었으며, 혹여 몸이 아프면 자신이 지정해 준 의원에게만 진맥을 받도록 했다.

참으로 아등바등 산 것 같다. 그럴 필요까지는 없었는데.

그는 서랍에서 행낭을 꺼냈다.

떠나는 마당에 아홉 명의 중독은 풀어주고 가야 하지 않겠나.

그러다 문득! 정말 문득! 이상한 생각이 떠올랐다.

'삼십 년 세월이면 날 손바닥 들여다보듯이 알고 있을 터. 내게 야광 총수를 맡긴 것은!'

남도문주의 폐관수련, 만사무불통지의 은거, 궁왕의 권태.

남도문에는 주인이 없었다.

조금이라도 야망이 있는 자라면 이런 기회를 놓칠 리 없다. 남도문을 발칵 뒤집는 것도 아니고, 자신의 세력을 조금 형성해 놓자는 것이니 일이 잘못될 것도 없다.

제삼대를 구성한 것은 잘한 일이다.

제이대를 만든 것까지도 좋았다.

욕심은 거기서 그쳤어야 한다. 하나 그럴 수 없었다. 제이대와 제삼대로는 외당 삼첨 중 하나인 철궁대조차도 감당할 수 없어 보였다.

본격적으로 북척표를 출범시킨 날, 투항한 마인들이 제일대를 차지했다.

거기서, 정말 마지막으로 거기서 멈췄어야 한다.

여하한 일이 있어도 천멸도 살수와 사방천마만은 끌어들이지 말았어야 한다.

그들이 북척표에 가담했을 때에서야 북척표는 외장 삼첨을 능가하게 되었다.

과연 무신들은 이러한 사태를 예상하지 못했을까?

'이, 이런 일이! 세상에…… 세상에 이런 일이!'

답평은 일어서려다 다시 털썩 주저앉았다. 다리에 힘이 풀려 서 있기가 힘들었다.

기우에 불과할지는 몰라도 묘한 생각이 든다.

사방천마는 남도문을 떠받드는 문파 중 가장 강한 세 문파인 상조문, 철사문, 독조림의 수장들과 비교해도 전혀 손색이 없는 초강자들이다.

그들을 어떻게 만났나?

만사무불통지의 집무실에서…… 그가 기재해 놓은 일기를 남몰래 뒤적여 보다가 유계의 존재를 알게 되었다.

왜? 왜 그때 이상한 점을 깨닫지 못했을까?

사방천마와 자신의 만남은 이미 예정되어 있었던 것을.

그뿐만이 아니다. 혈귀대의 죽음도 짜인 각본이다.

혈귀대주와 마야가 친구만 아니었다면 혈귀대는 아직도 펄펄 날뛰고 있으리라.

그렇다. 그는 마야를 끌어내는 수단에 불과했다.

마야 혼자만 나서서는 어림없다. 유계가 전력을 기울일 만큼 강한 모습을 보여주어야 한다. 그러자면 마야를 따르는 마인들이 많아야 하고, 그들은 한결같이 강해야 한다.

마도, 수검, 혈유, 시마, 고루쌍마…… 모두 터무니없이 강하다.

혈귀대를 몰살시킨 사람이 궁왕 한 명뿐이라면 마야는 단신으로 장강을 넘었을 터이다. 상조문, 철사문, 독조림 같이 쟁쟁한 문파들이 합격하여 죽였기 때문에 그도 세력을 구할 수밖에 없었다.

유계는 마도의 전설이다.

그들은 자신들보다 강한 마인이 나타나는 것을 용납지 않는다. 마야가 유계에 머리를 숙인다면 몰라도 아니라면 징치할 것이다.

물리고 물린다.

혈귀대는 마야를 끌어내는 수단이고, 마야는 꼭꼭 숨어서 나오지 않는 유계를 세상에 현신시키기 위한 미끼다.

사방천마는 죽거나 크게 당한다.

마야가 하지 않으면 무신들이라도 한다. 물론 마야가 한 것처럼 꾸미겠지만. 유계가 절대로 나서지 않을 수 없는 상황을 만드는 것은 너무도 손쉽다.

무엇을 원할까? 유계의 힘이다.

북검문, 남도문. 양 무림도 공히 유계만은 건들지 않았다.

겉으로는 유계조차 말살된 것처럼 꾸몄지만 건드릴 엄두도 내지 못했다.

유계에는 무신들과 버금가는 초절정고수가 있다. 진실로 마도의 제왕이다. 온갖 마공을 습득하여 무위가 어느 정도나 되는지 추측조차 못하는 괴물이다.

그런 자를 건드리기에는 시운이 좋지 않았다.

남도문과 북검문이 힘을 합치는 상황이었다면 가능하겠지만 서로 으르렁거리는 실정에서는 누구도 모험을 하지 못했다.

이것이다! 남도문은 유계를 끌어내어 북검문을 치려는 것이다. 연후, 유계의 뒤통수를 칠 것이고.

'아니야, 이게 아니야.'

답평은 생각을 다시 했다.

만사무불통지가 말하지 않았나. 생각을 깊이 하지 않는 게 단점이라고. 그러니 지금이라도 깊게 해야지.

이쪽에서 상조문, 철사문, 독조림과 궁왕을 출동시킨 사람은 보지 않아도 안다. 만사무불통지다.

그러면 저쪽에서는? 북검문 쪽에서도 혈귀대를 단문협으로 밀어 넣은 사람이 있지 않은가. 장강의 철통같은 경계망을 살짝 찢어놓은 사람이 있다.

그는 무엇 때문에?

'맙소사!'

답평은 머리가 어질어질해서 손으로 관자놀이를 꾹 눌렀다.

저쪽에서 혈귀대를 죽음으로 몰아넣은 사람은 불문가지, 삼뇌 중에 한 명이다.

그는 만사무불통지와 교감을 가졌을 테고…… 유계의 힘을 이끌어내서는…… 남도문주를 친다? 연후, 북검문주를 친다?

양쪽에서 똑같이 모반이 일어나는 거다.

이쪽은 만사무불통지, 저쪽은 삼뇌와 네 명의 무신 중 한 명이 개입해 있을 것이고.

마야를 치기 위해 유계가 나서는 것까지는 알겠는데, 어떻게 그들을 원하는 곳과 싸우게 만들 수 있나?

당장은 생각나지 않지만 조금만 더 깊이 생각하면 알 수 있으리라.

'문주님은 마야를 죽이라고 했어. 그것은…… 만사무불통지의 생각을 어느 정도 알고 있다는 뜻이 아닐까? 유계가 나서기 전에 마야를 제거한다면 일은 원점으로 돌아가는 거야. 원점으로.'

이제야 비로소 북검문 쪽 행동도 이해되는 게 있다.

북검문도 양 패로 갈려졌다. 혈귀대를 이상하게 매장한 자는 그들의 죽음을 널리 알리려고 했다. 또 다른 자는 절대 함구를 명했다.

후자가 더 강력한 권위를 가졌다.

그런 사람이라면 아마도 북검문주가 아닐까?

남도문주, 북검문주…… 모두 사태를 알고 있으며, 마야를 죽임으로써 간단하게 원점으로 되돌릴 생각인 것 같다.

'후후후! 내가 고래 싸움에 끼어든 새우였군.'

생각은 정리되었다.

마지막으로 할 일이 있다. 사방천마에게는 허튼 일을 주어서 멀리 떠나보내고, 천멸도 살수에게는 청령단을 배로 주어서 힘든 일을 시켜야 한다.

반드시 마야는 죽이고 떠난다.

청령단은 천멸도 살수들을 천형에서 벗어나게 해준다. 아니, 천형을 고치지는 못하지만 더 진전되는 것은 막아준다.

천멸도 도민 중 절반의 희생을 치르고서라도 반드시 해낼 것이다.

답평은 자리에서 벌떡 일어섰다. 그때,

푸욱!

날카로운 쇠붙이가 등을 뚫고 들어와 가슴 앞으로 삐져나왔다.

"허억! 이, 이게……."

"만사무불통지 어른의 명이오. 먼 길 잘 보내드리라고."

"누, 누구……?"

답평은 누가 감히 자신의 집무실에 침입해 도를 뻗어냈는지 알고 싶었다.

상대는 굳이 숨지 않았다.

답평이 고개를 절반쯤 돌렸을 때 강직해 보이는 사내의 얼굴이 뚜렷하게 보였다.

"혀, 형옥대주! 허! 허허허!"

"원망은 마시오."

"허허허!"

"야광은 아는 게 너무 많소. 아쇼? 야광의 지지자들이 남도문을 떠나는 길은 죽는 길밖에 없다는 것."

"허허허! 그, 그게 형옥대의……."

"주요 업무 중에 하나요. 이제 그만!"

형옥대주는 널찍한 도신을 힘껏 비틀었다.

2

소립파는 금연화를 제외한 세 여인만을 데리고 뇌옥 밖으로 나섰다.

"정면 승부는 절대로 피해야 돼."

"그럼요. 걱정 마세요. 귀에 못이 박히도록 들었는걸요."

일령이 냉큼 말을 받았다.

"두 사람이 한눈을 팔면 안에 있는 사람들 모두가 죽는다는 점을 꼭 명심하고."

"알았다니까요."

티 없이 맑은 얼굴이다.

일령은 볼이며, 몸에 살이 통통하게 오른 편이었는데 그동안 고초가 적지 않았는지 바짝 말랐다.

어찌 보면 소녀에서 여인으로 탈바꿈했다고는 할 수 있지만, 소립파는 옛 모습이 훨씬 보기 좋았다.

소립파는 절혼마녀와 일령에게 씩 웃어 보인 후, 등에 메고 있던 행낭을 바닥에 내려놓았다.

행낭에서 꺼낸 것은 갈색 가루다.

소립파는 갈색 가루를 조심스럽게 다뤘다. 조금이라도 난폭하게 다루면 큰일이 날 것처럼, 가끔 가다 이마에 땀도 훔쳐가며 가루를 땅에 매설했다.

접근하는 자는 없었다.

뇌옥 주위에는 수많은 눈들이 살기를 뿜어내지만 호되게 당한 경험이 있는지라 가까이 올 엄두를 내지 못했다.

근 반 시진 동안이나 허리 한 번 펴지 않고 매설을 거듭했다.

"좀 쉬었다 해요."

"그럴까?"

"저기 햇볕 드는 곳이 있네요. 저기 가서 좀 쉬어요."

다담선자는 십여 보쯤 떨어진 곳에 외로이 서 있는 나무를 가리켰다.

외로워서일까? 그늘이 없기 때문일까. 햇볕은 나무 주변을 따스하게 보듬어 안았다.

소립파와 다담선자는 나무 아래로 걸어가 털썩 주저앉았다.

그들은 전신을 노출시켰다. 누가 검이라도 찔러오면 속절없이 당할 수밖에 없는 모습이다.

그래도 공격해 오는 사람은 없었다.

소립파 곁에는 묵직한 행낭이 놓여 있고, 경험에 따르면 언제든 폭발할 수 있는 요물이었다. 더욱이 행낭 정도의 수폭이라면 뇌옥 일대는 평지가 되고도 남는다.

소립파와 다담선자는 어깨를 나란히 하고 다정하게 앉아서 오순도순 이야기꽃을 피웠다.

무슨 이야기가 그렇게 재미있을까.

깔깔, 낄낄 웃는 소리가 수많은 죽음이 피었다 진 곳임을 잊게 해주었다. 그러던 한순간, 소립파와 다담선자의 모습은 눈을 씻고 찾아봐도 보이지 않았다. 땅속으로 푹 꺼진 듯.

쒜에에엑……!

다담선자는 혼신의 힘을 다해 신법을 전개했다.

"몽환은 난이하고 빠르지만 장거리를 가는 데는 적합지 않

아. 다른 신법이 있어야겠어."

"괜찮아요."

"내가 안 괜찮아."

소립파는 바람결에 흩날리는 다담선자의 머리칼을 만지작
거렸다.

"한참 동안 안 씻었어요. 냄새가 심하죠?"

"아니, 향기로워."

"피이! 이제는 거짓말도 할 줄 알고."

"내가 왜 거짓말을 해. 정말이야. 아주 냄새가 좋아."

소립파는 다담선자의 등에 업힌 채 머리칼 냄새를 맡았다.

다담선자는 소립파를 업고도 신형이 흐트러지지 않았다.
속도도 시종일관 같았다. 한줄기 유성이 흐르는 것처럼 쾌속
하기 이를 데 없는 신법이다.

"절혼마녀…… 언제까지 저렇게 내버려 둘 거예요?"

"내 여자가 아냐."

"그럼 누구 여자예요?"

"좋은 짝이 나타나겠지."

"혹시……."

"혹시 뭐?"

"낙화향 창기라서……."

소립파는 피식 웃었다.

"뇌옥에서 벗어나기 전에…… 알았죠? 뇌옥을 벗어나게 되

면 한동안 시간이 없을 거예요. 그러다 보면 너무 지쳐요. 주지 않는 눈길을 기다리는 심정은 겪어보지 않은 사람은 몰라요."

"겪어본 것처럼 말하는군."

"겪어봤거든요. 마야의 사랑을 얻기가 쉬웠어야죠."

"사실은…… 나도 무섭다."

다담선자는 멈칫했다. 하나 신형을 늦추지는 않았다.

소립파의 입에서 무섭다는 말이 나오다니, 정말 뜻밖이다.

여인과 관계된 일이라서 그럴까? 천하의 마야도 여인과의 관계는 대범하지 못한 것인가.

"풋! 그렇게 무서워요? 하기는…… 언니 정도 되는 사람을 옆에 두면 꼼짝 못하죠. 바람이라도 피워봐요. 온몸이 손톱자국으로 도배될 거예요."

"나는 마상(魔相)이야."

"네?"

"사람을 해치는 무서운 존재. 후후! 그게 내 관상이야."

다담선자는 아무 말도 하지 않았다.

그렇다고 생각하지는 않는다. 소립파의 얼굴은 영준하다. 마야라고 불리기 때문에 마도와 연관해서 생각되는 것이지, 선입견 없이 보면 잘생긴 청년이다.

"절혼마녀는 귀상(鬼相)이지."

"네에?"

"그녀의 요염함은 인간의 것을 벗어나. 그녀의 미색, 걸음걸이, 얼굴 표정…… 완벽한 요화야. 섭혼술을 익히지 않았어도 그녀 자체가 섭혼술 덩어리야. 절혼마녀가 작심하고 유혹하면 누구라도 넘어갈 거야."

"마야는 넘어가지 않았잖아요."

"환희마소가 있으니까. 환희마소는 섭혼술의 극치. 물이 아래에서 위로 흐르지 못하는 것처럼 섭혼술도 하위의 것이 상위의 것을 침범치는 못해."

"호호호! 그건 요상(妖相)이라고 해야 하지 않나요?"

"아니. 그런 얼굴은 귀신에 씌인 것 같다고 해서 귀상이라고 해."

"그래서 무섭단 말이에요?"

"마상과 귀상이 만나면 마귀상이 되는 거야."

다담선자는 언뜻 소립파의 말을 이해하지 못했다.

진담으로 받아들이기에는 너무 가볍고, 한 여자의 일생이 걸린 문제인데 농담을 할 사람도 아니고.

"마귀상이 되면 악마가 된다는 거예요? 둘 다?"

농담 반 진담 반이다.

"바보구나."

"네?"

"마와 귀가 만나니 마귀. 최고의 궁합이 되는 거야."

"예에!"

이번에는 진정으로 놀랐다. 달리는 발걸음이 휘청거릴 정도로 놀랐다. 아주 잠깐이라도 걸음을 멈추고 진지한 이야기를 듣고 싶었다. 아니다. 지금까지 소립파는 농담을 하지 않았다. 그는 항상 진담을 말해왔다.

다담선자는 신형을 멈추지 않고 내처 달렸다.

"놀랐구나."

"놀랐죠."

"세상에는 어중간한 것이 좋을 때도 많아. 인간의 궁합도 그래. 아주 나쁜 것도 사단을 일으키지만 지극히 좋은 것도 사단을 일으켜. 어떤 식으로든 인생이 변하게 되어 있고, 서로가 서로에게 영향을 미치지. 그래서 그런 궁합들은 만나지 않는 게 좋아."

다담선자는 입술을 잘끈 깨물었다.

마야의 여자 문제에 대해서는 언제나 대범했다.

가슴 한편에 절대 지워지지 않을 여자로 자신의 영상이 새겨져 있다고 믿었기 때문이다.

그것마저도 흔들릴 수 있는 궁합이란다.

얼마나 좋기에, 얼마나 딱 맞는 상대이기에.

"그런 말은 처음 들었어요. 궁합이라니. 저와는 어때요?"

"후후! 다담…… 네가 요상(妖相)이야. 한없이 빨려들지만 서로를 해치지는 않아. 반대로 지극히 위해주는 궁합이지."

"듣기 좋으라고 한 말이죠?"

"다담 얼굴을 처음 보면 한없이 깨끗해. 너무 깨끗해서 손 댈 수 없는 여자로 보여. 그러나 조금만 더 깊이 들어가면 뜨거운 숨결이 느껴져. 안에, 가슴 안에 활활 타오르는 욕구를 감추고 있어. 겉이 요염하다고 요상이 아니야. 그런 건 천한 음상(淫相)이야. 진정한 요상은 꼭 다담이야."

"귀상과 견줄 수 있나요?"

마야는 다담선자의 목을 끌어안았다.

"넌 내 여자야. 영원히."

'됐어요, 그 말이면.'

불안감이 일거에 해소되었다.

"좌로."

다담선자는 담장을 끼고 왼쪽으로 돌았다.

"피햇!"

생각할 시간조차 주지 않는다. 곧장 땅을 박차고 솟구쳐 올라 지붕 위로 올라섰다.

담장을 따라 무인 두 명이 무슨 말인가를 주고받으며 걸어갔다.

"좀 빨리 말해줄 수 없어요?"

"쯧! 실망인걸. 그 정도는 벌써 감지했어야지."

"전 지금 숨이 턱에까지 차 있다고요!"

"하하! 알았어. 미안. 다음부터는 일찍 말해줄게."

다담선자는 소립파를 고쳐 업으며 주위를 살폈다. 그러다 문득 생각난 듯 말했다.

"참! 일령은 무슨 상이에요?"

"귀상(貴相)."

서슴없이 나온 대답이다.

"네에? 정말요? 전 금 동생이 귀상인 줄 알았는데……. 금 동생이야말로 정말 예쁘고 정갈하잖아요."

소립파는 대답하지 않았다.

금연화는 명상(明相)이다. 깨끗하고 맑으며, 예의와 절도가 있는 상이다. 마상에 귀상이 천생연분이듯 명상에도 천생연분이 있다. 청상(淸相)이다. 사내의 얼굴이 잡티 하나 없이 깨끗하고 맑으면 일단 청상에 근접했다고 생각해도 무방하다.

청상과 명상이 어울리면 만인이 부러워하는 원앙이 탄생한다.

이 세상 최고의 부부다.

혈귀대주…… 그는 청상이 아니었다. 관상만으로 놓고 볼 때 혈귀대주는 터무니없이 부족했다.

수상(手相)이 관상(觀相)만 못하고, 관상이 심상(心相)만 못하다는 말이 있다.

인간의 외양이 마음 한가닥만 못하다는 말이다.

관상 이야기가 나온 것은 절혼마녀 때문이며, 나빠 보이는 것은 피하자는 심산에서 한 말일 뿐, 이런 말에 절대적인 것은 있을 수 없다.

"저기야. 사층 전각 보이지? 일단 저기까지 가."

소립파는 오십여 장쯤 떨어진 곳에 위치한 큰 전각을 가리켰다.

다담선자도 더 이상 캐묻지 않았다. 마야가 가리킨 전각을 향해서 최선을 다해 신형을 날렸다.

지상 사층, 지하 삼층.

어마어마한 규모의 전각이다. 하나 이곳이 남도문 본문(本門)이며, 지상 지하 칠층 규모의 거대한 전각이 죽은 사람까지도 다시 끌어내 고문한다는 형옥대라면 놀라움이 한결 가시리라.

'여길 어떻게 들어가죠?'

다담선자는 입을 열지 않았다. 생각만 했다.

"그냥 걸어 들어가. 천천히."

역시 머릿속에 전해져 오는 말이 있다. 그녀 자신이 생각해 낸 것처럼, 꿈속에서 마야를 만난 것처럼 아련히 들려온다. 하지만 분명히 자신의 생각에 맞장구치는 말, 마야가 영파로 전해주는 말이다.

'그냥 걸어 들어가라고요?'

"그래, 그리고…… 가능하면 날 보지 마. 만나는 자는 마혈을 제압하고. 별로 힘은 안 들 거야."

'알았어요.'

마야를 믿는다. 그가 한 말이니 지옥 구덩이라도 뛰어들어
간다.

"그렇게 믿어주니 고마워."

다담선자는 생각을 바꿨다.

'오늘 밤엔 이 남자를 몇 시간이나 끌어안고 뒹굴지?'

"뭐!"

'그러니 남의 머릿속 좀 그만 들여다봐요!'

많은 사람을 만났다. 전부 사내이며, 웃음이라고는 한 번도
지어본 적이 없는 것처럼 경직된 얼굴들이다.

그런 사내들이 웃었다.

'이게?'

"마혈!"

다담선자는 급히 마혈을 찍었다.

만나는 사람마다 웃는다. 처음에는 놀란 표정이더니 이내
은은한 웃음으로 바뀐다. 마치 즐거운 꿈을 꾸듯…… 황홀해
하면서 마혈을 활짝 열어준다.

'환희마소죠?'

"오른쪽으로."

지하 이층으로 내려왔을 때, 소림파가 방향을 틀었다.

"오랜만이야."

다담선자는 친근한 벗에게 하듯 다정히 속삭이며 추명반을 집어 들었다.

찰칵! 찰칵!

양 손목에 채워지는 촉감이 남달리 정겹다.

다른 병기들은 대장간에서 만들 수 있다. 하나 추명반만은 하나 만드는 데 꼬박 십여 년이란 세월이 걸릴뿐더러, 광철(光鐵)이라는 특이한 백철(白鐵)을 구하기도 하늘에 별 따기다.

병기를 되찾는 방법밖에 없었다.

다행히 남도문에서는 추명반을 분해하지 않았다.

하기는 여인의 머리카락처럼 가느다란 백철이 수십, 수백 가닥 정교하게 연결되어 있으니 웬만한 장인은 분해할 엄두도 내지 못한다. 웬만? 아니다. 이 세상에서 한두 명 정도만이 간신히 손댈 수 있을 정도다.

"다른 것도 가져가요?"

"가져가야지."

소립파는 마도의 혈염도를 집어 들었다.

추명반이 천하에 하나뿐인 병기라면 혈염도도 마찬가지다. 피를 머금을수록 울음을 토해내는 병기란 흔치 않다. 더군다나 마도의 마음까지 집어삼킨 마병이니 반드시 가져다

줘야 한다.

수검의 검에, 혈유의 독수전과 묵검, 절혼마녀의 삭사, 철탑거추의 망치까지 전부 챙겼다.

병기고(兵器庫)에는 색다른 병기도 많았다.

소립파는 그 속에서 길이 일 척 정도 되는 짧은 장검과 길이는 삼 척 정도 되나 폭이 청강장검보다 절반가량 두터운 장검을 챙겼다.

"챙길 만한 거예요?"

"이건 소혼검(消魂劍)이라고 부르지. 북해산 한철(寒鐵)로 만들어서 검신이 무척 차. 아주 명검이야."

"그건요?"

"굉멸검(宏滅劍)이라고…… 불길에 천 번 이상 단련한 검이지."

"소혼검과 굉멸검. 금 동생 주려고 그러죠?"

"어울릴 것 같아서. 자하쌍구검은 모양은 예쁘지만 백형검법을 펼치기에는 부족해. 자하쌍구검을 잘못 해석했으니 병기도 잘못 제작할 수밖에."

"자하부주가 들으면 통곡하겠군요."

"언젠가는 듣게 될 거야. 그건 그렇고……."

소립파는 절혼마녀의 병기도 물색했다.

절혼마녀에게는 삭사라는 독문병기가 있지만 아무래도 사루의 검학을 펼치기에는 부족했다.

"이건 어때요?"

다담선자가 연검 한 자루를 들어올렸다.

폭이 채찍만큼이나 좁다. 낭창거림도 버들가지 같아서 삭사를 사용할 줄 아는 사람이라면 쉽게 손에 붙일 수 있는 병기다.

"좋은 걸 골랐군."

"일령 동생 것은 안 골라요?"

"고르지 마."

"왜요?"

"염화옥수는 병기가 필요없어. 그것보다 지금 일령에게 가장 필요한 것은 병기 없이도 자유자재로 싸울 수 있다는 자신감이야. 검을 사용하던 여자라서 당분간은 힘들 거야."

볼일은 끝났다.

다담선자는 돌아가기 위해 소림파를 업었다. 그때,

"후후후! 안하무인이군. 남의 집 안방을 이렇게 휘저어놔도 되는 건가?"

낭랑한 웃음소리와 함께 한 사내가 들어섰다.

다담선자는 긴장했다.

북검문 무인들을 많이 만났고, 남도문 무인들과도 부딪쳐봤지만 지금까지 만난 자들 가운데서 가장 강한 자다.

기도를 잠시 훑어봤을 뿐이지만 사방천마에 비해서 절대 뒤지지 않아 보인다. 비록 궁왕 같은 절대적인 패기는 엿보이지 않지만 나이를 감안하면 훗날 크게 될 사람이다.

그때, 다담선자의 등에 업힌 소립파가 조용히 말했다.

"다담, 저자가 바로 외장 삼첨 중에 하나라는 형옥대의 대주야. 이 전각 주인이기도 하고. 기껏해야 서른 중반인데 패기가 넘실거리고 있으니, 기연을 만났거나……."

"만났거나?"

형옥대주가 흥미로운지 되물었다.

"남도문주의 진전을 이었겠지."

"후후후! 듣던 대로군. 과연 뛰어나. 야광 총수가 빌빌거린 이유를 알겠어. 좋아! 일견에 날 알아보는 자는 네가 처음이었다. 그런 의미에서 깨끗이 죽여주지."

스르릉……!

형옥대주는 남도문 문도들이 사용하는 청평도를 꺼냈다.

"대주, 그냥 물러서 주면 안 되겠나?"

"후후후! 네가 내 입장이라면 그러겠니?"

형옥대주의 전신에서 살기가 무럭무럭 피어올랐다.

"아깝군. 광기에 가까운 자신감이나…… 인내도 있고, 사리분별도 명확한데……."

"그래서 네놈을 죽이려는 거지, 마야."

형옥대주는 청평도를 가슴 앞까지 끌어올린 후 비스듬히 뉘였다.

타타타닥……!

병기고 밖에서는 급박하게 움직이는 발걸음 소리가 들려왔다.

상당히 많은 숫자다. 마혈을 제압당한 자들까지 혈을 풀고 움직이는 것 같다.

숫자는 시간이 지날수록 많아지리라. 형옥대만으로도 힘든 판인데, 철궁대까지 가세하면, 그리고 추혼단이 뒤를 쫓는다면 도주하기 힘들어진다.

"다담, 날 내려주고 상대해."

"업고도 괜찮아요."

"그럴 상대가 아냐. 패왕도법은 일도에 철벽을 만들고, 이도에 철벽을 밀어붙이며, 삼도에 압사시켜. 그런 까닭에 패왕도법을 맞은 자는 전신이 난자당한 흔적을 남기게 돼. 본인은 압사당한다고 생각하지만 실은 철벽 자체가 강력한 도기 덩어리야."

"후후후! 패왕도법을 잘 아는군. 다른 사람도 그랬지. 아는 사람은 많아. 하나 제대로 응대하는 사람은 없었어. 어디 볼까?"

"대주도 조심하는 게 좋아. 내 여자라서 하는 말이 아니라, 지금은 궁왕과도 싸울 수 있는 여자야. 객관적으로 다담이 승산 칠 할을 가졌어. 그래서 그냥 비켜 달란 거였고."

"건방진!"

패왕도법이 전개되었다.

형옥대주는 단순하게 청평도를 위아래로 흔든 것 같은데 사방이 빼곡한 도기로 가득 찼다.

빠져나갈 구멍이 없다. 공격할 곳도 없고, 어떤 초식으로 어떻게 방비해야 할지 떠오르지 않는다. 그렇다고 신법으로 피해도 뒷덜미를 낚아채일 것 같다.

소림파가 말한 대로 철벽이다.

"타앗!"

형옥대주가 거친 고함을 토해냈다.

가득 끌어올린 진기를 힘껏 쏟아내는 징조다.

쉐에엑!

바람 소리가 일어난다. 수만 가닥은 되는 것 같다. 사람의 손이 이토록 강하고 빠르게 움직이는 것은 본 적이 없다.

"더, 더 이상은…… 버, 버티지 못하겠……."

다담선자가 이마에 식은땀을 줄줄 흘리며 힘들게 말했다.

"됐어. 볼 건 다 봤어."

마야의 말이 끝나기 무섭게 다담선자가 손목을 들어올렸다. 순간,

파앗!

한줄기 섬광이 손목을 빠져나가 병기고를 휘돌았다.

"컥!"

굵고 짧은 단말마는 병기고를 가득 메운 도기를 없애라는 신호처럼 들렸다.

형옥대주가 눈을 부릅떴다. 그의 손은 아직도 청평도를 굳게 잡고 있으며, 두 발은 앞으로 걸어나오려고 한다. 그의 몸속에는 강한 진기가 굽이치는 것 같다.

"이, 이건……."

"승산의 칠 할은 다담이 가졌다고 말했는데. 여자라고 사정 봐주지 말고 일거에 몰아쳤다면 대주가 이겼을지도. 나 역시 모험을 했으니까. 이 기회에 패왕도법을 견식하자는 어처구니없는 모험을."

"이, 이런……."

형옥대주는 진정 믿지 못했다. 그러나 그의 머리는 목에서부터 분리되어 바닥으로 떨어지고 있었다.

第二十八章

심인무(心引舞)
―마음이 춤을 이끄니

형옥대주의 죽음은 남도문을 발칵 뒤집어놨다.

지붕 끝에서부터 땅속까지 사람이 몸을 숨길 수 있을 만한 곳은 모조리 뒤졌다.

편히 앉아 쉴 수조차 없었다.

무인들뿐만이 아니라 하인, 시녀, 시동에 이르기까지 남도문에서 밥을 먹는 자는 모조리 수색에 나섰다.

흉수는 감쪽같이 사라져 버렸다.

형옥대 무인들의 증언으로 흉수는 여자 한 명과 남자 한 명인 것으로 드러났다. 때마침 뇌옥을 감시하던 북척표 무인들이 마야와 다담선자가 사라졌다는 보고를 해왔다.

형옥대주를 죽인 자는 명확해졌다.

더군다나 마인들을 사로잡으며 빼앗아 두었던 병기들이 모조리 사라졌으니 두 번 생각할 필요도 없었다.

연놈은 멀리 가지 못했다. 찾아라! 죽여라! 남도문 명예를 걸고 형옥대주의 복수를 하라!

추혼단이 재빨리 추적에 나섰다.

형옥대 병기고에서부터 단서를 쫓아 문 내를 뛰어다녔다.

수천 번의 추적에서 단 한 번도 실패를 하지 않았다는 추혼단. 그러나 이번만은 미적거리기만 할 뿐, 좀처럼 실마리를 찾아내지 못했다.

"놈들은 아직 빠져나가지 못했어! 문 내에 있다!"

추혼단주가 단정적으로 말했다.

기가 막힌 노릇이다. 문 내에 있다는 것만은 확실한데 도무지 어디에 숨어 있는지를 모르겠다. 병기고에서 밖으로 나온 흔적은 찾아냈는데, 그 후로 뚝 끊겨 버렸다.

"찾아! 놈들은 안에 있어!"

화우(火芋), 뇌귀에게 수폭을 안겨준 천고의 보물이다.

소립파는 말린 화우를 씹어 먹었다.

화우는 열을 뿜어내는 특이한 식물이기 때문에 약용으로 쓰이는 곳도 많다.

간질, 구토, 마비, 산통(産痛), 발한(發汗), 파상풍(破傷

風)…….

소림파에게는 굳은 혈맥을 풀어주는 역할을 한다.

그가 여자 없이도 딱딱하게 굳어가는 혈맥을 풀어내는 비밀이었다.

"이걸 그냥 씹어 먹으면 속 다 버릴 텐데."

"달여 먹어야지."

"그런데 그냥 먹어요?"

"방법이 없으니까."

소림파와 다담선자는 반듯하게 누워 속삭였다.

그들은 병기고를 빠져나가지 않았다. 밖에서 포위한 무인들이야 뚫고 나간다 해도 남도문은 무신들이 있는 곳, 자칫 그들이라도 만나는 날에는 곤욕스러울 수밖에 없었다.

두 사람은 밖으로 나간 흔적을 만들어놓은 다음, 다시 되돌아와 병기들 속에 드러누웠다.

마인들에게서 빼앗은 병기가 수십 개가 넘고, 북검문과 싸우며 노획한 병기도 창고를 그득 채운다.

남도문에 북검문처럼 적선서 같은 영물이 없으니 천만다행이다.

추혼단은 적선서 대신 개를 데리고 왔다.

개는 문제되지 않는다. 천운인지는 몰라도 화우는 냄새만으로도 개의 후각을 마비시킨다. 인간은 맡지 못하는 냄새인데 개에게는 코가 마비될 정도로 강력하다.

"얼마나 견딜 수 있겠어?"

"며칠이라도요."

"그럼 그동안 신법이나 참오해. 몽환은 싸우는 데는 탁월해도 먼 길을 가는 데는 안 되겠어."

"호호! 알았어요. 그럼 참오할 테니 구결을 불러줘요."

"타불주즘마(它不走怎麼:어떻게 달릴까)? 신법시허다(身法是許多:신법은 많다). 단제일건쾌적사시천와류(但第一件快的事是天渦流:그러나 빠르기로 단연 으뜸은 천와류이니)……."

"천와류!"

다담선자가 달뜬 음성을 쏟아냈다.

흥분이 치밀지 않을 수 없다. 마도 사상 제일 빨랐다는 십족신마(十足神魔)의 독문신법이 천와류이지 않은가. 얼마나 빨랐으면 다리가 열 개로 보인다고 해서 십족신마라고 불렸을까.

'하늘의 소용돌이, 천와류…….'

다담선자는 천와류의 구결을 한 자라도 놓칠까 봐 바짝 긴장했다.

사흘, 배가 고파서 더 이상 누워 있을 수 없었다.

다담선자는 병기들을 헤치고 나오자마자 소립파를 업었다.

"한 가지 부탁이 있어요."

"어째 듣고 싶지 않은데."

"정식으로 빠져나가 볼래요. 뇌옥까지."

"듣고 싶지 않더라니까."

"해도 괜찮겠어요?"

"철궁대가 있어. 화살 조심해."

"궁왕은요?"

소립파는 고개를 저었다.

"흉수가 우리라는 걸 알았으니 끼어들지 않을 거야. 여기 온 목적을 아니까. 어쩌면…… 체면만 아니라면 그가 스스로 갖다주고 싶었을지도 몰라."

"에이, 설마요."

"그는 진정한 무인이야. 후후후!"

"갑자기 왜 웃어요?"

"다담도 표적이 될 것 같아서. 다담이 천와류를 펼치면, 그도 보겠지. 호승심이 생기는 건 당연하지. 저렇게 빠른 여자라. 화살을 신법으로 피할 수 있을까 없을까. 공력 차이가 나니까 전력을 다 쏟아 부으면 안 될 테고, 절반만 사용하면 되겠군."

"정말요?"

"금 소저하고 싸우고 나면 다담에게 비무를 신청해 올 거야. 그가 금 소저를 이긴다면."

"꼭 붙잡아요. 철궁대 화살을 피하려면 최선을 다해도 모자라요."

쒜에엑……!

다담선자는 십족신마의 천와류를 전개했다.

한줄기 빗살이 스쳐 지나간다. 다리가 수십 개 달린 문어가 뭍으로 뛰어나와 달음박질을 하는 것 같다. 그것도 수십 개의 다리를 한꺼번에 움직여서.

"놈들이닷!"

다담선자는 그들 곁을 지나쳤다.

"쏴랏!"

그녀는 너무나 빨라서 조준하기가 어려웠다.

그런데 누가 화살을 쏘았는지 공기를 찢어발기는 파공음이 일어나 다담선자를 뒤쫓았다.

쒜에에엑!

이십 장 밖에서 소리가 들린다. 아니다! 오 장 밖이다! 십오 장이란 거리를 단숨에 좁혀 버렸다.

'세상에! 이런 화살이!'

페에에엑……! 파악!

화살은 장검 하나만큼의 거리를 두고 흘러갔다. 다담선자가 화살 소리를 듣고 몸을 숨기려던 바위에 깊숙이 틀어박혔다.

'너무 빠르고 강해!'

조준이 잘못됐다고는 볼 수 없다. 이 정도 화살을 쏘아내는 사람이 그까짓 조준 하나 못하겠는가.

그는 일부러 비껴 쐈다.

"궁왕이에요."

다담선자가 바위에 꽂힌 화살을 보며 말했다.

이 순간, 소립파의 안색은 침울했다. 얼굴 하나 가득 우울함이 뒤덮었다.

"저 화살이군, 그놈 가슴을 꿰뚫은 게. 후후후! 다담, 뽑아 줘."

다담선자는 아무 소리도 하지 못했다. 그녀는 바위에 박힌 화살을 뽑아 소립파에게 건네주었다.

그가 화살을 받아 들고 먼 곳으로 눈길을 돌렸다.

그곳…… 지붕 위에는 칠척거한이 시위를 당겨낸 자세 그대로 서 있었다.

그 시간, 뇌옥에 남아 있던 마인들은 언장은마가 파놓은 토굴을 이용하여 한 사람씩 뇌옥을 벗어났다. 한 시진에 한 명씩, 지극히 은밀하게 움직여 탈출 의도를 최대한 숨겼다.

"벌써 올 시간이 넘었는데 왜 안 오죠?"

뇌옥 입구를 지키던 일령이 연신 사위를 둘러보며 말했다.

그녀의 모습은 초조해 보였다. 두 눈은 금방이라도 눈물이 떨어질 듯 물방울이 그렁거렸다.

"걱정 마. 무사할 거야. 마야를 몰라?"

"올 시간이 넘었잖아요. 어제 왔어야 되는데 벌써 이틀이나 지났어요. 언니는 걱정도 안 돼요?"

"우리가 할 일은 이곳을 빠져나가는 거야. 무사히 빠져나가는 것이 마야를 편하게 해주는 길이야."

절혼마녀는 일령을 달래주었지만 그녀의 속마음은 일령보다 더했으면 더했지, 결코 못하지 않았다.

속이 타 들어간다. 개미굴처럼 북적거린다.

하루는 기다리라고 했다. 이틀째도 오지 않으면 한 사람씩 빠져나가라고 했다. 몸이 완전히 회복되지 않았고, 손에 맞는 병기도 없으니 가능하면 충돌을 피해 움직이라고 했다.

이제 사흘이다. 빠져나갈 사람은 다 빠져나갔다.

절혼마녀는 뇌옥 밖을 힐끗 쳐다봤다.

먹이를 노리는 늑대들처럼 새빨간 눈동자들이 호시탐탐 기회를 엿보고 있다.

저들은 답평이 썼던 방법을 또 한 번 써올 것이다.

만참만살대진은 속절없이 무너질 것이고, 절정무인들이 홍수처럼 들이닥치리라.

그러나 그들이 거둬가는 것은 없다.

뇌옥 입구에는 화약이 묻혀 있지 않다. 갈색 가루는 언장이 마가 파낸 흙에 불과하다. 자라 보고 놀란 가슴 솥뚜껑 보고 놀란다고, 화약에 크게 덴 적이 있는 자들인지라 덤벼들 생각을 못하는 거다.

황소를 보낸다면 애꿎은 황소만 죽는다.

저들이 뇌옥을 뒤질 무렵, 자신들은 삼십 리나 떨어진 곳에서 유유히 낮잠을 즐기고 있을 것이다.

"내려가."

"언니, 언니가 먼저 가요. 제가 조금만 더 기다려 보고……."

"말 안 들을 거니?"

일령의 큼지막한 눈동자에 눈물이 그렁거렸다.

언제 이토록 진한 연심을 품었을까. 그에게는 다담선자가 있다. 일찌감치 연모를 드러낸 자신도 있다. 그런데도 연모의 정을 키워왔단 말인가.

"가. 마야는 반드시 거기로 올 거야."

"그렇겠죠?"

"다담이 한 말 기억하지? 그를 위해 목숨을 버릴 수 있다면, 사랑에 목숨을 걸 수 있다면 안겨도 좋다고 한 말."

일령이 고개를 힘있게 끄덕였다.

"난 요즘 이런 생각을 해. 사랑에 목숨을 걸려면 말이야. 믿음은 기본이야. 가장 밑자락에 믿음이 깔려 있어야 해. 그 사람을 믿어. 언제나 마음을 편하게 해야 하고."

"알았어요."

일령이 억지로 웃음을 지어 보였다.

언장은마가 뚫어놓은 토굴은 예전에 적선서에 쫓기며 찾아 들어간 동굴에 비하면 훨씬 양호했다.

그때는 몸을 비틀 공간조차 없을 만큼 협소했다. 지금은 팔과 무릎을 굽힐 수 있을 정도로 공간이 넉넉하다.

밖에 있는 자들이 얼마나 속아줄까.

마야 말대로 한 시진에 한 번씩 모습을 드러내곤 했으니 앞으로 한 시진 동안은 꼼짝하지 않고 기다릴 것이다. 그런 후에도 모습을 보이지 않으면 무엇인가 변화가 생겼다고 생각하겠지.

아무리 최장으로 늘여 잡아도 한 시진에서 반 각 정도 여유가 있을 뿐이다.

절혼마녀는 토굴이 어디까지 이어졌는지 알지 못한다.

이곳을 지나갔던 일행들도 일절 내막을 모른 채 이 길을 지나갔다.

얼마나 기었을까? 한 시진을 넘긴 것 같기도 하고, 넘기지 않은 것 같기도 하고.

시간 감각이 엉망으로 뒤엉킬 무렵, 그녀는 상큼한 냄새를 맡았다.

'이건 물 냄새?'

공기 속에 축축한 습기가 묻어난다.

지루하여 늘어지던 손발에 힘이 붙었다.

그녀는 남은 거리를 눈 깜짝할 사이에 헤쳐 나왔다.

"언니!"

토굴 밖으로 얼굴을 내밀자 일령이 활짝 웃는 얼굴로 반졌다.

'마야가 왔어.'

일령의 표정만 보고도 알 수 있다.

과연, 저쪽 강가에서 생전 처음 보는 검을 금연화에게 건네주며 몇 가지 당부를 하는 마야의 모습이 눈에 띄었다.

오랜만에 목욕을 했다.

낙화향에 있을 적에는 날마다 바르던 것이 향유(香油)였는데 여기서는 잠깐 찍어 바르는 것조차 사치로 여겨진다.

절혼마녀는 향유를 내려놓고 출렁이는 머리를 뒤로 넘겼다.

경대 위에 다담선자가 놓고 간 연검이 눈에 들어왔다.

첫눈에 마음이 사로잡힐 만큼 좋았다. 삭사 이외에 다른 병기는 거들떠보지도 않았는데 묘하게도 이 연검만큼은 사랑스럽다. 마치 오래전부터 자신이 애지중지했던 물건같이 여겨지니.

천사검(千絲劍)이라는 검명도 마음에 든다.

어떤 면에서는 삭사와 일맥상통하는 기분이다.

연검보다 그녀를 더 들뜨게 하는 일도 있다.

"언니와 천생연분이래. 세상에서 가장 좋은 궁합이래나? 마야는 마상, 언니는 귀상. 둘이 만나면 마귀가 된다니, 그런 말이 어디 있어."

다담선자는 그런 말을 하면서 눈을 찡긋거렸다.

절혼마녀는 본능적으로 예감했다, 그의 여자가 될 날이 멀지 않았다는 것을.

'목숨을 바친다는 것은 장담할 수 없지만…… 짐은 되지 않을 자신이 있는데…….'

깨끗이 목욕을 하고 향유까지 바른 후에는 속곳부터 새 옷으로 갈아입었다.

언제가 될지는 모르지만 이제부터는 준비를 해둬야 할 것 같다.

절혼마녀가 예상했던 날은 훨씬 빨리 다가왔다.

바로 그날 저녁이다. 연검의 용도를 살피다가 취침을 청하려고 할 즈음, 갑자기 문이 벌컥 열렸다.

문지방에 기대서 있는 사람은 분명히 그다.

그가 문을 두드리지도 않고 열어젖혔다.

'오늘?'

"불행밖에 주지 못할 텐데."

그가 혼잣말처럼 중얼거렸다. 하나 절혼마녀는 똑똑히 들었다.

"주안상을 차릴까요?"

그는 고개를 가로저었다. 그리고 방 안으로 걸어 들어와 그녀의 등 뒤에 섰다.

절혼마녀는 고개를 돌리지 못했다.

처녀가 아니다. 사내를 숱하게 받아들였다.

너무 익숙하다 못해 일과처럼 여겨지던 일. 아니다. 이건 다르다. 가슴이 쿵쾅쿵쾅 고동친다.

그가 두 손으로 어깨를 잡았다.

손의 힘이 전달되어 온다. 그의 체온, 느낌이 온몸의 힘을 빼앗아가 버린다.

"난 당신을, 당신은 나를. 죽는 순간까지 서로가 알아가는 과정. 잘못이 있어도 용서해 주고 이해해 주고. 정말 힘들고 괴로울 텐데……."

더 이상 듣고 있을 수 없다.

절혼마녀는 벌떡 일어나 등을 돌렸다. 그리고 그의 가슴에 흠뻑 안겨들었다.

그의 가슴은 뜻밖에도 단단하다. 무공을 수련하지 않아서 단단함과는 거리가 있을 줄 알았는데.

"저도 딱 한 마디만. 정말 고마워요. 더러운 몸인데."

다음 말은 하지 못했다. 그의 입술이 덮쳐들었다.

"헉헉! 헉헉헉!"

숨 가쁜 소리를 듣는 것이 이토록 괴로울 줄은 몰랐다.

모든 것을 다 받아들이지만 질투의 물꼬가 쏟아져 내릴 줄은 정말 몰랐다.

무척 격렬하다. 용암이 쏟아져 내리는 것 같다.

자신과 할 때도 격렬한 편이었지만 이 정도는 아니었던 것 같은데.

'천생연분이라더니.'

괜히 마음 넓은 척했나. 눈 한 번 찔끔 감으면 오직 자신만의 사내였을 텐데. 그가 바람을 피운 것도 아니고 등 떠밀다시피 해서 집어넣었으니 원망을 하려면 자신에게 해야 한다.

그래도 그렇지. 염치가 있으면 조심스럽게 해야지 세상이 떠나가라 일을 치르면 어쩌잔 말인가.

다담선자는 가슴이 뛰고 얼굴이 화끈거려서 누워 있을 수가 없었다.

거친 숨소리를 들을 때마다 그의 강렬한 힘이 저절로 생각나고 마음이 부글부글 끓는 걸 어쩌지 못했다.

그녀는 문을 밀치고 나와 강변을 거닐었다.

겨울 강가는 모질게도 춥다. 나온 지 얼마 되지도 않았는데 온몸이 얼어붙는 것 같다.

다담선자는 다시 들어가려다 우뚝 멈춰 섰다.

차가운 달빛 아래 둥그런 물체가 보인다. 분명 사람인 것 같은데.

"거기 누구야?"

둥그렇게 돌돌 말린 물체가 움찔거리더니 머리가 쏙 들렸다.

"언니, 저예요."

'일령……'

일령의 음성을 들으니 가슴이 또 답답해진다.

한 명으로 끝나는 것이 아니었다. 일령의 눈길도 마야에게 고정되어 떨어질 줄 모른다. 앞으로 또 어떤 여자들이, 얼마나 많은 여자들이 마야를 애타게 쳐다볼지.

다담선자는 일령에게 걸어갔다.

"춥지 않아?"

"……."

"여기서 뭐 하고 있어? 들어가자."

"언니."

'안 돼!'

"난…… 난…… 셋째 언니 그림자지만……."

다담선자는 피식 웃어버렸다.

세상에는 정말 인력으로 안 되는 것도 있는 모양이다. 억지로 뜯어말리면 되겠지만 그러고 싶지 않으니 이건 또 무슨 조화인가.

그녀는 일령을 보듬어 안았다.

강변에 앉아 있은 지 꽤 되는 듯 몸이 얼음처럼 차갑다.

"그래. 언니는 귀상, 난 요상, 넌 귀상. 귀요귀. 정말 친자매처럼 지내면 되겠지."

"무슨 소리예요?"

일령이 알아듣지 못하고 되물었다.

"그런 게 있어. 나쁜 사람이 한 말이니까 몰라도 돼."

다담선자는 하늘에 떠 있는 달을 봤다. 달조차 추위에 얼어붙어 조그맣게 보인다.

'나도 여자였어.'

2

전혀 다른 세 부류가 한 둥지에서 생활하는데도 불협화음은 전혀 없었다.

다담선자, 절혼마녀, 일령은 그날 이후부터 늘 붙어 다녔다.

무공 수련도 같이하고, 농담도 즐기고, 음식 준비며 빨래 같은 궂은일을 할 때도 그녀들은 찰떡처럼 붙어 있었다.

사내들은 몸을 정상으로 만드는 데 온 정신을 쏟았다.

하루에 한 시진씩 마령음의 도움을 받아 진기도 북돋웠다.

적수가 없다고 큰소리치던 그들은 이번 일로 인해 큰 충격을 받았다. 특히 서방천마에게 변명의 여지도 없이 당해 버린 수검은 이를 악물고 검을 잡았다.

모두가 같은 심정이다.

사방천마도 두렵고, 천멸도 살수들도 두렵다.

하나 마냥 두렵지만은 않다. 그들은 금연화의 놀라운 성취를 목도했다. 처음 만났을 때만 해도 일초지적도 되지 않았는데, 어느새 자신들 머리 꼭대기에 앉아 있는 모습을 보니 투지가 들끓었다.

자하쌍구검의 효용 때문인가?

그럴 수도 있지만 마인들은 자신의 무공을 철저히 믿었다.

자하쌍구검에 결코 뒤지는 무공이 아니다. 수련이 부족할 뿐.

마지막 세 번째 부류는 늘 외따로 떨어져 있는 마야와 금연화다.

두 사람은 날이 밝을 때부터 해가 질 때까지 연인이라도 되는 듯 함께 지냈다.

정겨운 사이? 아니다. 마야의 호통과 소혼검, 굉멸검의 검풍만이 가득한 살벌한 사이다.

사람들은 자신들이 어디에 있는지 알지 못했다.

강이 있으니 상강 주변일 것이라고 추측만 할 뿐, 정확한 위치는 몰랐다.

사흘 간격으로 벙어리가 식량을 가져오니 누군가가 도와주고 있구나 생각하지만 궁금하지는 않다. 누구? 하오문밖에 더 있는가.

눈을 뜨면 하루의 시작, 눈을 감으면 하루의 끝.

얼마나 시간이 흘렀는지는 모르겠지만 마인들의 몸은 완전히 회복되었다.

금연화의 무공은 그야말로 일취월장(日就月將)이다.

마도, 수검, 혈유, 시마…… 누구하고 실전 비무를 벌여도 결코 뒤지지 않았다. 어떤 때는 패하고, 어떤 때는 이겼지만 푸른 풀이 돋아날 무렵에는 이기는 횟수가 훨씬 많아졌다.

"마야, 이거 사람 너무 편애하는 것 아냐? 우린 뭐 개털인 감? 죽도록 두들겨 맞은 사람은 우리인데, 미안하지도 않나? 우리에게도 뭐 좀 건네줘야 공평하지."

금연화의 음검에 혈유의 빠름이 가로막힌 날, 투덜거리면서 한 말이었다.

세 여인이 캐온 봄나물은 푸짐했다.

한동안 싱싱한 야채 맛을 보지 못하다가 감칠맛 나는 봄나물을 대하니 밥 한 공기가 뚝딱 해치워졌다.

"내일 간다."

마야가 쑥 무침을 집어먹으며 불쑥 말했다.

처음에는 무슨 말인지 몰랐다. 그의 말을 식사 중에 하는 잡담처럼 생각해서 여전히 웃고 떠들었다.

그런데 묘한 기분이 든다. 갑자기 그의 말을 무시해서는 안 될 것 같다는 느낌이 든다.

"뭐라고 했나?"

마도가 되물었다.

"내일 가."

같은 말이다.

순간, 냉이를 집어먹으려던 금연화의 손길이 뚝 멎었다.

"내일?"

수검이 믿을 수 없어서 다시 한 번 물었다.

"궁왕에게 영패를 전달했다. 시간은 내일 정오. 장소는 사자암(獅子庵). 참관인은 양쪽에서 한 명씩으로 정했어. 이런 싸움은 조용한 것이 좋을 것 같아서. 금 소저의 참관인으로는 내가 간다."

"어, 언제 그런 일을……."

"좌우지간 이놈의 하오문 자식들! 뭔 일을 해도 꼭 쥐새끼처럼 숨어서만 한다니까."

웃고 떠들며 식사를 즐기던 자리가 갑자기 제삿날처럼 음울해졌다.

금연화가 마도와 수검을 누른다 해도 아직은 아니다. 객관적으로 봤을 때 궁왕의 상대로는 아직 멀었다. 마야는 급히 서둘지 않아도 될 일을 왜 이토록 서둔단 말인가.

"승산은? 승산은 있는 거야?"

수검이 밥맛을 잃었는지 저금을 내려놓으며 말했다.

"수검답지 않은 말이군. 승산 같은 건 생각지도 않고 검부터 뽑아 드는 사람 아니었나?"

"제길! 이건 경우가 다르잖아!"

"제가 갈게요."

갑자기 다담선자가 말했다.

"전 궁왕도 부러워하는 신법을 가졌어요. 그리고 추명반도 있어요. 천와류와 추명반이 어우러지면 누구라도 상대할 수 있어요."

"언니, 이건 내 싸움이야."

"우린 자매야. 네 싸움 내 싸움 따질 것 없어!"

강하게 버티니 다담선자도 다부진 여자였다. 늘 공손하게 복종하고 이해하는 모습만 보여서 고집이라고는 없는 여자인 줄 알았더니 그게 아니었다. 눌러 참는 것이지 없지는 않았다.

"좋아요, 언니. 그럼 우리 비무해요. 언니도 못 잡으면 궁왕을 잡는 건 어림없겠죠. 비무를 해서 이긴 사람이 가기로 해요."

"금 소저가 가."

마야는 조그만 실랑이마저 용납하지 않았다.

"천하제일의 무신과 다투는 일이야. 사람을 바꿀 수는 없어. 그리고 궁왕은 그놈의 생명을 직접 거둔 자야. 금 소저와 나만이 상대할 자격이 있어. 만약 금 소저가 가지 않는다면, 내일 싸움은 내가 해."

두 번 다시 이견이 나올 수 없도록 단단히 못까지 박아버렸다.

모두들 뜬눈으로 밤을 새웠다.

금연화는 일찍 잠자리에 들었지만 밤새도록 이리 뒤척, 저리 뒤척이다가 새벽녘에야 잠잠해졌다.

곤히 잠든 사람은 마야밖에 없다.

그는 걱정도 되지 않는 것일까?

다담선자는 궁왕의 화살을 노려보던 마야의 눈빛을 잊지 못한다.

음울했다. 하늘을 향해 분노를 터뜨리는 듯했다.

그날 그는 울었다. 눈물을 떨구지는 않았지만 등에 업혀 오는 동안 내내 울었다. 마음으로…… 마음 깊숙이에서 울부짖었다.

궁왕과 마야, 둘 중 한 명은 이 세상에서 살아남지 못할 것 같다. 궁왕이 물러서도 마야가 물러서지 않을 것 같다.

그런 사람이 왜……? 금연화를 앞세우는 걸까? 이긴다고 확신하는 걸까? 모두들 아직은 아니라고 하는데.

다담선자는 긴 밤을 뜬눈으로 밝혔다.

마야는 새벽같이 일어났다. 일어나기 무섭게 금연화를 깨웠고, 조반을 들지도 않은 채 길을 나섰다.

"아침이라도 먹고…… 속이라도 든든해야……."

"하오문주가 올 거야. 그가 하는 말을 잘 따라줘. 이유 불문하고 움직이라는 대로 움직여. 그렇지 않으면 큰 낭패를 당할 거야. 우린 걱정 마. 죽는 건 궁왕이 될 테니까."

이런 자신감은 어디서 나오는 건지.

그는 금연화를 데리고 이슬 쌓인 길로 떠나갔다.

"내가 정말 궁왕을 이길 수 있을까요?"

"진다고 생각하면 져. 이긴다고 생각하면 이기고."

소림파는 다른 사람 이야기를 하듯이 말했다.

"사자암은 여기서 멀어요?"

"한 시진 정도 걸으면 돼. 백 리 정도 떨어져 있으니까."

"적당하군요."

"한 가지 부탁해도 될까?"

"제게요?"

"궁왕을 이기면 자하부로 돌아가. 우리와의 관계가 어떻든 표면적으로는 궁왕을 이기고 온 여자야. 정랑의 복수를 한 셈이고. 북무림 전체가 들끓을 테니 북검문도 어쩌지 못해."

"그렇게 떼어놓고 싶으세요?"

"혹은 혹이니까."

"아뇨. 어쩌면 마야께서 말한 대로 궁왕을 이겼을 때가 자하부로 돌아갈 수 있는 마지막 기회일 거예요. 그래서 보내려는 줄도 알고요. 고마워요, 신경 써줘서."

"언제까지 그놈 영상만 안고 살 수는 없어."

"새로운 사람이 나타나면 마음도 바뀌겠죠. 그때까지는 이 대로 있을래요."

두 사람은 더 이상 나눌 말이 없었다.

늘 그렇다. 무공 이야기가 아니면 자하부로 돌아가라는 말, 그것 외에는 할 말이 없었다.

마야가 한 발 앞서서 걸었다. 그 뒤를 금연화가 따랐다.

정녕 뜻밖이다.

사자암은 남도문이 위치한 악록산 한 귀퉁이에 세워진 조그만 암자였다.

마야는 호굴 속에 머리를 들이밀고 있었다.

사자암이 어디 있는 것인 줄 알게 되자 죽음을 각오한 금연화일망정 두 다리가 후들거렸다.

'정말 무모한 사람인가, 그만큼 치밀한 사람인가.'

지금까지 마야는 늘 서너 수 앞을 보고 움직였다.

당장은 그의 행동을 이해하지 못하지만 몇날 며칠이 지나고 나면 아! 하고 탄성을 토하게 된다.

이번 일도 그런 류일 것이다.

금연화는 생각을 멈췄다.

봄이 되어서인지 산을 오르는 사람이 많다. 가족 나들이를 왔는지 아이들 손을 잡고 오르는 부부도 보이고, 노부모를 모시고 온 듯한 장정도 있다.

병기를 휴대한 사람은 거의 눈에 띄지 않는다. 기도가 날카롭다거나 경계심이 드는 사람도 찾아볼 수 없다. 간혹 도를 패용한 무인이 보이기는 해도 봄나들이를 왔는지 긴장이 풀어져 있다.

"긴장 풀어."

마야의 말을 듣고서야 가장 이상한 사람이 자신이라는 걸 깨달았다.

그녀의 병기는 기형 병기라서 한눈에 띈다. 더욱이 금방이 라도 살인을 저지를 듯 바짝 긴장하고 있으니 사람들이 이상 하게 쳐다보는 것도 무리가 아니다.

'이런 곳에서 싸우기는…… 한적한 장소겠지. 어련히 알아 서 잘 선택했으려고.'

마야는 그녀를 데리고 도운사(濤雲寺)로 들어섰다.

'절에는 왜?'

정오가 되려면 아직도 한 시진이나 남았다.

천천히 와도 될 것을 너무 일찍 나선 감이 없지 않아 있다.

소립파는 대웅전(大雄殿)을 찾아 들어가 부처님 앞에 털썩 무릎을 꿇었다.

금연화는 따라할 수밖에 없었다.

"원래는 바로 사자암으로 가서 지리(地理)를 답습할 생각 이었지만 생각이 너무 많은 것 같아서 이리 왔어."

"……."

"한 시진이란 시간은 눈 깜짝할 순간에 지나갈 거야. 길게 생각하면 한없이 긴 시간이 되겠지만. 그동안 가진 것을 모두 버려. 이기고 지는 생각도 하지 말고, 그놈 생각도 잊어버리고.

궁왕처럼 좋은 무인을 만나 원없이 겨뤄본다는 생각만 해."

"……."

"불가에 본래면목(本來面目)이란 말이 있어. 태어나기 이전의 자기 모습이라나? 본래의 내 모습을 보게 되면 유상신중무상신(有相身中無相身)이라. 모양이 있는 몸에 모양이 없는 몸이 있다고 해. 눈, 코, 귀, 입 다 없어. 실오라기 하나 걸치지 않은 알몸을 봐."

"한 시진 만에 보란 말이군요."

"보면 보는 거고, 못 보면 못 보는 거야. 보고 못 보고에 연연하지 마. 어차피 시간은 죽여야 되잖아."

"……."

"있어. 난 점심이나 부탁해 볼게."

소립파는 금연화만을 남겨두고 일어섰다.

'한 시진 안에는 나타나지 않을 거야.'

그는 나타나지 않았다.

정오에 절에서 차려준 점심을 얻어먹었다. 그리고 반 각 정도 소요된다는 사자암을 향해 걸었다.

약속 시간은 이미 늦었다.

부처님을 보기 전이라면 늦어서 어쩌나 하고 안달이 났을 터이지만, 지금은 아무렇지도 않다.

늦으면 늦는 것이고, 말면 마는 것이고. 궁왕이 기다리면 싸우면 되고, 돌아갔으면 다음 기회를 만들면 되고.

이런 식으로 생활해 오지 않았는데 이상하게 그런 마음이 된다.

멀리 큰 바위가 보였다.

얼핏 보니 사자 얼굴처럼 생긴 것도 같고…… 그래서 사자암이라고 부르나 보다.

불당에서 나온 이후 마야는 한마디도 하지 않았다. 점심을 먹을 때도, 그리고 사자암으로 올 때도 침묵을 지켰다.

그들이 사자암에 도착했을 때는 정오로부터 반 시진 가까이 지나간 후였다.

궁왕은 벌써 와 있다.

그의 곁에는 묵직한 느낌을 주는 중년인이 공손한 모습으로 시립해 있었다.

"늦었군."

"적당한 것 같습니다."

"으레 이런 식인가?"

"죄송합니다만 내 싸움이 아니라서."

마야는 한쪽으로 물러났다.

"남도문의 검이군."

궁왕은 금연화가 지닌 두 자루 검을 알아봤다.

"도문은 도를 쓰죠."

"뭐? 허허허! 허허! 그렇군. 엄밀히 말하면 그것도 남도문

물건은 아니군. 그래, 이제는 자신이 생겼나?"

금연화는 검을 뽑아 들었다.

궁왕이 활을 잡았다. 화살은 걸지 않았다. 아예 화살을 만지지도 않았다. 왼손으로 활을 잡고 금연화를 지켜보기만 했다.

금연화는 쌍검을 손에 쥔 채 궁왕이 하는 것처럼 궁왕의 얼굴만 쳐다봤다.

어제저녁만 해도 생각이 많았다.

어떤 초식을 사용해야 좋을지. 한 손에 하나씩, 두 가지 초식을 펼칠 수 있으니…… 공수가 나을지 공격 일변도가 좋을지, 아니면 일단 화살을 막아낸 다음에 공격으로 전환해야 할지.

지금은 아무 생각도 하지 않는다.

"죽이기 아까운 여자 아이로군."

궁왕이 진실로 감탄한 듯 말했다.

"저 역시. 궁왕 같으신 분을 베려니 가슴 아픕니다."

진심이었다. 결코 마음을 격동시키기 위해서 헛말을 한 것이 아니었다. 이상하게도 이 순간만은 궁왕을 벨 수 있을 것 같았고, 자신의 검에 쓰러질 궁왕이 안타깝게 여겨졌다.

"꽃다운 나이에 무봉(無峰)이라. 오늘 죽지 않으면 일대 여협이 되겠군."

궁왕이 오른손을 등 뒤로 돌려 화살을 잡았다.

금연화는 기다렸다.

―지금은 쳐나갈 시기가 아니다.

몸도 마음도 검도 기다리라고 말한다.

쉬익! 쒜에엑……!

궁왕의 빠름은 필설로 형언할 수 없다. 언제 움직여서 시위를 재웠는지, 언제 겨누고 쏘았는지…… 화살은 이미 날아오고 있었다.

스윽! 스스스스……!

'유추유(柔推柔) 밀은밀(密隱密).'

한 번도 생각해 보지 않은 구결이 머릿속을 스쳐 갔다.

부드러움으로 부드러움을 밀쳐 내고, 은밀함 속에 은밀함을 숨긴다. 빠름을 보지 않는다. 공기의 파동을 본다.

금연화가 고개를 살짝 젖히자 무엇인가가 귓불을 스치며 지나갔다.

탁! 탁탁탁……!

누구도 피할 수 없다는 죽음의 화살, 오방시(五方矢)가 쏘아졌다. 궁왕은 한 번에 하나씩 쏘아냈지만 화살과 화살 간의 간격이 너무 빨라서 받는 사람은 한꺼번에 화살 네 개가 쏘아지는 느낌을 받는다.

상하좌우…… 피할 곳은 없다.

가장 마지막으로 쏜 화살은 정중앙으로 들어온다.

'유추유, 밀은밀……'

음검을 빙글 돌렸다. 화살을 막으려는 생각은 없다. 공기의 파동이 밀려오기에 살며시 방향만 바꿨다.

금연화는 한 발 옆으로 미끄러졌다.

누구도 피할 수 없다는 오방시에 틈이 생긴 것이다. 그것도 한 발씩이나 옆으로 움직일 만큼 큰 틈이 벌어졌다는 것은 화살이 밀려났다는 뜻이다.

도끼도 관통시킨다는 무적의 파괴력마저 무너졌다.

파아앗!

금연화의 신형은 느리게 날갯짓하는 잠자리처럼 환히 보였다. 손을 뻗어내기만 하면 날개든 뭐든 잡을 수 있을 것 같다. 너무 느리다. 너무 완만하다.

쉑! 쉑! 쒜에엑……! 쒜엑!

일명 십방시(十方矢)! 열 대의 화살을 쏘아낸다는 것인데, 정말 열 대인지 아니면 몇 대나 날아오는 건지.

금연화는 두 팔을 활짝 펼치고 우아한 날갯짓을 했다.

왼손의 검은 허공에 숨고, 오른손의 검은 우레를 이끌어낸다.

따당! 따앙! 땅!

검과 화살이 부딪치며 검이 튕겨진다. 검을 잡고 있던 손에서 핏물이 솟구친다.

손아귀가 찢어졌지만 아픔은 느껴지지 않는다.

금연화는 꿈속에서 춤사위를 펼치는 것처럼 끝없이 춤을 추었다. 최면에 걸린 사람처럼, 무의식 속에서.

하나, 하나, 또 하나……

백형검법의 진수가 알알이 풀어져 나왔다. 그리고 그럴 때마다 금연화의 신형은 화살을 제치고 앞으로 쏘아져 궁왕과의 거리를 좁혔다. 이윽고,

써걱!

극한의 음기를 내포한 음검이 궁왕의 활을 두 동강으로 잘라내고 말았다.

춤사위는 계속 이어졌다.

하늘로 솟구치는 꽃잎은 궁왕의 한 팔을 붉게 물들였다. 허리를 뒤틀며 우아하게 날아 내린 백학은 절대 무신의 옆구리를 꽈리처럼 터뜨렸다.

"마, 만공심안…… 만공심안과 백형검법의 접목…….'"

궁왕이 허탈하게 중얼거렸다.

급히 정신을 차린 금연화는 화들짝 놀랐다.

이게 자신이 벌인 일인가? 보고도 믿지 못하겠다.

궁왕을…… 궁왕을 이기다니!

'만공심안과 백형검법의 접목? 그럼 마야가……?'

마야는 사자암 한 귀퉁이에 단정히 앉아 있었다.

第二十九章

혼돈계(混沌界)
―혼돈의 경계

1

소림파는 궁왕이 죽어가는 모습을 잠자코 지켜봤다.

궁왕의 참관인으로 참석했던 사내가 궁왕의 입에 귀를 갖다 댔다.

궁왕은 팔과 옆구리로 붉은 피를 샘물처럼 흘렸다. 화타가 되살아난다 해도 운명을 돌이키지 못할 치명상이다.

궁왕이 입술을 달싹였다.

입도 행동도 무거워 보이는 사내는 무슨 말인가를 들은 듯 연신 고개를 끄덕였다.

궁왕은 마지막으로 금연화와 마야를 한 번씩 쳐다봤다.

칠척거한, 바위처럼 단단한 근육이 바르르 떨린다. 그러더니 큰 눈을 부릅뜨고 힘없이 고개를 떨궜다.

"궁왕께서 운명하셨소."

궁왕의 참관인은 무척 침착했다.

"이번 비무가 세상에 알려지면 남무림은 발칵 뒤집혀질 것이 자명하고…… 해서 하는 말인데, 제삼무신가에서는 당분간 궁왕의 죽음을 알리지 않을 작정이오."

사내는 금연화에게 말했다.

금연화는 어떻게 대답해야 할지 몰라서 소립파를 쳐다봤다.

궁왕을 이겼다는 것이 아직도 믿기지 않는다. 그의 죽음을 두 눈으로 지켜보면서도 자신과는 상관없는 죽음처럼 여겨진다.

소립파는 금연화의 눈길을 외면했다.

이번 일은 그녀가 해결해야 할 문제, 소립파의 눈길이 그렇게 말하고 있다.

"알았어요."

금연화는 가장 적절한 말을 했다고 생각했다.

"그럼 난 이만 궁왕의 시신을 모셔가겠소."

참관인이 암자 뒤쪽을 향해 걸어가려고 했다. 그때, 소립파가 지나가는 말처럼 물었다.

"궁왕을 따라나설 정도면 내력이 없지는 않을 터, 별호나 알지."

"좋지 않은 인연인 것 같은데…… 이런 인연, 길게 끌고 갈 이유가 없을 것 같소. 난 당신이 누군지 알고 싶지 않으니 나에 대한 관심도 끊어주시오."

"궁왕에게는 조카 세 명이 있지."

참관인의 눈가에 신광이 일렁거렸다.

"됐소. 당신 말대로 우리 인연은 없었던 것으로 하지."

소립파가 손을 휘휘 내저었다.

따각! 따각……!

마차는 궁왕의 시신을 싣고 사자암을 조용히 빠져나갔다.

"궁왕이 마지막으로 만공심안과 백형검법의 접목이라고 했는데, 만공심안을 쓴 거예요?"

"눈을 잠시 빌려준 것뿐이야."

"편리하군요. 눈을 물건처럼 빌려줬다 받았다 할 수 있으니."

궁왕의 화살을 봤다. 비몽사몽간에…… 꿈을 꾸는 듯한 환각 속에서, 백형검법의 초식들을 춤사위 삼아 날갯짓하면서…… 화살이 날아오는 모습을 똑똑히 보았다.

궁왕의 화살은 눈으로 볼 수 없는 것이다. 그래서 공기의 파동을 감지하는 수련까지 했다.

한데 볼 수 있었다. 두 눈으로 똑똑히.

이것이 만공심안의 효과라면 만공심안이야말로 어떠한 안

공보다도 뛰어난 절공이다.

그런데 이상하다. 괜히 신경질이 난다. 도움을 받아서 궁왕을 이겼다는 게 자존심 상한다.

"제 싸움이 아니었군요."

금연화의 말투는 딱딱했다.

소림파는 대답하지 않았다. 그는 눈을 가늘게 뜨고 멀어져가는 마차를 쳐다봤다.

금연화는 손에서 벗어난 굉멸검을 주우러 발길을 옮겼다.

당시의 상황을 생각하니 이제야 손아귀가 아파온다.

엄청난 충격이었다. 뼈가 다 부서지는 줄 알았다. 검이 튕겨 나가며 손아귀를 찢을 때는 '졌다' 는 생각이 뇌리를 지배했다.

운 좋게 이겼다. 아니다. 마야가 만공심안으로 도와주지 않았으면 결코 이길 수 없었다.

'화를 내면 안 되는데…… 낼 자격도 없는데…… 그래도 화가 나.'

굉멸검을 주워 검집에 집어넣었다.

그때, 잠자코 마차를 쳐다보던 소림파가 나직하게 말했다.

"얼마 전에 궁왕의 활을 봤지. 소름이 끼치더군. 이십 장 거리를 단숨에 좁히는 빠름이라니."

금연화는 돌 계단에 앉아 푸르른 하늘을 올려다봤다.

궁왕을 죽인 날치고는 너무 맑다. 너무 깨끗하다.

"그 활을 보는 순간 깨달았지. 지금은 어떻게 해도 안 되겠구나. 솔직히 마령음을 펼치면 될 줄 알았거든. 난 마령음을 펼치고, 금 소저는 방금 전처럼 만공심안의 힘을 빌어서 백형검법을 펼치고. 그러면 승산이 있다고 생각했어."

죽은 사람의 이야기는 듣고 싶지 않은데……

사자암은 참으로 적막한 곳이다. 도운사만 하더라도 사람의 발길이 끊이지 않는데, 이곳은 다람쥐 한 마리 얼씬거리지 않는다.

"궁왕의 활을 본 후, 적멸주를 떠올렸지. 그거면 어떨까 하고."

만공심안의 도움을 받은 것만도 이토록 께름칙한데 적멸주의 도움까지 받으면 누구의 싸움이 되는 것인가. 하기는…… 비무를 하러 온 게 아닌데. 그 사람의 복수를 하고자 왔으니 어떻게 죽이든 상관없는 건데.

"좀 더 솔직히 말하면 화약까지 생각했어. 그만큼 궁왕의 활은 경이로웠지."

"그는 죽었어요."

"죽지 않았어."

"네?"

"방금 전 그자, 궁왕이 아니야. 모습은 궁왕과 흡사해도 기도가 달라. 궁왕을 따라가려면 멀었어."

"지, 지금 그게 무슨 말예요?"

금연화는 벌떡 일어섰다. 이 무슨 해괴한 말인가!

"지금까지 말했잖아. 마령음, 적멸주, 만공심안…… 모조리 동원해도 궁왕의 화살을 막을 수 없을 것 같다고."

"그, 그럼 아까 그 사람은…… 궁왕이었잖아요!"

"궁왕에게는 그의 절기를 이어받은 조카가 세 명 있어. 싸운 자가 큰조카인 것 같고, 참관인으로 온 자가 둘째일 거야."

"어, 어떻게! 왜?"

"난 오늘 우리 둘 다 죽을 줄 알았지. 도운사에서 마음을 비우라고 했지만…… 사실 난 그놈에게 향을 피웠어. 미안하다고. 복수를 못해줄 것 같다고."

그랬었나.

"앞으로 일 년을 더 수련해도, 십 년을 더 수련해도 상대가 안 될 것 같다는 절망감. 그래서 일찍 도전을 한 거야."

마야도 이런 말을 할 때가 있나? 그는 늘 이길 것 같고, 어떤 불가능도 헤쳐 나갈 것처럼 보였는데. 도대체 궁왕의 활이 얼마나 무섭기에 이토록 절망감을 느낀 것일까.

"저자를 보는 순간 느꼈지. 이건 싸움이 안 되겠구나. 궁왕의 진전을 이어받기는 했지만 궁왕과는 한참 격차가 있었거든."

"그런데도 전 만공심안의 도움을 받았고요."

"아니, 가만 놔둬도 이길 수 있었지. 하지만 부상을 당해. 그래서는 안 되거든. 우리가 살기 위해서."

"예?"

"날 업어야겠는데?"

"업어달라고요?"

"날 업고 시키는 대로 달려. 궁왕은 이번 싸움을 피했어. 그처럼 호승심 강한 사람이. 그건 이 싸움이 마음에 내키지 않았다는 거야. 순수한 무인의 싸움이 아니라 협잡꾼들의 주먹다짐으로 본 거지. 그런 싸움은 하기 싫다는 거고. 후후후! 누군가 수단 방법을 가리지 않고 우리들 씨를 말리려는 것이겠지."

"그, 그럼!"

"날 업고 시키는 대로 달려."

금연화는 아무 생각도 들지 않았다.

여인이 사내를 업는다? 다담선자가 업는 모습은 종종 보아왔지만 자신이 그런 일을 하게 될 줄은 몰랐다.

그녀는 생각 없이 등을 내줬는데…… 등에 얹히는 무게가 상당하다.

"사자바위 쪽으로 달려."

휘이익!

그녀는 자하풍류신법을 펼쳤다.

쒜에엑! 쒜에엑……!

날카로운 파공음이 모골을 송연케 만든다.

"좌로 이 장."

좌측으로 이 장을 비켜섰다.

그곳은 큼지막한 바위가 있는 곳, 그녀는 생각할 필요도 없다는 듯 바위 뒤로 몸을 감췄다.

쿠웅! 쿠웅!

화살이 바위를 맞힌 것뿐인데 철탑거추가 망치로 두들기는 듯한 소리가 울려 나왔다.

"철궁대 맞죠? 정말이군요. 우릴 죽이려고 작심했어요."

"철궁대뿐이면 다행이겠지만 형옥대, 추혼단까지 모두 나섰어."

"정말요?"

"제삼무신가 사람을 죽였으니 그쪽도 나서겠지. 남도삼가가 움직여서 해결 안 된 일이 없다니…… 그쪽까지 나섰다면 무덤 자리는 이미 판 건가?"

"어리석은 사람들이군요. 우릴 잡으려면 그냥 궁왕이 싸우게 했으면 됐을 텐데."

"궁왕이 눈치 챈 거지. 저쪽은 진의를 숨기고 싸움을 시키려 했는데 궁왕이 빠진 거야."

"궁왕도 어쩔 수 없었다는 건가요? 그 정도 위치면…… 설마!"

"남도문주나 만사무불통지의 명이면 궁왕도 어쩌지 못하지. 싸우지 않은 게 최선의 저항인 셈이야."

"우린 죽었군요."

"살아야지. 사자바위를 끼고 돌면 급경사가 나올 거야. 경사가 워낙 급해서 낭떠러지나 마찬가지인데, 그쪽으로 가."

금연화는 진기를 가득 모아 신형을 떨쳐 냈다.

"이곳 지리를 아주 잘 아네요?"

"답평이 죽었어."

"그 사람이요?"

"하오문에서 가져온 정보니 정확할 거야. 정확하지 않으면 아예 전해주질 않는 사람들이니."

"전부터 궁금했는데, 하오문과는 어떤 관계예요?"

소립파는 자신의 말만 이어갔다.

"야광 총수가 죽었다면 보통 일이 아니지. 지금까지와는 정반대의 일이 벌어진다고 보면 될 거고."

"정반대라면…… 호호! 우리는 쫓기기만 했는데, 그럼 쫓기라도 하는 건가요?"

"우리에게 정반대의 일은 죽음이야. 지금까지 남도문은 마령음이나 만공심안을 얻으려고 했어. 날 살려놔야 하는 건데…… 이제는 포기한다는 거야. 대신 죽이려고 들 거야. 간단한 추론이야."

간단하지 않다. 말을 쉽게 해서 그렇지, 답평의 죽음을 이렇게 연결시키는 사람은 흔치 않다.

"다 왔어. 낭떠러지로 내려가지 말고, 앞으로 질주해."

"저런 절벽을!"

"경사가 급할 뿐이라니까."

거짓말! 눈앞에 보이는 것은 낭떠러지였다.

*　　　*　　　*

금궁(金弓) 강화명(薑華明)의 죽음은 큰 분노를 불러왔다.

남도문의 제일(第一) 명의(名醫)인 만약은사(万藥隱士)는 반듯하게 누운 강화명의 사인을 분석했다.

"쯧! 아직도 비류(肥謬)를 쓰는 위인들이 있다니."

"비류!"

"비류에 당해서 손발이 경직되었군요. 꼼짝할 수 없었을 겁니다."

"오방시에 이어 십방시까지 쏘셨다고 들었네."

유궁(流弓) 강금산(薑金山)이 말했다.

"대단한 의지지요. 보통 사람들은 비류에 당하면 손가락 하나 까딱하지 못합니다."

강화명은 제일 먼저 독에 당했다.

"아래에서 위로 쳐올린 검상. 잔인한 손속이군요. 움직일 수 없는 상대에게 이런 칼질을 한 것은……."

"만공심안에 백형검법의 접목이라고 하더군."

"만공심안? 허허허! 그런 게 있으려고요. 말하기 좋아하는 사람들의 호사죠. 원인은 아까 말씀드렸다시피 비류에 있습니다. 이즈음에서 금궁 어르신은 숨조차 쉬기 힘드셨을 겁니다."

"쯧! 형님은 옆에서 뭘 하고 계셨단 말인가! 큰형님이 이렇게 당하도록 손 놓고 보고만 계셨단 말인가!"

"옆구리 상처도 잔혹하군요. 일반적으로 사혈만 깨끗이 베는 법인데…… 이런 상처를 입으셨다면 마지막 순간이 굉장히 길으셨을 겁니다. 상당히 고통스러우셨을 거예요."

강금산은 두 주먹을 불끈 움켜쥐었다.

"모두들 들어라! 지금부터 마야는 우리와 한 하늘을 이고 살지 못한다. 모두 나가라! 나가서 죽엿!"

제삼무신가의 명궁들…… 그들이 움직였다.

"이해하여 주시기를."

"이러면…… 제삼무신가의 위명이 돌아올 것 같으냐?"

"마야를 추켜올릴 수는 없지요. 희향이까지 하오문 놈들에게 희롱당했는데 금궁까지 마인 놈 손에 죽었다면 얼굴을 들지 못하잖습니까."

궁왕 강창도, 그는 강화명의 주검을 보았다.

"보면 모르느냐! 공정한 싸움이었어."

"이 대 일이었죠. 자하일봉이 손을 썼으되, 마야가 곁에서 도왔으니까요."

"무인은 변명을 않는 법이니."

"……."

"호오! 백형검법이 절정에 이르렀군. 화명이를 인정하지 않았다고 했는가? 벨 수밖에 없어서 안타깝다고?"

"그렇게 들었습니다."

"무봉(無峰)이구나. 자신이 최고로 강하다고 느끼는 경지."

"저희도 넘어선 경지입니다."

"하하하! 됐어. 오늘 나가지 않기를 잘했군."

"나가셨다면 놈들을 죽일 수 있었습니다. 아니, 뇌옥으로 찾아가셨을 때 뿌리를 뽑으셨어야 합니다. 마인에게 기회라니요."

"그 이야기는 그만 하자. 이 싸움은 아주 크게 잘못되었어."

"처음부터 잘못되었죠."

"이유를 모르는구나."

"……."

"적을 베기 전에 아군부터 베었어. 마야를 죽이기로 작정했으면 마야를 죽여야지, 답평은 왜 죽여?"

"말씀이……."

"아냐. 일에는 앞뒤가 있는 거야. 아군의 피부터 보았으니 일이 잘될 리 없지. 너도 적당히 하고 돌아와. 뿌리를 뽑으려고 하면 제삼무신가는 문을 닫아야 할 거야. 하하하!"

궁왕 강창도는 통쾌하게 웃었다.

"무봉이라…… 몇 년만 지나면 정말 좋은 상대가 되겠어. 하하하!"

2

소립파는 말을 잃었다.

금연화가 몇 번이나 미끄러지고, 천 길 낭떠러지 아래로 추락할 위기를 겪어도 벙어리가 된 듯 침묵했다.

맨몸으로도 건너기 힘든 절벽이다. 등에 자신보다 더 무거운 사내를 업고 건너려면 악전고투를 벌여야 한다.

"저쪽에 산봉이 있군."

한참 만에야 불쑥 한마디 했다.

경치 감상을 하고 있었나?

"저쪽으로 가란 말이에요?"

"아니, 저쪽에서 활을 쏘아대면 아주 좋을 것 같아서."

"기가 막혀서……."

금연화는 말문이 막혔다. 그때,

쉐에엑! 쉐에에에엑……!

예리하게 공기를 갈라대는 소리가 귓전을 울렸다.

"화, 화살!"

"밑으로."

"예?"

"밑!"

밑은 낭떠러지다. 지금도 간신히 돌부리 하나를 밟고 있는 판인데 어딜 더 밑으로 내려가란 말인가.

그래도 마야의 말이니 따라야 한다.

금연화는 돌부리를 박차고 신형을 허공에 띄웠다. 순간,

탁! 타타타탁!

멀리서 날아온 강전들이 방금 전에 그녀가 서 있던 곳을 강타했다.

금연화는 그 모습조차 오래 보지 못했다. 그녀는 추락하고 있었다. 어디 잡을 곳이 있는지 찾아봐야 한다. 이대로 계속 추락하면 뼈도 추리지 못한다.

아! 없다. 도무지 눈에 띄는 곳이 없다.

작은 돌부리 같은 것은 숱하게 있지만 너무 빠른 속도로 낙하하고 있어서 잡을 수가 없다.

"저 아래 매 둥지가 있어."

'매 둥지?'

사람이 지은 건물도 아니고 매의 둥지까지 알아? 이게 사람이야, 귀신이야. 하기는, 이러니 마야라는 소리를 듣지. 아니다. 자신은 보며 행동해야 하니 정신이 없지만 마야는 지켜

보기만 하면 되니 훨씬 시야가 넓다.

정말이다. 발아래 툭 튀어나온 나뭇가지가 있다. 그 가장자리에 제법 큼지막한 매 둥지가 보인다.

금연화는 두 발을 살짝 오므렸다. 그리고 몸을 움직거려서 매 둥지 쪽으로 방향을 틀었다.

타악!

그녀는 정확히 매 둥지를 걷어찼다.

재차 도약, 밑으로 떨어질 때보다는 많은 것이 보인다.

금연화는 간신히 주먹만 한 돌부리를 움켜잡고 긴 한숨을 내쉬었다.

추락하던 순간을 생각하니 등줄기에 짜릿한 전율이 흐른다. 그런데 마야는 그녀의 마음을 계속 답답하게 만들었다.

"나 같으면 이런 기회를 놓치지 않을걸? 살았다고 한숨 돌릴 때 강궁을 쏘아대면 아주 그만이지."

"놀리는 거예요?"

대답은 들을 필요도 없다. 정말로 철궁이 쏘아져 온다.

쒜엑! 쒜에엑……!

"어떻게 해야……."

묻고 자시고 할 틈이 없다. 대답을 들을 즈음에는 벌집이 되어 있으리라.

파앗!

금연화는 다짜고짜 뛰어내렸다.

'밑에 뭐 없어요?'

묻고 싶었다. 매의 둥지를 찾아냈으니 이번에도 구명줄을 발견해 주리라 믿었다.

휘이잉……!

절벽 밑에서 불어오는 바람이 몹시 거세다. 차마 눈을 뜨지 못하겠다. 얼굴이며 손이며…… 살점이 떨어져 나가는 것 같다. 아무래도 상관없다. 이대로 떨어지면 안 된다는 생각만 가득하다.

기적은 일어났다.

출렁!

위에서 누가 잡아당긴 느낌이 들었다. 그와 동시에 밑으로 떨어지던 신형이 강한 반동에 의해 위로 튕겨 올랐다.

한 번, 두 번, 세 번……

떨어졌다가 솟구치기를 여러 번, 금연화는 몸뚱이가 허공에 대롱대롱 매달리게 되어서야 위를 쳐다봤다.

아무것도 없다. 몸만 허공에 둥둥 떠 있다.

아니다. 사방을 둘러보던 눈동자에 팔을 위로 뻗고 있는 마야의 손이 들어왔다.

마야의 손은 무엇에 베인 듯 핏물이 뚝뚝 떨어지고 있다.

'뭘 잡고 있는 거지?'

그는 여인의 머리카락처럼 가느다란 줄을 꼭 움켜잡고 있다. 줄은 위로 연결되어 있으며…… 짐작으로는 매의 둥지가 있는 나무에 묶여져 있지 않나 싶다.

"그게 뭐예요?"

"은잠사(銀蠶絲)."

"별걸 다 가지고 다니네요."

"손가락이 떨어져 나가는 것 같아. 떨어지는 충격이 이렇게 클 줄 몰랐군. 화살이 곧 날아올 거야."

"또요!"

"몸을 숨길 만한 곳이 있나 찾아봐."

마야는 더 이상 길 안내를 하지 못했다.

그는 신이 아니다. 가보지 않은 곳은 그도 모른다. 그나마 길 안내를 했던 것은 주변 지형지물에 대해서 사전에 숙지해 놨기 때문이다. 철두철미하게. 완벽한 승리에서부터 완벽한 패배까지 숱한 방안을 모두 염두에 두고.

그는 노력하는 사람이지 운 좋은 사람이 아니다.

"저기 아래로 뛰어내릴 거예요."

"좋도록 해."

"잡을 곳이 너무 적어서 큰일 날 수도 있어요."

"그런 게 큰일이라면 오늘 정말 큰일 많았군. 안 그래?"

"호호호! 그러네요. 그럼 꽉 잡아요!"

금연화는 신형을 날렸다.

*   *   *

추혼단주 부위량은 산봉에서 일남일녀가 기적처럼 절벽을 타고 내려가는 광경을 지켜봤다.

두 사람은 거리가 너무 멀어서 깨알처럼 보인다.

철궁대의 철궁이 아니라 일반 활이었다면 거리가 닿지 않는다.

철궁대는 강궁이 장점이지만 현존하는 활 중에서 가장 멀리 쏘는 것으로도 유명하다.

멀리 쏜다. 단지 화살이 멀리 날아간다는 것은 의미가 없다. 멀리 쏘면서 백발백중의 명중률을 자랑해야 의미가 있다.

철궁대는 어느 쪽으로나 긍지를 내세울 만하다.

물론 궁왕이 건재한 제삼무신가와는 비교할 수 없지만 그 외에는 궁(弓)으로 일가를 이룬 어느 문파도 철궁대 앞에서 활 자랑을 하지 못한다.

그런 철궁대가 두 사람을 잡지 못했다.

"계곡 아래는?"

"밑으로는 사자암에 이르고, 위로는 구벽사(九碧寺)로 통합니다."

"제삼무신가 사람들은 어디쯤 왔나?"

"사자암에 이르렀고, 계곡을 더듬어 올라오고 있습니다."

"인원은?"

"유궁 강금산님을 필두로 백팔궁사가 모두 나섰습니다."

"사자암 쪽은 완전한 사로(死路)가 되었군."

부위량은 결코 서둘지 않았다.

추적을 할 때는 서둘러야 할 때가 있고, 그 반대의 경우가 있다. 때에 따라서는 절대 서둘러서는 안 될 때가 있다.

지금이 그렇다.

장강을 뚫었고, 뇌옥을 탈출한 자다.

남추혼(南追魂) 북천비(北天秘)라는 말이 있다. 남에는 추혼단이 있고, 북에는 천비대가 있다는 말이다. 북검문의 천비대는 언젠가 한 번 반드시 자웅을 겨루고 싶은 추적의 달인들이다. 그들의 추적은 두 번, 세 번 고쳐서 뜯어봐도 정말 빈틈이 없다.

마야는 천비대를 바보로 만들었다.

듣기로는 삼뇌 중에 한 명인 만박선생이 천비대를 도왔으나 끝내 헛걸음만 했다고 한다.

그 일로 인해 천비대와 만박선생은 평생 치유할 수 없는 상처를 입었다.

마야…… 서둘러서 추격하면 당한다. 조금이라도 느슨한 곳이 있으면 꽁꽁 여민 후에 나아가야 한다.

봐라. 꼼짝없이 당할 것이라고 생각했던 절벽에서 어떻게 빠져나가는지 두 눈으로 똑똑히 보지 않았는가. 놈들은 철저히 준비한 후에 잡아야 한다.

"모(毛) 대주(隊主), 다시 한 번 부탁드리지만 잡을 생각은 말아주시오. 옆으로 빠져나가지만 못하게끔 부탁드리겠소."

"후후! 놈에게 철궁대가 박살이 났어. 궁수 한 명 길러내기가 얼마나 힘든 줄 알아? 하물며 철궁대야. 철궁은 시위를 잡아당기는 데만 일 년을 수련해야 돼. 그런 놈들인데…… 놈에게 백이십 명이나 죽어나갔어."

"대주께서 잡기를 원하시면 추혼단은 빠져야 하오."

"협박처럼 들리는데?"

"어떻게 생각해도 좋으나…… 추혼단이 빠져야 한다는 말은 사욕(私慾)을 놓지 않을 경우에는 놈을 놓칠 가능성이 팔구 할이나 되기 때문이오. 잡을 가망이 희박하면 추격하지 않느니만 못한 법이오."

"반드시 잡을 수 있다고 확신하나?"

"약속드리겠소."

철궁대 대주 모지휘(毛志輝)는 눈을 부릅뜨더니 다시 꼭 감았다.

"좋아. 옆으로 기어나가지만 못하게 하지."

"꼭이오."

"꼭. 목을 건다면 되겠나?"

"하하하! 그럴 필요까지야. 믿겠소이다."

부위량은 안심했다.

철궁대가 접전만 벌이지 않으면 승산이 있다.

철궁대는 공격력뿐만이 아니라 방어력도 탁월하다. 철궁

대원 한 사람이 절벽 위에 버텨 서면 기어오르거나 지나가려는 생각을 포기해야 한다. 그만큼 방어 영역이 넓고 강하다.

놈은 옆으로 빠져나갈 생각을 버리고 앞으로만 나가야 하리라.

'구벽사에서 잡는다.'

*　　　　　*　　　　　*

은잠사는 워낙 예리해서 피류으로 된 수투(手套)를 끼고 사용해야 한다.

모르는 바는 아니지만 상황이 워낙 다급하여 그냥 사용했는데, 하마터면 손가락이 전부 절단될 뻔했다.

금연화는 금창약을 바르고 옷자락을 찢어 꽁꽁 싸매주었다.

"이젠 어떻게 하죠?"

"봄이라지만 아침저녁으로는 한겨울처럼 춥군. 불 좀 피울까?"

"불이요! 미쳤…… 휴우! 미안해요. 저도 모르게……."

"불 피워도 돼. 걱정 마."

소립파는 정말 불을 피울 생각인지 이리저리 돌아다니며 마른 나무를 주워 왔다.

불을 피우는 것은 금연화 몫이다.

"오밤중이라서 불을 피우면 위치가 노출될 텐데…… 정말 괜찮아요?"

"이게 바로 공성계(空城計)지."

"말도 안 돼요. 억지로 갖다 붙이지 마세요."

"후후! 억지가 아냐. 이렇게 불을 때고 있으면 혹시 유인하는 게 아닌가 싶어서 오지 않아."

"그럴 수도 있겠네요. 그러나저러나 주위가 너무 조용하니 기분 나쁘군요."

"조용한 게 아니지. 지금쯤…… 가장 바쁘게 움직이는 사람은 추혼단주일 거야."

"그럴까요?"

"우리 위치는 벌써 잡혔어. 그런데도 쳐오지 않는 것은 돌다리도 두들겨 보고 건너려는 조심성 때문인데. 천비대가 실패했다는 소문도 들었을 테고."

"알면서도 잡으러 오지 않는다는 거예요?"

"지금 오면 잡을 수 있는데, 너무 신중한 게 탈이지."

"혹시…… 그런 점까지 염두에 두고 이리로 온 건 아니죠?"

그냥 입에서 나오기에 해본 소리다. 그러나 막상 말을 해놓고 보니 정말 그런 게 아닌가 하는 생각이 든다.

그녀는 급히 다시 말했다.

"하오문에서 추혼단주에 대한 정보를 줬죠? 무공, 성격, 가

족들, 성장 과정…… 그렇죠?'

소립파는 피식 웃었다.

맞다! 어쩐지! 도주를 하려면 산 밑으로 가는 게 정상인데 오히려 산 위로 거슬러 오르는 게 이상하다 싶었다.

그의 이런 행동은 답평의 죽음과 밀접한 관계가 있다.

답평이 죽기 전에는 사로잡혀서 뇌옥에 갇힐 만큼 여유가 있었는데, 그가 죽고 나자 최악의 상황을 설정하고 움직인다.

마야는 남도문이 돌아가는 상황을 환히 꿰고 있는 게 틀림없다.

금연화는 비로소 마음을 턱 풀었다. 불빛을 보고 남도문 무인들이 쫓아오면 어쩌나 적지 않게 마음을 졸였는데.

"사자암 쪽으로는 제삼무신가 무인들이 둘러쌌을 거야. 철궁대가 양쪽 산을 점하고 있으니 밑은 제삼무신가 사람들 차지지. 후후후! 추혼단은 우릴 구벽사에서 잡을 계획이야."

"구벽사가 여기서 먼가요?"

"조금만 가면 돼. 내일 날이 밝은 다음에 출발하면, 보자…… 한 시진 정도면 당도하겠군."

모닥불이 활활 타올랐다.

산속의 밤은 다른 곳보다 유독 추운 법인데, 따뜻한 불기 덕분인지 전혀 춥지 않다.

금연화는 살며시 몸을 눕혔다.

오늘 하루 동안 참 많은 일이 있었다. 어떤 일은 아직까지 가슴을 진탕시킨다.

　피곤했다. 긴장감 때문에 피곤한 줄도 몰랐는데, 몸과 마음이 한꺼번에 풀어지니 잠이 쏟아진다.

　그녀는 그대로 잠들었다.

　짹짹! 째째잭! 짹!

　금연화는 산새들이 재잘거리는 소리에 잠에서 깨어났다.

　산새들은 낮과 밤의 경계에서 우짖는다. 아마도 세상에서 가장 빨리 낮을 맞이하는 축생이리라. 밤에는 잠을 자기 때문에 조용하지만 날이 밝아오면 어김없이 재잘거린다.

　길게 기지개를 켜는 그녀의 눈에 아직도 앉아 있는 마야가 보였다.

　"밤새도록 한잠도 안 잔 거예요?"

　소립파는 여느 때와 달라 보였다. 원래가 할 말이 없으면 말문을 닫는 사람이지만 오늘은 무뚝뚝한 차원을 넘어서 상당히 우울해 보였다.

　돌파구를 쉽게 찾을 수 없는 것인가.

　모닥불은 꺼져 있다. 온기 한 점 없이 싸늘한 것이 오래전에 꺼진 것 같다.

　"뭐로 요기를 하죠? 아침은 들어야 할 텐데……."

　소립파는 일절 대답하지 않았다.

　'무슨 생각을 이렇게 깊이…….'

일어나서 몸을 움직여 추위에 얼어붙은 근육을 풀었다.

그런데도, 눈앞에서 부산을 떨고 있는데도 소립파는 앉은 자세 그대로 꼼짝하지 않는다. 하다못해 눈동자마저 꿈쩍이지 않는다.

금연화는 불현듯 이상한 예감이 들어 바짝 다가섰다.

"안 일어나요?"

"……."

산 자의 모습이 아니다. 온몸이 딱딱하게 굳어 있다. 뭐라고 할까? 산속에서 얼어 죽은 사람 같다고나 할까?

가슴이 덜컥 내려앉은 금연화는 다급히 앉으며 손가락을 코에 대봤다.

숨이 없다. 어깨를 짚어보니 나무토막처럼 뻣뻣하다.

이게 무슨 일인가. 아무리 밤새 안녕이라고, 어젯밤까지 멀쩡했던 사람이 밤사이에 죽기라도 했단 말인가.

완맥(腕脈)을 짚어보니 맥박이 뛰지 않는다.

정말 죽었나? 아니다. 눈동자가 돌아가지 않았다. 혀도 말려 들어가지 않았다. 숨이 없고 맥이 뛰지 않지만 살아 있기는 한 것 같다.

마야가 어떤 상태인지 확실하게 알아볼 필요가 있다.

금연화는 마야의 명문혈(命門穴)에 손바닥을 대고 조금씩 조금씩 진기를 주입했다.

아! 안 된다. 이토록 경맥이 굳어 있는 사람은 처음이다. 마치 돌덩이에 진기를 주입하는 것과 같다.

'경맥이 굳어간다더니……'

다담선자 같으면 당장 알몸이 되어 부딪쳐 갔으리라.

그 방법이 효과가 있는지 없는지는 몰라도 지금까지 그래 왔으니 유일한 방법이지 않은가.

절혼마녀라도 있다면. 그녀도 마야의 여인이 되었으니 망설임없이 행할 텐데.

그렇다고 이렇게 앉아 있을 수도 없지 않은가.

마야를 옆으로 뉘였다.

소림파는 돌덩이가 되어 누웠다. 앉았던 모습 그대로, 팔은 팔짱을 낀 상태이며, 무릎은 굽힌 채로…… 나무토막이 되어 풀썩 넘어갔다.

살아 있는 사람인지 의심스럽다.

금연화는 양손에 진기를 주입하여 힘껏 전신을 주무르기 시작했다.

추궁과혈(推宮過穴)이 통할지 통하지 않을지도 모르고, 어쩌면 그를 더 심한 상태로 몰아넣을지도 모르지만 지금 그녀가 할 수 있는 일은 그것뿐이었다.

일다경, 이다경…….

그토록 시끄럽던 산새 소리도 들리지 않았다.

어디선가 울고 있을 터이지만 그녀의 귀는 어떤 소리도 담지 못했다. 만약 누군가가 암습을 가해온다면 꼼짝없이 당할 수밖에 없는 상황이다.

그래도 할 수 없다. 추궁과혈에 온 신경을 집중시켜야 한다.

팔짱은 풀어지지 않았다. 무릎도 풀리지 않았다. 체온은 여전히 얼음처럼 찼고, 혈색은 푸르뎅뎅하게 변해갔다.

아침때보다 훨씬 악화된 것이다.

금연화의 이마에 구슬 같은 땀방울이 맺히기 시작했다. 그래도 멈추지 않았다. 진기를 너무 쏟아 부어 진기 운행이 순조롭지 않다. 그래도 한다.

영약이 있는 것도 아니고, 상태가 어떤지 아는 것도 아니고, 누구한테 도움을 청할 수도 없다. 진기 주입이라도 된다면 어떻게 해보련만 그마저도 꽉 막혔다.

한 가지는 안다. 이대로 놔두면 죽고 만다는 것.

주무르고 또 주무르고, 혈이란 혈은 모조리 문지르고…….

탁! 탁탁! 스윽! 슥! 부욱……!

혈을 다루는 방법이 각기 다르니 각 혈을 지날 때마다 흘러나오는 소리도 다르다.

건강한 사람도 한 번만 시술을 받고 나면 전신에 두들겨 맞은 것처럼 멍이 든다는 강술법(强術法)을 사용했다.

마야는 고집이 참 센 사내다. 그만큼 정성을 쏟았으면 기침이라도 한 번 해주련만 돌덩이 상태에서 꼼짝도 하지 않는다.

금연화는 한 시진이라는 긴 시간이 흘러서야 손을 멈췄다.

틀린 것인가. 도저히 방도가 없는 것인가. 마야는 특이한
능력을 많이 가진 사람인데 이럴 때 쓰는 재주는 없는 것일
까.

마야는 여자가 없어도 경맥이 굳어지는 현상을 억제할 수
있다.

위장은 상할지언정 화우를 복용하면 몸속에서 뜨거운 불
길이 지펴진다.

마야는 수시로 화우를 복용했다.

밤이 되면 하루도 빼놓지 않고 다담선자나 절혼마녀와 잠
을 청했다. 그리고 그럴 때면 사람이 있거나 없거나 거센 숨
소리가 터져 나왔다.

그제 밤만 해도 마야는 절혼마녀와 격렬한 정사를 벌였다.
아침에는 화우를 복용했고…….

이렇게 느닷없이 경맥이 굳어져서 쓰러질 상황이 아닌 것
이다.

한참 동안 딱딱하게 굳어 있는 마야를 쳐다보았다. 그러다
혹시 하는 심정에서 그의 품을 뒤졌다.

혹여 자신의 상태에 대해서 기재해 놓은 게 있지 않을까?
조금이라도 현 상태에 대해서 알 수 있는 게 있었으면…….

품에서는 아무것도 나오지 않았다.

은잠사 한 타래와 자그마한 목갑이 전부였다.

은잠사는 한쪽으로 치워놓고 목갑을 손바닥 위에 올려놨

다. 그리고 조심스럽게 뚜껑을 열었다.

단환(丹丸), 영물(靈物)…… 상당한 기대를 갖고 열었건만 안에서 나온 것은 흔히 볼 수 있는 금침(金針)이었다.

'고작 침…… 아니, 아냐! 왜 침을 가지고 다니지? 이건 본인 스스로 시술을 했다는 뜻이야. 이런 현상이 전에도 있었어. 전에는 이렇게 되기 전에 시술을 했지만 이번에는 기회를 놓친 거야.'

금침을 손에 쥐면 뭐 하나. 시술 방법을 모르니 그림의 떡이지 않은가. 이와 비슷한 상태라도 본 적이 있어야 말이지.

금연화는 깊은 한숨과 함께 목갑 뚜껑을 다시 닫았다. 그 순간,

"엇!"

그녀는 자신도 모르게 경악성을 토해냈다.

목갑 뚜껑을 닫기 전에 무엇인가 그림을 본 것 같다. 얼핏 스쳐 보았지만 경혈도(經穴圖)였던 것 같다.

그녀는 다시 급하게 뚜껑을 열었다.

보인다! 거기에 머리카락보다도 가느다란 선이, 세침같이 가느다란 것으로 새겨놓은 경혈도가 있다.

처음에 보지 못한 것은 음각된 경혈도에 아무런 색도 입혀 있지 않았기 때문이다.

관심없는 사람은 목갑이 오래되어 지저분해졌다고 생각할 것이다.

금연화는 목갑 뚜껑에 새겨진 경혈 순서를 확인하고 또 확인했다.

　고개가 갸웃거려진다.

　그림에는 경맥이란 것이 없다. 혈도만 존재할 뿐, 순서가 없다. 시작과 끝이 존재하지 않는다.

　'후우! 할 수 없지. 이거라도 해보는 수밖에.'

　가만히 앉아서 죽음을 지켜보는 것보다는 낫지 않겠나.

　금연화는 목갑에 그려진 혈도를 찾아 금침을 꽂기 시작했다.

　'척중혈(脊中穴)에 오 푼 깊이로······.'

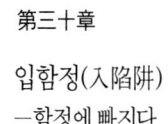

第三十章

입함정(入陷阱)
―함정에 빠지다

금연화는 목갑에 적힌 대로 정성스럽게 침을 놓아갔다.

그러다 문득 무엇인가 이상하다는 느낌이 들었고, 자신이
놓은 침과 목갑을 번갈아 살펴봤다.

마야의 몸에 꽂힌 침은 예순여덟 개. 그녀의 손에 들린 금
침은 열세 개. 모두 여든한 개다.

그 부분은 이상이 없다.

한 개를 꽂든, 두 개를 꽂든 이상이 있으면 시술을 하는 것
이며, 몇 대를 맞아야 한다는 법칙은 없다.

"가만…… 뭔가 이상한데…… 뭐지?"

그냥 시술하기에는 께름칙하다.

이미 일흔 개 가까이 시술했는데 이제 와서 이상한 게 있으면 어쩔 거냐고 하겠지만, 그래도 느낌이 다르니 원인을 찾아야 하지 않겠나.

"엇!"

금연화는 깜짝 놀랐다. 무엇으로도 표현할 수 없을 만큼 놀라움이 커서 얼굴마저 하얗게 질려 버렸다.

목갑대로라면 지금 그녀가 들고 있는 금침은 임맥(任脈) 관원혈(關元穴)에 놓아야 한다. 깊이는 세 치로 되어 있다.

여기에 잘못이 있다.

세 치? 아니다. 틀렸다. 관원혈에 침을 놓을 때는 두 치로 놔야 한다. 의원은 아니지만 무인 역시 혈을 알아야 하기 때문에 깊이 있게 의술을 배웠다.

이 정도는 상식이다.

전부 이런 식이다.

화개혈(華蓋穴)에는 이미 침을 놓아버렸다. 깊이는 삼 푼이어야 한다. 한데 목갑에는 두 푼으로 되어 있고, 무의식적으로 두 푼으로 놓았다.

정상적인 시술이 아니다.

어떤 혈은 정상보다 깊었고, 어떤 혈은 얕았다.

물론 그렇게 놓을 수도 있다. 하나 침을 어느 깊이로 찔러야 하는지는 수많은 사람들이 연구해 왔다. 그리고 지금에서는 확실하게 정립되었다.

침을 찔러 넣어서 혈이 가장 잘 자극되는 깊이.

목갑은 상식을 벗어나고 있으니 침에 무지한 자가 그렸거나 아니면 침술이 정립되기 전에 그려 넣은 것일 게다.

'어떻게 하지?'

그녀는 잠시 망설였다.

남은 것을 정상적으로 놓는다 해도 이미 놓아버린 예순여덟 개는 어떻게 한단 말인가.

'휴우! 오늘 내가 왜 이러는지 모르겠어. 이렇게 간단한 것도 이제야 찾아내고. 도대체 정신을 차릴 수가 없네.'

금연화는 금침을 들어 관원혈에 찔러 넣었다.

깊이는 세 치였다. 목갑에서 나온 침이니 목갑 뚜껑에 그려져 있는 것처럼 놓아보자는 생각이 들었다.

여든한 개의 침을 다 찔러 넣고도 반 각이란 시간이 훌쩍 지나갔다.

이제는 더 이상 손써볼 것도 없다.

죽음을 그만 받아들이자는 마음이 들 즈음 소립파의 몸에서 이변이 일어났다.

툭! 투툭……!

금침들이 하나, 둘 밀려 나오더니 툭툭 땅에 떨어졌다.

이변은 거기에서 그치지 않았다.

자물쇠처럼 단단하게 채워졌던 팔짱이 풀렸다. 두 팔이 힘없이 땅에 떨어져 축 늘어졌다.

앉은 모습으로 굳었던 두 다리도 풀렸다.

"사, 살았어!"

금연화는 한편으로는 기뻤고, 한편으로는 의아했다.

그토록 염원할 때는 외면하더니 포기할 무렵이 되니까 정상으로 돌아온단 말인가.

코에 손을 대보니 바람이 느껴진다. 완맥을 잡아 맥을 관찰해 보니 정상적으로 뛴다.

마야는 언제 무슨 일이 있었냐는 듯 감쪽같이 나은 것이다.

'어쨌든 됐어. 나았으니까.'

어찌나 애를 졸였는지…… 전신이 물먹은 솜처럼 무겁고 나른했다.

생각할수록 희한한 사람이다. 사람이 돌덩이처럼 딱딱하게 굳었다가 살아난다는 말은 들어본 적이 없다. 경맥이 굳어간다는 건 알고 있지만 이렇게까지 심할 줄은 알지 못했다.

그가 뇌옥에서 한 말이 떠오른다.

사지만 자유롭게 놀려도 좋겠다고 했다. 평생 동안 무공을 배우는 목적이 천하제일인이 되는 것이 아니라 고작 아픈 데 없이 살다가 죽기 위해서라고.

이제는 그 심정을 어느 정도 이해할 수 있을 것 같다.

'불쌍한 사람이야.'

소립파는 정신이 들자 아무런 일도 없었던 듯 길게 기지개를 켰다.

우둑! 우두둑……!

움직일 때마다 관절에서 소리가 울린다.

"놀랐겠군."

역시 태연한 말투였다. 한쪽에 모셔져 있는 목갑과 금침을 멀거니 바라보다가 뜨거운 태양에게 눈길을 돌렸다.

이제 봄이 시작, 태양의 열기는 뜨겁다기보다는 따스한 편이다.

"항상 그래요?"

그는 머리를 한 바퀴 돌려 목을 풀었다.

우둑! 우두두둑!

목뼈가 부러지지나 않을까 염려될 정도로 큰 소리가 났다.

"가끔. 주의한다고 하는데, 깜빡하고 놓치는 순간이 있어."

"가만 놔두면 어떻게 되요?"

"삶과 죽음의 차이는 딱 하나뿐이야. 움직일 수 있다는 것과 없다는 것. 후후후!"

"그렇게 웃지 말아요."

"추궁과혈까지 했나 보군. 그럴 필요 없었는데."

"필요없으면 돌려주던지요."

"돌…… 려줘?"

"농담도 못하겠군요."

"후후!"

마야는 목갑을 챙겨 들고 일어섰다.

"가지. 구벽사에 눈 빠지게 기다리는 사람들이 있잖아."

금연화는 쉬고 싶었다. 오전 내내 무슨 일을 했는지 모르겠다. 반나절을 어떻게 보냈는지 정신이 없다.

그래도 그가 가자니 일어섰다. 소립파에게 업히라고 등을 내줬다.

소립파는 사양하지 않고 업혔다.

"고맙다."

"……."

"이 정도 추궁과혈이면 원기가 손상됐을 거야. 얼마나 조급했는지도 알 것 같고. 무척 고마운데…… 내가 해줄 것이라고는 고맙다는 말밖에 없네."

"됐어요. 그거면."

갑자기 피로가 싹 가시며 전신에 활력이 넘쳤다.

등에 닿는 그의 단단한 가슴이, 목을 감싸 안은 그의 팔이, 그의 체취가 정겹게 느껴진다.

사내를 업는 경우는 이번이 마지막일 게다. 다담선자나 절혼마녀가 있으면 그녀들 몫이 될 게다. 참 귀찮고 힘들게 보였는데, 그게 아니었다. 기꺼운 일이었다.

'내 평생 가장 마음이 편했던 순간을 꼽을 때면, 오늘도 꼽게 될 거야. 풋! 사내를 업고 달리는 모습이 뭐가 보기 좋다고. 그래도 마음은 편하네.'

금연화는 천천히 계곡을 거슬러 올라갔다.

"구벽사로 갈 거예요? 남도문 사람들이 준비하고 있을 거라면서요?"

"가야 돼. 한 가지를 확인해야 하니까."

무엇인지는 모른다. 하지만 마야가 이렇게 말할 정도면…… 목숨을 걸고 확인해 볼 정도면 상당히 중요한 것이다. 그렇다면 최선을 다해서 싸울 준비를 해야 한다. 목숨을 걸어야 할 일이 생길 수도 있다.

"만공심안…… 제가 얻을 수는 없는 거죠?"

궁왕이라던 자와 싸웠을 때…… 그 검공, 꿈속에서 추었던 검무를 출 수 있다면. 인간의 육신으로 펼칠 수 있는 최고의 검학(劍學), 그런 검을 다시 한 번 전개할 수 있다면.

마야의 입김이 귀를 간질였다.

"아직도 내가 도와줬다고 생각하는군."

"네? 그게 무슨 말예요?"

"만공심안은 소저의 능력이야. 난 소저의 내면에 감춰진

능력을 끄집어냈을 뿐이지. 잠재력을 이끌어내는 것처럼 극도의 집중 상태를 만들어줬을 뿐이야."

"그게 만공심안이에요?"

"아니, 그런 정도는 만공심안이라고 할 수 없지. 만공심안은 훨씬 크고 높은 건데…… 나도 잘 몰라. 남들은 내가 만공심안을 지녔다고 하지만 내가 할 수 있는 건 아주 작은 것에 불과하니까."

"그럼 저도 만공심안을…… 아니, 어제 펼쳤던 백형검법을 다시 펼칠 수 있다는 거네요?"

"그 정도야 언제든……."

됐다. 실컷 싸울 수 있으면 됐다.

죽는다는 생각은 하지 않는다.

언제나 그렇다. 마야가 옆에 있으면 어떤 간난도 견뎌낼 수 있을 것 같다. 그럴 수 있는 사람이다. 다만 최선을 다한 몸부림은 필요하지 않을까 싶어서 해본 말이다.

"여기서 위로 올라가. 길이 나올 거야. 구벽사로 통하는 길이니 막아서는 사람은 없겠지."

금연화는 시키는 대로 계곡에서 벗어난 산길을 탔다.

과연 얼마 올라가지 않아서 사람들이 많이 다니는 큰길이 나왔다.

"됐어. 이제 내려줘."

괜찮다 말하고 싶었으나 내려줬다. 큰길이니 오가는 사람도 있을 터이고, 여인이 사내를 업고 가는 희귀한 광경은 입방아에 오르내리지 않을 수 없으니.

"추혼단주, 큰 실수를 두 번이나 하는군."

"……."

묻지도 않았다. 이제는 묻지 않아도 어느 정도 알 수 있다.

추혼단주의 첫 번째 실수는 모닥불을 피웠을 때 공격하지 않은 것이다.

그렇다. 그때가 최적의 기회였다.

당시, 싸울 수 있는 사람은 자신뿐이었다. 마야는 마령음이나 적멸주, 만공심안 같은 능력이 있지만 펼칠 수 없는 상태였다. 봤지 않은가, 온몸이 딱딱하게 굳어버린 광경을.

두 번째 실수는 손가락만 내밀어도 잡을 수 있었던, 완전히 무방비 상태였던 오전을 무의미하게 흘려보낸 것이다.

계곡을 따라 걷는 동안이 추혼단주에게 주어진 절호의 기회였다.

어제저녁 모닥불을 피우던 순간부터 지금 큰길로 들어선 이 순간까지는 언제라도 잡을 수 있었다.

마야는 여인의 등에 업혔다. 아무런 공격도 없었고, 신법을 펼칠 필요도 없었는데 업혔다. 그동안 그는 어떠한 능력도 전개할 수 없었던 것이다.

이제는 다르다. 그가 내렸다.

언제 또다시 경맥이 굳어져서 돌덩이가 될지 모르지만 그를 쉽게 잡을 기회는 사라졌다.

저벅! 저벅……!

큰길인데 두 사람의 발걸음 소리밖에 들리지 않았다.

청평도를 찬 무인이 나타나 정중하게 포권지례를 취했다.

"부처님 계신 곳을 피로 물들일 수는 없는 일, 조용한 곳으로 모시라는 추혼단주님의 전갈입니다. 따르시겠습니까?"

따라도 좋고 네 갈 길을 가도 좋다는 투다.

포위망을 완벽하게 형성했다는 자신감이 물씬 배어 나온다.

"가서 전하게. 추혼단주의 이름으로는 내 발길을 막지 못한다고."

"그러지요."

사내는 허리를 깊숙이 숙여 보인 후 날렵한 신법을 펼쳐 사라졌다.

쒜에엑! 페에엥! 타악!

형체 없는 공기도 갈라진다. 보통 화살보다 절반쯤 가늘고, 절반쯤 더 긴 화살이 허공을 반으로 쭉 찢으며 날아와 나무에 틀어박혔다.

금연화는 화살 끝에 매달린 서신을 뽑아 들었다.

"유궁 강금산의 이름으로 청하네요. 기왕 죽을 거면 명당자리가 좋지 않겠냐고."

"사람도 아니고 화살이라. 네 마음대로 하라 이건데, 고집 부리기 딱 좋은 요청이군."

"따라주는 게 좋지 않아요? 절에서 피를 흘릴 수는 없으니."

소립파가 힐끔 쳐다봤다.

"빠져나가지 못한다는 생각은 하지 않는군."

"누가 감히 마야를. 안 그래요?"

금연화는 곱게 웃었다.

그 사람이 죽은 후, 진심으로 웃어본 적이 없다.

예의상 공허한 웃음을 흘릴 때는 있었다. 농담을 들으며 깔깔거린 적도 있다. 하나 어느 때이든 마음 한구석에는 늘 무거운 그림자가 자리했다.

이제는 웃을 수 있다.

그 사람을 죽인 자와는 싸워보지 못했지만, 마야의 말대로라면 아직 상대도 되지 않지만 일련의 과정을 통해서 편한 마음을 얻었다.

복수를 할 수 있으면 한다.

능력이 닿지 않아서 도중에 낙마해도 좋다.

마야가 사내라서, 그 사람의 벗이라서 거리를 둘 필요도 없다.

이제는 정말 오빠처럼 따를 수 있을 것 같고, 벗으로서 농담을 즐길 수 있을 것 같다.

편하다. 홀가분하다. 웃을 수 있다.

소립파도 금연화의 표정에서 밝음을 읽은 듯 피식 웃으며 말했다.

"금 소저가 그렇게 말한다면야…… 어디 얼마나 대단한 포위망인지 볼까? 실망스럽지나 않았으면 좋을 텐데."

금연화는 한 술 더 떴다.

"실망스러울 거예요. 마야의 눈에 차는 포위망이 있겠어요?"

그들은 숨지도 않았다.

소립파와 금연화가 움직일 때마다 일정한 간격을 유지하며 따라붙는 무인이 아홉 명, 그 뒤에 또 아홉 명, 도합 열여덟 명이 언제라도 공격할 준비를 갖췄다.

원래 자리에서 활을 겨누고 있는 궁수들도 수십이다. 갑옷을 입지 않았으니 철궁대는 아니고 제삼무신가 무인들이다.

"벌집을 만들 생각인가……."

금연화가 중얼거렸다.

소립파는 궁수들에게는 눈길도 주지 않았다.

숲은 태곳적부터 사람의 발길이 닿지 않은 곳인 듯 낙엽과 잔가지들이 수북이 쌓여 있다. 큰 걸음을 걸을 수 없을 만큼 많은 나무들이 자라고 있으며, 몸통도 굵다.

싸움을 벌이기에는 최악의 장소다.

이런 곳에서 벌이는 싸움이라면 박투(搏鬪)가 가장 유용하다. 활은 절반 이상 위력이 감소하고, 검이나 도 역시 큰 위협이 되지 않는다.

금연화도 그런 점을 의식했다.

"추혼단주가 무슨 생각을 하고 있는지 모르겠네요."

"직접 잡고 싶은 모양이지."

"추혼단은 추격의 달인들이라고 들었는데, 고수도 있나요?"

"손은 좀 어때?"

"괜찮아요."

"그럼 검을 뽑지."

금연화도 진기를 전신에 유포시켜 신경을 팽팽하게 당겨놓았다. 그러나 그녀의 기감에는 어떤 외기(外氣)도 감지되지 않았다. 포위망을 형성한 무인들이나 활을 겨누고 있는 자들이 전부였다.

검을 뽑으라.

다른 자가 나타났다는 말인데…… 도무지 찾지를 못하겠다.

'추혼단에 이런 자들이 있었던가!'

쌍검을 뽑아 양손에 나눠 쥐었다.

소립파는 걸음을 멈추고 느닷없이 두 손을 들어 금연화의 양어깨를 움켜잡았다.

눈과 눈이 마주쳤다.

소립파의 눈빛이 참 맑다. 처음 봤을 때부터 눈빛이 마음에 들었는데…… 가을이 깊은 날, 물속에 비친 달빛처럼 그윽하다.

"잘 들어."

"……."

"인악이안정(人握二眼睛). 투척이척안정(投擲二隻眼睛), 타표부두뇌적안정(它漂浮頭腦的眼睛)……."

"인악이안정(人握二眼睛:사람은 두 눈을 꽉 움켜쥐고 있다). 투척이척안정(投擲二隻眼睛:눈을 버려라), 타표부두뇌적안정(它漂浮頭腦的眼睛:머릿속에 있는 눈을 떠올려라)……."

소립파가 중얼거리는 말은 조각도로 조각을 하듯이 머릿속에 틀어박혔다.

'이것이 만공심안의 구결…….'

만공심안은 수련으로 이룰 수 없는 지고한 경지다. 우주의 모든 진리를 받아들이고 내줄 수 있는 사람만이 볼 수 있는 눈이다.

소립파의 말처럼 그가 펼쳐 보인 능력은 만공심안처럼 보일 뿐이지 만공심안이 아니었다.

소림파의 만공심안에는 구결이 존재한다. 그것은 인간이 수련으로 터득할 수 있다는 이야기이며, 무학의 한 부분이라는 말도 된다.

'심안(心眼)……'

소림파가 마지막 구결을 읊었을 때, 금연화는 자신의 자하쌍구검과 자하풍류신법의 완벽한 조화를 일궈내고 있었다.

크게 잘못 알았다.

자하쌍구검은 초식이 백 가지라서 백형검법이라고 하지만 자하풍류신법과 어울리니 백 가지 초식이 서로 연결되어 물 흐르듯 흐른다.

위에서 아래로 흐르는 한 줄기만 있는 게 아니다. 동에서 서로, 남에서 북으로, 북에서 동으로…… 전혀 낯선 초식들이 서로 연결되며 그녀조차도 처음 보는 낯선 초식들을 일궈낸다.

이제야 백형검법의 진의를 알았다.

인간이 펼칠 수 있는 검형을 총망라한 후에 백 가지 초식으로 압축시켰다고 했나? 압축시킨 초식은 하나하나가 절학이다. 그러나 백형검법을 창안한 분은 압축이 능사가 아니라는 점을 알았다. 결국은 만상(万象)의 원리로 들어서야 한다는 것도.

자하풍류신법은 압축을 풀고 만상으로 들어서는 열쇠다.

마야는 자신의 여인들에게 절기를 전수해 주었다.

다담선자에게는 천와류라는 세상에서 가장 빠른 신법을 주었고, 절혼마녀에게는 귀적무를 주었다.

자신에게는 준 것이 없다. 일령도 받은 것이 없다.

약간은 섭섭했다. 수련한 무공이 천고의 절학이라서 여타의 무공을 배울 필요가 없다고 하지만 천와류나 귀적무 같은 무공이 부러웠던 건 사실이다.

이제야 알았다. 자신은 다른 무공을 전수받을 필요가 없었다. 지닌 것조차 진의를 알지 못하면서 자꾸 밭만 넓히려는 욕심이었다.

심안…… 심안을 얻지 못했다면 수십 년의 세월이 흘러서야 터득했을, 아니, 어쩌면 죽는 날까지 터득치 못했을 수도 있는 만상의 검형.

"고마워요."

"시험해 봐."

금연화는 웃었다.

두 눈을 버리고 심안을 열기 전에는 누구와 싸워야 할지 몰랐다.

이제는 보인다. 느껴진다. 십여 장 앞에 매복해 있는 자들은 은밀하다는 말로는 표현할 수가 없을 만큼 은신술을 잘 쓴다. 그래도 보인다.

"이번에는 도와주면 안 돼요."

"도와줄 것도 없어."

"마령음, 적멸주."

"입 꼭 다물고 있지."

금연화는 활짝 웃어 보인 후 우아한 학처럼 솟구쳤다.

2

은신해 있는 자는 모두 일곱 명, 완벽하게 자연과 동화되어 숨어 있는 것을 확신하면서도 또 한 번 쳐다보게 만든다.

이들은 연수합격을 연공했다.

칠 인이 한 몸처럼 움직이며, 한두 명쯤은 목숨을 건 미끼 노릇을 기꺼이 할 만큼 독심(毒心)을 지녔다.

병기는 각기 다르다. 검도 있고, 창도 있으며, 삼절곤도 있다. 특징이라면 빛을 흡수하는 철로 만들어져서 공격이 시작되기 전에는 감지할 수 없다.

공격할 자의 우선순위를 결정해야 한다.

'가운데는 안 돼.'

한가운데 있는 자를 공격하면 그는 맞대응하지 않고 뒤로 물러난다. 어쩔 수 없이 그를 따라가면 좌우에 있는 자들이 일제히 등과 옆을 노린다.

가장자리에 있는 자도 곤란하다.

그는 뒤로 물러나지 않고 맞대응하지도 않으며 옆으로 움직인다. 동료들이 숨어 있는 곳으로.

병기는 그를 쫓다가 또 한 명을 보게 된다.

누구를 공격해야 하나?

처음 공격한 자보다 나중에 나타난 자가 훨씬 쉬운 표적처럼 보일 게다.

공격 방향을 바꾸면 두 명이 양의진(兩儀陣)을, 다른 다섯 명은 오행진(五行陣)을 펼쳐 에워싼다. 방향을 바꾸지 않으면 또 다른 자를 보게 되며, 삼재진(三才陣)과 사상진(四象陣)의 한복판에 놓인다.

금연화는 십여 장의 거리를 좁히는 짧은 순간에 숨어 있는 자들의 모든 것을 파악해 냈다.

심안 덕분이다.

두 눈을 버리라는 말은 정신적인 의미다. 눈으로 보이는 것에 의지하지 말라는 소리다.

이것은 별로 놀랍지 않다. 결코 특별한 말이 아니다.

어느 정도 경지에 이른 무인들은 모두 그렇게 하고 있다.

심안을 틔우는 것은 모든 무인들이 꾸준히 수련하는 행공 중 하나이며, 금연화도 어두컴컴한 밀실에서 수련을 한 적이 있다.

마야의 심안은 오감을 단번에 극성으로 끌어올려 준다.

궁왕을 사칭한 자와 싸울 때 그의 화살을 볼 수 있었던 것이 바로 심안 덕분이다.

여기까지는 여타의 심안도 공부만 충실하면 가능하다. 마야의 심안이 훨씬 효과가 빠르고 탁월하지만 다른 유파의 심안이 못하다고는 할 수 없다.

마야의 심안은 여기서 한 걸음 더 나아간다.

상대의 내력이 읽힌다. 상대의 무공이 보이고, 움직임이 예측되며, 자신이 공격했을 때 일어날 반응이 화폭에 그려진 그림처럼 선명하게 펼쳐진다.

믿을 수 없게도 마야의 심안은 말뿐인 심안이 아니라 인간의 영력을 발전시켜 주는 진짜 심안이다.

수련한다고 얻을 수 있는 게 아니다. 깨달음으로 터득하는 안공도 아니다. 고도의 영력을 지닌 자가 다듬어주고 틔워주어야 비로소 펼쳐 보일 수 있는 영력의 일종이다.

금연화는 두 번째 은신자를 향해 양검을 쏟아냈다.

파아앗!

둥글게 원을 그린 굉멸검이 은신자의 왼쪽 목을 베어간다.

'창을 들어올리고…….'

은신자는 창을 들어올렸다. 그것으로 굉멸검을 막을 수 있다고 생각한 듯하다. 실제로 그의 창은 무게가 상당해서 웬만한 병기로는 흠집도 내지 못할 것 같다.

슈욱……!

금연화는 굉멸검을 미끄러뜨려 가장자리에 있는 은신자에

게로 방향을 바꿨다. 동시에 음검으로는 처음 사내의 가슴을 쑤셨다.

푸욱!

소혼검이 심장을 뚫고 들어갔다. 뼈도 잘랐다. 심장을 찌를 때와는 전혀 다른 잔잔한 울림이 손바닥에 전달된다.

인간의 관절은 꺾일 수 있는 부분이 있고, 없는 부분이 있다.

양팔을 좌우로 들어올린 후 뒤로 눕히면 얼마 눕히지 못해서 뻐근한 통증이 일어난다.

백형검법 구초(九招) 전참후척(前斬後剌)은 불가능한 일을 가능하게 만드는 데서 시작된다.

금연화는 음검을 향해 몸을 틀었다. 그녀의 등은 맨 오른쪽 사내에게 노출되었고, 사내는 당연히 짓쳐들어왔다.

그때, 밑으로 떨어지던 굉멸검이 불쑥 쳐올려졌다.

오른팔이 등 뒤로 완전히 꺾였으며 앞으로 찌를 때처럼 곧게 찔러 나갔다.

푸욱!

등 뒤의 사내는 보통 검보다 검신이 넓은 굉멸검에 머리 한쪽이 잘려 나갔다.

'천멸도 살수들!'

금연화는 이들의 정체를 알아냈다.

이들과는 뇌옥에서 부딪쳐 본 적이 있다.

당시는 심안을 틔운 상태도 아니었고, 백형검법도 지금처럼 능숙하지 않았다. 양손을 합쳐 겨우 일형을 뿜어낼 수 있는 정도였다. 마도나 수검 같은 사람과는 맞겨룰 엄두도 내지 못했을 때다.

그래도 다섯 명이나 죽였다.

이들은 일곱 명인데…… 그때와는 비교도 안 될 만큼 무공이 높아졌는데…….

사람이 다르다. 그때의 천멸도 살수들과는 비교도 안 될 만큼 강한 자들이다. 옛날의 그녀였다면, 몇 호흡 전의 그녀였다면 말도 안 되게 당하는 쪽은 그녀였을 게다.

소혼검과 굉멸검이 제 세상을 만난 듯 춤췄다.

상대의 움직임을 환히 읽고 움직이는데, 상대의 움직임보다 훨씬 빠른데…… 질래야 질 수가 없는 싸움이었다.

"괜찮았어요?"

마야는 고개를 끄덕였다.

"천멸도 살수들인데 전에 왔던 자들보다 훨씬 강했어요."

"향주(鄕主)들이니까."

금연화는 입을 다물었다.

천멸도에 대해서 마야만큼 많이 아는 사람도 없을 게다.

천멸도가 나환자촌이라는 말은 들었지만 무림문파로서 어떤 곳인지 궁금하다. 하나 지금은 한가한 말을 나눌 때가 아니다. 또 진득하게 말을 듣지 못할 바에는 아예 안 듣는 게 나을 때도 있다.

"사방천마도 왔을까요?"

"모르지."

소립파도 그 부분이 궁금한 듯했다.

넓은 공지가 없어서 자유롭게 싸울 수 없는 곳.

추혼단주는 그곳에다가 빠져나올 수 없는 함정을 팠다.

마야의 능력은 워낙 불가사의해서 무신 같은 초강자라 해도 미처 헤아리지 못하는 부분이 있을 수 있다. 천비대가 바짝 뒤쫓고도 그를 잡지 못한 것은 그를 보통 사람으로 생각했기 때문이다.

그를 잡으려면 인간으로 생각해서는 안 된다.

무신과 같은 절대 신이라고 가정한 후에 함정을 파고, 포위를 해야 잡을 수 있다.

추혼단주는 제일 먼저 방원 오십 장의 원을 그렸다. 원을 따라가며 도랑을 팠고, 도랑 안에는 기름을 부었다.

불을 댕기면 오십 장 안에 갇힌 생명체는 모조리 한 줌 재가 된다.

마야는 함정을 알아차릴 수 없다.

일단 범위가 너무 넓다. 느낌이나 냄새로는 알아차릴 수 없다.

그가 다른 곳에 신경을 쓸 수 없게끔 조처도 취해놨다.

일단의 무인들이 활을 겨누고 있다. 그들은 제삼무신가 사람들로 위장했다. 마야가 의심하지 못하도록 사전에 화살을 한 대 쏘아주었다. 그때의 화살은 진정한 제삼무신가 궁수가 쏜 것이니 똑같은 활을 들고 있는 사람은 모조리 제삼무신가 사람들로 인식할 수밖에 없다.

그들은 죽어도 좋다.

야광 총수가 사심을 가지고 끌어들인 북척표 제일대 마인들, 제이대 쓰레기들.

답평이 죽자 처치 곤란이었는데, 이렇게 활용하면 양쪽 모두 제거할 수 있으니 일거양득이지 않나.

마야는 활을 겨눈 사람들 중에 철궁대가 없는 게 궁금할 게다.

없기는 왜 없나. 그들은 원 밖을 포위한다. 안에서 튀어나오는 것은 개미 한 마리 살려두지 않는다.

마야가 숲에 절대 강자들이 은신해 있다고 믿게 만들어야 한다.

먹잇감으로 천멸도 살수를 풀었다.

그들이 마야를 잡으면 좋지만, 잡지 못해도 상관없다.

생각할수록 한심하다. 야광 총수라는 분이 어떻게 천멸도 나환자들을 끌어들였는지.

숲에 있는 일곱 명이 죽고 나면 중원에 나온 천멸도 살수들은 십여 명밖에 남지 않는다.

그들은 철궁대 뒤에 위치한다.

불길을 뚫고, 철궁대의 철시도 뚫어낸다면 진정한 천멸도 살수들과 손속을 섞어야 한다.

그래도 부족하다.

가장 외곽에 제삼무신가 사람들이 포진했다.

그들은 틈만 보이면 화살을 쏘아댈 게다.

단 두 명 때문에 이러한 포위망을 구축하다니 하늘이 웃을 일이다.

하나 실수를 반복해서는 안 된다. 비웃음을 당할망정, 놓친 후에 가슴을 치는 일은 없어야 한다.

"마령음을 들을 수 있을까?"

"난 적멸주를 듣고 싶군요."

추혼단주 뒤에서 제삼무신가 사람들의 음성이 들렸다.

자신의 수하들이 이런 말을 했다면 귀싸대기를 올려붙이련만⋯⋯.

추혼단주는 새가 우짖는 듯한 휘파람을 불었다.

휘우욱! 휘욱!

순간, 사방에서 미미한 바람이 불었다.

삼백이십 명에 이르는 추혼단이 움직였다. 그들은 싸움을 하지 않는다. 제삼무신가 뒤에 포진하여 혹여 있을지 모를 탈출에 대비한다. 마야가 제삼무신가마저 뚫을 때를 대

비해서.

'됐어. 이만하면.'

이번에는 다소 긴 휘파람을 불었다.

휘우우우욱……!

불길이 확 타올랐다.

"화, 화공이에요."

금연화가 새파랗게 질린 얼굴로 주위를 두리번거렸다.

사방에서 검은 연기가 피어오른다. 아니, 그전에 붉은 혓바닥이 넘실거린다.

당황한 것은 두 사람만이 아니다.

그들 주위를 맴돌던 제삼무신가 사람들은 활이고 뭐고 전부 내동댕이치고 이리 뛰고 저리 뛰었다.

나무 위에 있던 자들도 내려와 도주하기 시작했다.

"저, 저……."

금연화는 어처구니없는 상황에 기가 막혔다.

도대체 이게 무슨 일인가.

"아아악! 크윽!"

방금 전에 도주했던 자들이 처참한 비명을 내질렀다.

누가 그들을 죽인 것일까? 불길을 뚫지 못해 타 죽는 것일까?

"훗!"

마야는 쓰게 웃었다.

"웃을 때가 아닌 것 같은데요."

"그렇군. 자칫하면 통구이가 되겠어."

소립파가 앞장서서 거침없이 걷기 시작했다. 마치 몇 번 와 본 적이 있는 사람처럼.

"아악! 아아악……!"

사방에서는 끊임없이 비명 소리가 울려 퍼졌다.

소립파는 지금까지 걸어온 곳과 전혀 다를 바가 없는 곳에 서 걸음을 멈췄다.

겨우내 바짝 말랐던 나무들은 불길의 기세를 한껏 드높여 주었다.

불길이 멀리 있는데도 뜨겁다. 검은 연기가 눈에 들어가 눈물이 흐른다. 코로, 입으로 들어간 연기 때문에 숨을 쉴 수가 없다.

퍼엉! 펑!

화약이 터지는가! 커다란 폭음이 귓전을 울리고, 막대한 경기가 밀려왔다.

"이게 뭐죠? 화약은 아닌 것 같은데."

"공기가 터지는 거야."

"네에?"

"불길은 공기도 태워. 불길 근처에는 공기가 없다는 소리지. 하지만 공기는 금방 채워지고, 너무 빨리 채워지기 때문에 폭발 소리가 들리는 거야. 공기가 터진다고 하지."

"아!"

"자, 갈까?"

마야는 발로 수북이 쌓인 나뭇잎들을 헤쳤다. 그러자 오소리 굴처럼 작은 구멍이 입을 쩍 벌리며 드러났다.

금연화는 할 말을 잃었다.

'이 사람을 적으로 돌린 자가 불쌍해.'

소림파는 서슴없이 굴 안으로 기어 들어갔다.

금연화는 급한 줄 알면서도 쉬이 들어가지지가 않았다.

죽은 지 이틀쯤 된 닭 한 마리가 놓여 있는 것도 인상을 찌푸리게 만드는데, 개미가 바글바글 달라붙어 뜯어 먹고 있으니.

갑자기 궁금증이 치민다.

사방을 둘러보아도 다 똑같아 보이는데 어떻게 이 자리를 찾을 수 있었을까? 닭의 시기(尸氣)를 감지했을까? 아니면 부패하는 냄새를 맡은 것일까?

죽은 지 이틀이면 천하제일의 후각이라도 냄새를 맡기가 힘들다. 한여름이라면 몰라도 날씨가 쌀쌀한 봄이면 이틀 정도로는 부패하지 않는다.

시기를 감지했을 가능성이 높다.

"휴우!"

금연화는 인상을 찡그리면서 안으로 기어 들어갔다.

금연화의 뒤에 꼬리가 붙었다.

'언장은마!'

전 같으면 뒤돌아보거나 음성을 들어야 확인할 수 있었지만 이제는 풍기는 느낌만으로 누군지 파악이 된다.

작은 사람이 간신히 기어갈 수 있는 토굴인데 어느 구석에서 튀어나온 것일까.

언장은마는 금연화의 꼬리를 따라붙으며 굴을 무너뜨렸다.

푸스슥!

언장은마의 손에 조금이라도 강도가 강해지면 여파가 금연화에게까지 미친다. 머리는 떨어지는 흙더미로 뒤덮이고, 코와 입에서도 흙냄새가 물씬 풍긴다.

"후웁! 얼마나 더……."

금연화는 입을 열어 물어보려다가 그만뒀다.

한 시진 넘게 기어왔으니 상당히 멀리 온 것 같다. 그래도 빛은 보이지 않는다. 얼마나 더 가야 할까?

물을 필요도 없다. 거의 다 왔다. 코로 맡아지는 공기 냄새 속에 맑고 신선한 냄새가 섞여 있다.

반 각 정도 더 기어갔을까?

드디어 밝은 빛이 보이기 시작했다.

마야는 벌써 빠져나가서 보이지 않는다. 대신 누군가가 장난스럽게 안을 들여다봤다.

'일령? 그렇구나. 하오문주가 오면 시키는 대로 따라서 하라더니 이곳으로 옮겨왔어. 그럼 마야는…… 궁왕과 싸우기 전부터 이런 일이 있을 걸 알았다는 이야기네.'

금연화는 숨 막히는 토굴을 빠져나왔다. 그러나 곧 뒤따라 나오리라 생각했던 언장은마는 나오지 않았다.

사방이 환히 트인 들판에 집 한 채만이 달랑 세워져 있는 곳에서 행색이 구구각색인 사람들이 모여 있다면 조만간 눈에 띄고 만다.

토굴에서는 빠져나왔지만 이곳 역시 오래 있을 곳은 못 된다.

저녁 식사를 마친 후, 마야는 일행을 한데 모았다.

"궁왕이 나타나 싸웠다면 일은 간단했어. 죽든가 살든가. 살게 되면 나머지 세 문파도 치면 되는 거고."

하오문주로부터 두 사람의 이야기를 전해 들었던 일행은 아무 말도 하지 못했다.

"사방천마가 나타났다면 그것도 간단했어. 유계는 남도문의 힘을 빌어 중원에 뿌리를 내리려고 하지. 이제 밝은 곳으로 나오고 싶은 거야. 유계는 남도문을, 남도문은 유계를 이용하게 되니 사방천마가 우릴 공격하는 건 당연한 일이겠지."

사방천마는 모습을 보이지 않았다.

"내 몸을 두 번 던졌다."

고루쌍마가 고개를 푹 숙였다.

그들이 진작 진실을 말했다면 마야가 사로잡히는 고육책을 쓰지는 않았을 게 아닌가.

하지만 그런 그들도 마야의 가슴에 깃든 어두움은 읽지 못했다.

육능자와 만사무불통지가 마야의 존재를 알고 있다는 것은 일행 중에 그들의 간세가 있다는 뜻이니.

"이번에 몸을 던진 목적은 답평의 죽음이 어떤 사태를 불러왔는지 알아보려는 것이었는데……."

마른침이 삼켜진다.

"남도문은 우릴 제거하기로 작정했어. 이번에는 추혼단주가 치밀하게 한 것 같지만 실수가 많아서 그런 거고…… 다음에는 남도삼가가 전력을 다해 우릴 죽이려고 할 거야."

남무림 전체가 적이라는 소리와 같다.

아직 놀라기는 이르다. 이어지는 마야의 말은 더욱 기가 질린다.

"북검문도 사정이 같겠지. 중원 어느 곳에도 우린 발을 붙일 곳이 없어. 그리고…… 그래, 알아두는 게 좋겠지. 한 군데 더 우릴 노리는 곳이 있어."

"유계?"

"머리를 조아리거나 죽임을 당하거나."

"유계가 우릴?"

"관상 이야기를 한 번 더 할까? 여기 금 소저…… 명상(明相)이야. 깨끗하기 이를 데 없지."

"……."

"유계의 주공은 청상(淸相)이지. 금 소저와 짝을 맺으면 천하에 다시없는 원앙이 돼. 그는 오래전부터 금 소저를 주목해 왔을 거야. 그래서 혈귀대를 죽음으로 몰아넣은 원흉이 그가 아닐까 생각했는데…… 그건 아닌 것 같고. 어쨌든 그도 우릴 죽이려는 것만은 틀림없어."

"그럴 리가 없어요. 남방천마라는 자가 우릴 겁간……."

일령은 무의식중에 뇌옥에서의 일을 쏟아내다가 급히 입을 다물었다.

마야는 고개를 흔들었다.

"겁간할 목적이 아니었어. 흉내만 낸 것이지. 명상이 맞는지 아닌지 확인하려는 거였지. 사방천마…… 잔인한 사람들이지만 유계 주공에 대한 충성만은 뛰어나."

"제게도 음침한 눈길을 보냈는데요?"

"귀상과 명상은 분별이 쉽지 않으니까."

"그러니까 뭐야……."

시마가 코를 후비며 말했다.

"온 세상이 온통 우릴 죽이겠다고 달려드는 놈들뿐이란 거잖아."

혈유가 낄낄 웃었다.

"짜식들…… 죽일 테면 죽이라고 그래."

『마야』 4권에 계속…

2006년 7월 개봉 예정인 영화 다세포 소녀의
인터넷 원작 만화 전격 출간 결정!
300만 다세포 폐인을 열광시킨 상식을 뒤엎는 엉뚱한 만화 세계!!

'다세포 소녀'는 인터넷에서 300만 명의 '다세포 폐인'을 양산한 인기만화다.
'무쓸모 고등학교'를 배경으로 '뽀샤시한' 순정만화 주인공 같은 외모의 남녀 고교생들이 펼치는 엽기적이고 황당한 내용과 성(性)에 관한 발칙한 상상력을 보여주면서 네티즌들로부터 폭발적인 반응을 얻고 있다.
"제 또래들과 함께 나누고 싶은 성, 사회 문제 등을 짚어보고 싶었다"는 작가의 변에서 볼 수 있듯 만화 속 이야기의 절반가량은 주변에서 전해 들은 '실화'를 참고했다. 작품에서 보여지는 비꼬는 패러디와 냉소적인 유머에서 삶에 대한 진지한 성찰이 엿보이는 것은 그 때문이 아닐까!

외눈박이의 일기

오늘 영어 선생님이 성병으로 결근하셔서 담임 선생님이 대신 수업을 하셨다. 담임 선생님은 "뭐, 원조교제 하다 보면 그럴 수도 있으니 이해하라"고 말씀하시더니 여자 반장한테도 병원에 가보라고 하셨다. 반장은 눈물을 글썽이며 외쳤다. "너무해요! 선생님! 전 원조교제 같은 건 안 했어요!" 그러나 매독이라는 담임 선생님의 말을 들은 벌떡 일어나 후다닥 짐을 챙겼다. 그러더니 남자 부반장 면상에 욕과 함께 주먹을 날렸다. 부반장은 "습진인 줄 알았다"고 변명했다. 그걸 본 다른 아이들도 병원에 간다며 서둘러 교실 밖으로 나갔다. 결국 교실엔… "제… 젠길! 나만 남았다. 그래, 나만 숫총각이다. 젠기랄!" 담임 선생님은 자책하지 말라며 "세상은 용∙모로 살아가는 게 아니잖아"라며 화를 돋우셨다. "뭐라구요? 지금 놀리시는 겁니까? 선생님! 그래! 나 외눈박이다! 그래서 한번도 못해봤다! 크아악!!"

잠들어 있던 거대한 공룡, 중국이 깨어나고 있다!

세계의 중심으로 우뚝 부상하고 있는 중국.
그들을 알지 못하고서 어찌 글로벌 시대에
경쟁력을 갖췄다 할 수 있겠는가.

한 권으로
끝나는
중국 고전 시리즈

한 권으로 끝내는
중국 고전 길라잡이
■ 모리야 히로시 지음 / 장선연 옮김 | 값 12,000원

각 세계의 지도자들에게 지침서로 읽혀온
명저에서 핵심만 추출해 낸 입문자를 위한
실천적 고전 안내서!

한 권으로 끝내는
춘추 전국 처세술
■ 마츠모토 히로시 지음 / 김미선 옮김 | 값 12,000원

예측 불허의 변수 속에 풍랑을 만난 조각배처
럼 표류하는 현대인들에게 등대가 되고 나침
반이 될 처세술의 비전!

한 권으로 끝내는
중국 고전 언행록
■ 미야기타니 마사미쓰 지음 / 연주미 옮김 | 값 12,000원

자기 계발과 경영 전략 등 현대 생활에 도움이 되는
내용을 명쾌하게 풀어낸 이 책은 지적 자극이
넘치는 최고의 실용서이다.

장대한 역사의 영고성쇠 속에서 태어난 실천적 지혜의 핵심!

군주는 현명하지 않아도 현인에게 명령을 하고, 무지해도 지식인의 기둥이 될 수 있다.
신하는 일의 수고를 더하고, 군주는 일의 성공을 칭찬하면 된다.
그 일만으로도 군주는
지혜롭다는 평가를 받을 수 있다.

한권으로 끝나는 중국 고전 시리즈

한 권으로 끝내는 중국 고전 일일일언
■ 모리야 히로시 지음 / 계 일 옮김 | 값 12,000원

자신도 모르는 사이에 인생의 시계(視界)가 넓어지고,
인간관계의 폭이 넓어졌다면 본 서의 내용을 적어도 반
이상을 이해한 것이다. 삶을 윤택하게, 보다 지혜롭게
살고 싶어하는 모든 사람들에게 이 책을 권한다.

한 권으로 끝내는 노자의 인간학
■ 모리야 히로시 지음 / 장선연 옮김 | 값 12,000원

오늘날 사회적 혼란보다 더 큰 문제는 우리의 심신 모두
가 너무나 약해져 있다는 점이다.
당장 힘들다고 쉽게 약해져 버리는 모습을 많이 볼 수
있다. 이렇게 되면 이토록 삼엄한 현실 속에서 살아남기
힘들다. 그래서 『노자』다.

한권으로 끝내는 중국 재상 열전
■ 모리야 히로시 지음 / 김현영 옮김 | 값 12,000원

중국의 방대한 정치 비결이 축적된 역사책은
정치에 뜻을 둔 사람은 물론이고 조직 안에서
고군분투하는 여러분에게 시대에 따라 변하지 않는
정치의 요체를 알려줌으로써 '정치' 뿐 아니라
널리 조직을 운영하는 데 큰 도움을 줄 것이다.